DESEJOS CARNAIS

J.T. GEISSINGER

DESEJOS CARNAIS

Tradução de
Natalie Gerhardt

Rocco

Título original
CARNAL URGES

EDITORA ROCCO LTDA.
Rua Evaristo da Veiga, 65 – 11º andar
Passeio Corporate – Torre 1
20031-040 – Rio de Janeiro – RJ
Tel.: (21) 3525-2000 – Fax: (21) 3525-2001
rocco@rocco.com.br
www.rocco.com.br

Printed in Brazil/Impresso no Brasil

Preparação de originais
LETICIA ZUMAETA

CIP-BRASIL. CATALOGAÇÃO NA PUBLICAÇÃO
SINDICATO NACIONAL DOS EDITORES DE LIVROS, RJ

G274d

Geissinger, J.T.
Desejos carnais / J.T. Geissinger ; tradução Natalie Gerhardt. - 1. ed. - Rio de Janeiro : Rocco, 2024.
(Rainhas e monstros ; 2)

Tradução de: Carnal urges
ISBN 978-65-5532-492-1
ISBN 978-65-5595-313-8 (recurso eletrônico)

1. Ficção americana. I. Gerhardt, Natalie. II. Título. III. Série.

CDD: 813
24-93617 CDU: 82-3(73)

Meri Gleice Rodrigues de Souza - Bibliotecária - CRB-7/6439

Para Jay. Nunca não foi você.

Não somos loucos. Somos humanos. Queremos amar, e alguém deve nos desculpar pelos caminhos que tomamos para o amor, pois estes são muitos e são sombrios, e nós somos ardentes e cruéis na nossa jornada.

Leonard Cohen

Desejos carnais

J. T. Geissinger

1:27 3:16

1. **Good Time Girl**
   Sofi Tukker
2. **Flames**
   R3hab & Zayn
3. **Up**
   Cardi B
4. **Take It**
   Dom Dolla
5. **Wildside**
   Claptone
6. **Hey Lion**
   Sofi Tukker
7. **Let Me Touch Your Fire**
   Arizona
8. **Medicine**
   James Arthur
9. **Cuz I Love You**
   Lizzo

1

SLOANE

Abro os olhos e vejo um homem inclinado sobre mim.

Ele está usando um terno Armani, o cabelo é bem preto e o maxilar, marcado. Seus olhos azuis são os mais lindos que já vi, emoldurados por cílios longos e curvados, tão densos e escuros como o cabelo.

Fico intrigada com esse estranho atraente por dois segundos, até lembrar que ele me sequestrou.

Eu deveria saber. Quanto mais bonito for um homem, mais rápido você deve correr dele. Um homem bonito é um poço sem fundo no qual sua autoestima pode desaparecer por completo, para nunca mais ser vista.

Quando meu sequestrador fala, sua voz grave é suavizada pelo sotaque irlandês melodioso:

— Você está acordada.

— E você parece decepcionado.

Um sorriso discreto aparece nos lábios carnudos. Ele está se divertindo às minhas custas. Mas o sorriso desaparece tão rápido quanto surgiu e ele se afasta, acomodando o corpo musculoso em uma poltrona à minha frente.

Ele me analisa com um olhar que poderia congelar um vulcão em erupção.

— Sente-se. Vamos conversar.

Estou deitada, esparramada em um sofá de couro cor de creme em um cômodo estreito com teto abobadado. Minhas pernas estão nuas, e meus pés, descalços e gelados por causa do ar seco e frio.

Não tenho nenhuma lembrança de como cheguei aqui, nem a menor ideia de onde "aqui" pode ser.

Só me lembro de que eu ia visitar minha melhor amiga, Natalie, em Nova York. No instante em que saí do carro na garagem do prédio dela, umas seis SUVs pretas com insulfilme no vidro se aproximaram, e esse demônio de olhos azuis desceu de uma delas e me agarrou.

Rolou um tiroteio. Disso eu me lembro. O cheiro da pólvora queimando no ar, o som ensurdecedor dos disparos...

Eu me sento abruptamente. Tudo começa a girar. Sinto uma dor lancinante no ombro direito, como se eu tivesse sido atingida ali. Lutando contra a náusea, respiro fundo algumas vezes, com uma das mãos pressionando a barriga para acalmar a queimação, e a outra, a testa suada.

Estou enjoada.

— É o efeito da cetamina — explica o sequestrador, observando-me.

O nome dele surge em minha mente. Declan. Ele me disse isso um pouco antes de me enfiar na SUV. Além do nome, ele me informou que ia me levar para conversar com o chefe dele... em Boston.

Agora eu me lembro. Estou em um avião para ver o líder da máfia irlandesa e responder a algumas perguntas sobre como eu talvez tenha começado uma guerra entre a família dele e os russos. E todo mundo.

E esse foi o fim das minhas férias divertidas em Nova York.

Engulo em seco algumas vezes, tentando controlar o enjoo.

— Você me drogou?

— Foi necessário. Você é bem forte para alguém que se veste como a Fada do Dente.

A comparação me irrita.

— Só porque sou feminina, não significa que eu seja inofensiva.

O olhar dele passeia pela minha roupa.

Estou usando uma minissaia com babados de tule cor-de-rosa, da estilista Betsey Johnson, que combinei com uma jaquetinha jeans branca sobre um top também branco. Customizei a jaqueta com borboletas de pedraria, porque borboletas são lindos símbolos de coragem, esperança, mudança e autotransformação, e esse é justamente o tipo de energia positiva que tem tudo a ver comigo.

Mesmo que seja bem menininha.

O tom de Declan é seco ao declarar:

— Isso ficou evidente. Seu gancho de direita é impressionante.

— Não entendi.

— Estou me referindo ao que você fez com o nariz do Kieran.

— Não conheço nenhum Kieran. Muito menos o nariz dele.

— Não se lembra? Você quebrou o nariz dele.

— *Quebrei*? Claro que não. Eu me lembraria se tivesse quebrado o nariz de alguém.

Quando Declan não diz nada e só fica ali, olhando para mim, sinto um aperto no peito.

— As drogas?

— Isso.

Olho para a minha mão direita e fico surpresa com os hematomas nos nós dos dedos. *Eu quebrei o nariz de alguém. Como não me lembro disso?*

Minha voz sobe um tom, em pânico.

— Ai, meu Deus. Será que estou com algum dano cerebral?

Ele arqueia uma das sobrancelhas.

— Você quer saber se ficou mais lesada do que já era?

— Isso não tem graça.

— E o que você sabe? Está usando uma fantasia infantil de Halloween. Eu diria que seu senso de humor é tão ruim quanto seu guarda-roupa.

Reprimo a vontade inesperada de rir.

— Por que estou descalça? Onde estão meus sapatos?

Ele permanece em um silêncio longo e calculado.

— É o único par da Louis Vuitton que tenho. Você sabe que eles custam os olhos da cara, né? Tive que economizar um tempão.

Ele inclina a cabeça para o lado e me examina com os olhos azuis penetrantes por mais tempo do que seria confortável.

— Você não está com medo.

— Você disse que não ia me machucar.

Ele pensa naquilo por um momento, franzindo as sobrancelhas.

— Eu disse?

— Disse. Lá na garagem.

— Eu poderia mudar de ideia.

— Mas não vai.

— Por que não?

Dou de ombros.

— Porque eu sou encantadora e todo mundo me adora.

Ele completa a expressão com um sorriso de escárnio. Continuo:

— É verdade. Eu sou mesmo adorável.

— Eu não vou com a sua cara.

Isso me ofende, mas eu tento não demonstrar.

— Eu também não vou com a sua.

— Mas não sou eu que saio por aí dizendo que sou encantador.

— Que bom, porque você não é.

Ficamos nos encarando. Depois de um tempo, ele diz:

— Já disseram que meu sotaque é encantador.

Isso me faz rir.

— Não é *mesmo.*

Quando ele demonstra dúvida, eu cedo:

— Mesmo que fosse, ele não compensa o fato de sua personalidade ser horrível. Sobre o que você quer falar? Espere, eu preciso fazer xixi primeiro. Onde é o banheiro?

Quando eu me levanto, ele se inclina, agarra o meu pulso e me empurra para o sofá de novo. Sem soltar o meu pulso, ele rosna:

— Você vai ao banheiro quando eu disser que você pode ir. Agora cale a porra da boca e escute.

É a minha vez de arquear uma das sobrancelhas.

— Eu escuto muito melhor quando não sou tratada com grosseria.

Nós nos encaramos de novo. Prefiro ficar cega a piscar primeiro. É um impasse, um confronto silencioso que nenhum de nós está disposto a ceder, até que, finalmente, ele contrai a mandíbula, suspira e solta o meu pulso de má vontade.

Haha. Vai se acostumando a perder, gângster. Dou um sorriso e digo:

— Obrigada.

Ele está com a mesma expressão que meu irmão mais velho fazia quando éramos crianças e ele estava prestes a brigar comigo por algo irritante que eu tinha feito. Claro que isso deixa meu sorriso ainda mais largo.

Os homens dizem que adoram mulheres fortes, até conhecerem uma.

Cruzo as mãos no colo e espero que ele controle a raiva. Ele se recosta na poltrona, ajeita a gravata e aperta os dentes por um tempo, antes de dizer:

— Essas são as regras.

Regras. Para mim? Que piada. Mas estou fingindo cooperar, então espero pacientemente e presto atenção em vez de rir da cara dele.

— Primeira: eu não tolero desobediência. Se eu lhe der uma ordem, você cumpre.

A bola 8 mágica diz: a perspectiva não é nada boa.

— Segunda: você só pode falar se eu falar com você.

Em que universo isso vai acontecer? Não neste.

— Terceira: eu não sou o Kieran. Se você me bater, eu vou revidar. — Os olhos azuis brilham, e ele baixa o tom. — E vai doer.

Ele está tentando me deixar com medo para que eu faça o que ele quer. Essa tática nunca funcionou para o meu pai, e não vai funcionar para ele. Minha resposta sai cheia de desdém:

— Um verdadeiro cavalheiro.

— Vocês, mulheres, só sabem gritar sobre direitos iguais quando é conveniente.

Ele é um baita de um babaca, mas tudo bem. É melhor eu não provocar se não aguento.

Só que eu *aguento,* e *vou* provocar. Mais cedo ou mais tarde, ele vai descobrir exatamente como.

Eu não passei os últimos dez anos ralando em aulas de defesa pessoal só para cair no choro diante das ameaças de um gângster irlandês qualquer.

Depois de um tempo, quando ele não continua, eu pergunto:

— Tem mais alguma regra?

Ele rebate:

— Considerando que você é lesada, acho que não teria capacidade de lidar com mais de três.

Nossa, que flor de candura.

— Agradeço a gentileza.

— Como você disse, sou um cavalheiro.

Ele se levanta, agigantando-se sobre mim, ameaçador de repente. Eu me recosto e olho para ele, sem saber o que vai fazer em seguida.

Ele parece satisfeito com minha expressão assustada.

— O banheiro fica nos fundos do avião. Você tem dois minutos. Se não sair de lá antes disso, eu vou arrombar a porta.

— Por quê? Você acha que eu vou tentar fugir pela privada?

Ele baixa o olhar. Percebo que está irritado de novo pela respiração lenta.

— Cuidado, garota. Seu namoradinho Stavros pode até tolerar mulheres de "personalidade forte", mas eu não.

Ele mencionou Stavros só para me mostrar que ele sabe coisas a meu respeito, que ele fez o dever de casa sobre sua prisioneira, mas isso não me surpreende. Qualquer sequestrador que se preze faria o mesmo.

Mas ele está errado em relação a um fato, e eu prezo muito pela precisão neste assunto em particular.

— Stavros não é meu namorado.

Declan levanta uma das sobrancelhas de novo com ar de desdém.

— Como é?

— Ele não é meu namorado. Eu não namoro.

— Deve ser porque você é incapaz de ficar de boca fechada.

Os testículos dele estão no nível dos meus olhos, mas eu resisto ao impulso de apresentá-los ao meu punho. Não vai faltar oportunidade.

— Não, eu disse que *não* namoro. Namorados dão muito trabalho, e eu não tenho paciência para namoros. Não vale o esforço.

Ele me olha com expressão neutra, mas os olhos estão brilhando de um modo interessante. Eu quase consigo ver as engrenagens girando na cabeça dele.

— Então vocês terminaram?

— Você não ouviu o que eu acabei de dizer? Ele nunca foi meu "namorado". Eu não tenho relacionamentos sérios.

O sorriso dele fica gentilmente cruel.

— Que bom. Então eu não vou ter que lidar com ele montado em um cavalo branco tentando salvá-la.

Solto uma risada ao imaginar Stavros em um cavalo. Ele morre de medo de animais.

— Ah, pode ter certeza de que ele vai tentar me salvar.

Quando Declan estreita os olhos, eu acrescento:

— Seria ótimo se você não o machucasse. Eu me sentiria muito culpada se ele se machucasse por minha causa.

O silêncio ensurdecedor pede uma explicação.

— Tipo, eu sei que você tem todo esse lance de gângster e tudo mais, mas o Stavros é gente boa. Não é culpa dele se tentar me salvar. Ele não vai conseguir evitar.

— E por quê?

— Eu já disse. Eu sou encantadora. E ele ficou caidinho por mim assim que me conheceu.

Ninguém nunca olhou para mim do jeito que Declan está olhando agora. Se uma nave alienígena pousasse em cima do avião e nos sugasse por um raio trator, ele não ficaria tão confuso quanto agora.

Sou obrigada a admitir: a sensação é muito satisfatória.

Mas o sentimento se evapora quando ele agarra meu braço com a mão enorme e me levanta.

Declan fica cara a cara comigo e diz entre os dentes:

— Você é tão encantadora quanto herpes. Agora vai logo mijar.

Ele me empurra, passa a mão no cabelo e pragueja.

Já deu para perceber que esse cara é cabeça-dura e nervosinho.

Sigo para o banheiro nos fundos do avião, passando por mais sofás e poltronas de couro macio. A decoração é elegante e sem exageros, em tons de champanhe e dourado. Todas as janelas estão com as cortinas fechadas. Sinto o carpete macio e luxuoso sob meus pés descalços. Tudo lembra uma cobertura em miniatura… cheia de seguranças.

Seis gângsters parrudos usando terno preto me fulminam com o olhar conforme eu me aproximo.

Estão sentados em lados opostos do corredor, em poltronas confortáveis, com mesas lustrosas de madeira entre eles. Dois estão jogando cartas, e outros dois estão tomando uísque. O quinto está segurando uma revista com a mão rechonchuda, e o sexto parece pronto para arrancar a minha cabeça do meu corpo.

Ele é o maior; está com o olho roxo, o nariz inchado coberto por gaze e há manchas de sangue no colarinho de sua camisa social.

Quase me sinto mal pelo que fiz com ele, principalmente por ter sido na frente de todos os seus amigos. Não é de se estranhar que ele esteja olhando para mim desse jeito. Derrubado por uma garota... o ego dele é como o de um garotinho de cinco anos fazendo pirraça por conta de um sorvete.

Mas talvez eu precise de um aliado em algum ponto dessa aventura. Um pouco de humilhação agora pode ser muito útil no futuro.

Paro ao lado da poltrona dele e abro um sorriso.

— Desculpe pelo nariz, Kieran.

Alguns homens riem. Dois trocam olhares surpresos.

O olhar de Kieran poderia derreter aço, mas já passei muito tempo perto de gângsters e sou imune ao temperamento deles.

— Se fizer diferença, eu não me lembro de nada. Aquela cetamina que vocês me deram me apagou legal. Eu não costumo ser tão agressiva. Não me leve a mal, eu sou a favor da violência quando ela é necessária, mas só como último recurso. Pelo menos quando estou consciente.

Penso por um instante enquanto Kieran me fulmina com o olhar.

— Para dizer a verdade, eu provavelmente teria tentado quebrar o seu nariz mesmo que não estivesse drogada. Afinal de contas, vocês me sequestraram. Tem isso, né? De qualquer modo, prometo que não vou quebrar mais nada a não ser que você me obrigue. Na verdade, podemos fazer um trato: se você precisar que eu entre na mala de um carro, em um contêiner de navio, em um avião ou qualquer coisa assim, só peça com educação, e eu vou ficar feliz em obedecer. As coisas não precisam ser tão bélicas.

Kieran leva um instante para decidir como responder. Ou talvez ele esteja tentando descobrir o que "bélico" significa. Enfim, esse cara não é o que eu chamaria de um interlocutor brilhante. Vou ter que fazer todo o trabalho pesado.

— O que quero dizer é que não precisamos ser hostis aqui. Você tem um trabalho a fazer. E eu entendo. Não quero dificultar as coisas. Só fale comigo, tá? Já, já, vamos estar longe um do outro.

Silêncio. Ele pisca uma vez. Eu interpreto aquilo como um "sim" e olho radiante para ele.

— Legal. Obrigada. E obrigada por não ter revidado. O seu chefe disse que não vai ter o mesmo escrúpulo.

Da outra ponta do avião, Declan troveja:

— *Vai logo fazer a porra do seu xixi!*

Meneando a cabeça, eu digo:

— Coitada da mãe desse aí. Ela devia ter engolido.

Entro no banheiro. Os seis gângsters estão em silêncio, surpresos, quando fecho a porta.

2

DECLAN

Sequestrar uma mulher não deveria ser tão irritante.

Em parte, estou surpreso por sequer termos conseguido colocá-la no avião. Desde o instante em que a pegamos na garagem daquele prédio em Manhattan, ela tem sido um pé no saco.

A maioria das pessoas, ou pelo menos das normais, faria uma das três coisas diante de uma experiência traumática como um sequestro: chorariam; implorariam; ou ficariam no mais absoluto silêncio, paralisadas de medo. Algumas raras exceções podem tentar lutar pela própria vida ou dar um jeito de fugir. Poucos são tão corajosos.

E aí me aparece essa *garota* doida.

Falante, alegre e calma, agindo como se estivesse estrelando um filme biográfico sobre alguma personagem histórica amada que morreu no auge da beleza enquanto salvava um grupo de órfãos famintos de um prédio em chamas ou alguma outra merda do tipo.

A autoconfiança dela é inabalável. Nunca conheci ninguém mais seguro de si do que essa garota.

Ou com tão poucos motivos para o ser.

Pelo amor de Deus, ela é professora de ioga em uma cidadezinha serrana às margens de um lago, mas age como se fosse a rainha da Inglaterra.

Como diabos a porra de uma professora de ioga de vinte e poucos anos, que mal conseguiu se formar na universidade, nunca teve um namorado e parece comprar roupas em um bazar da Sininho, pode ser tão segura de si?

Eu não sei. E nem *quero* saber.

Mas estou curioso em relação às habilidades de luta que ela mostrou. Ela pode não se lembrar de ter derrubado Kieran, mas eu com certeza me lembro. Em todos os anos que trabalhamos juntos, nunca vi ninguém o derrubar.

Não vou mentir, foi impressionante.

Pela minha pesquisa de antecedentes, sei que ela não prestou serviço militar e não teve nenhum treinamento formal de combate nem estudou artes marciais. Também não tem indicação alguma nos milhares de *selfies* em seu perfil no Instagram de que ela soubesse fazer qualquer coisa além de comer couve, se dobrar como um pretzel e aproveitar a luz para fazer poses usando roupas de ginástica apertadas e reveladoras.

Ele deve ter se distraído com os peitos dela.

Talvez com as pernas.

Ou talvez com o sorriso arrogante que ela gosta de dar um pouco antes de dizer alguma coisa que faria qualquer um querer estrangulá-la.

Quanto antes isso acabar, melhor. Eu a conheço há menos de duas horas, sendo que metade desse tempo ela passou inconsciente, e já estou prestes a dar um tiro na minha cara.

Pego meu celular, disco o mesmo número que estou tentando contactar desde que a pegamos, e ouço chamar.

A ligação cai na caixa postal de novo.

E, novamente, tenho a sensação de que há algo muito errado nessa história.

3

SLOANE

As lembranças do que aconteceu começam a surgir na minha mente enquanto estou sentada no vaso. Eu simplesmente pulei de um carro em movimento.

Não é de se estranhar que meu ombro esteja me matando.

Tento reconstituir a memória, mas as imagens estão enuviadas e confusas. Há uma vaga lembrança de correr na chuva por uma rua com Declan em meu encalço, outra de assumir uma posição de luta no meio de um círculo formado por ele e seus brutamontes.

Depois, nada.

Estou enjoada, mas é o latejar na cabeça que me preocupa. Eu a bati no chão quando Declan me puxou para fora do carro na garagem. Acho que eu fiquei inconsciente antes mesmo de as drogas fazerem efeito.

Uma lesão na cabeça, mesmo que leve, pode ser algo sério.

Mais sério do que ter sido sequestrada a mando do líder da máfia irlandesa.

Lavo as mãos e volto para a frente do avião, onde Declan está me esperando. Ele observa minha aproximação com uma expressão de quem está sofrendo de hemorroidas.

Eu me sento no sofá no qual acordei, cruzando as pernas confortavelmente embaixo do corpo.

— Você pode me explicar por que eu pulei de um carro em movimento?

Franzindo a testa, Declan olha para as minhas pernas cruzadas.

— Você viu as algemas que Kieran ia colocar em você e deu um salto.

Sim, isso explica tudo. Eu sou a que coloca algemas nos homens, não o contrário.

— Isso foi antes ou depois que eu quebrei o nariz dele?

Ele ergue o olhar, e agora estou sendo fuzilada por um par de olhos azuis incandescentes. A voz dele é baixa e controlada.

— Você é bem lesada mesmo. Já se esqueceu da regra número dois.

Penso por um momento.

— Qual é a número dois, mesmo?

— Você só fala quando falarem com você.

— Ah, é mesmo. Foi mal. Eu não sou muito boa com esse lance de regras.

— Nem de seguir ordens.

— Não estou tentando irritar você de propósito. — Faço uma pausa. — Tá, talvez um pouco. Mas você me sequestrou.

Ele olha de novo para as minhas pernas. A expressão de nojo me ofende.

— O que foi?

— Você não devia se sentar assim.

— Assim como?

Ele faz um gesto desdenhoso para indicar a minha postura.

— Como se você estivesse no chão, em uma turma de jardim de infância, esperando a professora contar uma história.

— Na rodinha.

— Do que você está falando?

— Quando a gente está no jardim de infância, a gente se senta na rodinha para a professora ler pra gente.

Ele me fulmina, mas eu não desisto e abro um sorriso.

Ele diz:

— Quem quer que tenha dito que você é encantadora era um idiota.

— Ah, fala sério. Pode admitir. Você já é meu fã.

A expressão dele indica que ele poderia vomitar a qualquer momento. Então, ele fica louco da vida e explode:

— Que tipo de mulher não tem medo dos próprios sequestradores?

— Uma que passou muito tempo com homens do seu ramo e sabe como vocês operam.

— O que quer dizer com isso?

— Que a máfia é mais rígida do que os militares quando o assunto é hierarquia e comando. Você já me disse que não ia me machucar. O que significa que, quando o seu chefe deu ordens para você me pegar e me levar até ele para uma conversa, também deve ter dito para se certificar de que eu não fosse ferida. Logo, você vai fazer o que estiver ao seu alcance para garantir que eu não tenha nada de negativo para falar do tratamento que recebi durante a viagem. Será que você poderia me dar um copo de água? Minha boca está seca.

Ficamos nos encarando pelo que parece ser uma hora. Ele gosta de tentar me intimidar e falhar miseravelmente.

Por fim, ele fala em tom sombrio, enquanto desfaz o nó da gravata.

— Qualquer dia desses, essa sua boca grande vai te causar problemas, Sininho.

Só dá tempo de eu soltar um grito assustado antes de ele partir para cima de mim, fazendo-me deitar e enfiando o joelho entre as minhas pernas. Lutamos por um momento enquanto tento fazê-lo sair de cima de mim, mas é impossível — o filho da puta é *forte* —, até que ele posiciona meus dois braços acima da minha cabeça. Vejo um brilho de metal e ouço um clique. Estou algemada.

E furiosa.

Grito.

— Seu filho de uma...

Declan passa a gravata em volta da minha boca e a amarra na parte de trás da minha cabeça.

Agora estou amordaçada.

Olho para ele com raiva, ofegando pelo nariz. Fico um pouco satisfeita de ver que ele está sem fôlego também.

— Melhor assim. — *Agora* ele está sorrindo, o psicopata.

Tento gritar *escroto!*, mas o som sai abafado. Mesmo assim, ele consegue entender.

Meneando a cabeça com ar de ofensa debochada, ele diz:

— Ora, ora, que tipo de linguajar é esse vindo de uma jovem dama? Não te ensinaram na escola que xingar não é nem um pouco adequado?

Mais uma pergunta retórica, e eu corto suas bolas.

O babaca está muito satisfeito com si mesmo. Já eu, estou tão louca da vida que meu corpo todo treme de raiva.

Ele continua em cima de mim.

Os antebraços estão apoiados ao lado da minha cabeça. Pélvis contra peito, o corpo dele contra o meu. Ele é quente e pesado e tem um cheiro suave de menta e algo picante, e espero que seja uma arma no bolso da calça dele, porque...

Nossos olhares se encontram. O sorriso dele some. Um brilho de alguma coisa além de desdém aparece nos frios olhos azuis.

Em um movimento fluido, ele sai de cima de mim e fica de pé.

De ombros tensos e de costas para mim, Declan passa uma das mãos pelo cabelo espesso e escuro e explode:

— Eu não recebi ordens para não machucar você. Então é melhor não testar a porra da minha paciência.

Sua voz está tão rouca e seca que parece que ele engoliu algumas pedras. Não sei bem qual de nós dois está mais desorientado.

Eu me ajeito na poltrona. Ele se vira e me olha de cara feia como se fosse o próprio Lorde Voldemort, e eu, o Harry Potter.

Por que esse homem é tão *zangado*?

Não estou nem aí. Só quero chutar a canela dele. Não, melhor em um lugar mais macio.

Antes que possa gritar mais xingamentos abafados pela gravata, Declan me puxa pelos pulsos, me gira, me empurra para trás e me faz sentar na poltrona que ele ocupava antes. Ele coloca o cinto de segurança, apertando com força. Então, se inclina até ficar cara a cara comigo, todo musculoso e mortal.

— Você tem uma escolha, garota. Ou fica sentada quietinha aqui até o fim do voo, ou continua testando a minha paciência. Se escolher a opção número dois, vai sofrer as consequências.

Deve estar visível na minha cara que não vou cair nessa, porque ele continua:

— Eu vou chamar os rapazes aqui para verem eu arrancar essa saia ridícula de tule e te dar uns bons tapas até sua bunda ficar vermelha. Depois, vou dar a vez para cada um deles. E, então... — Ele faz uma pausa significativa. — Vou deixá-los se revezarem para fazer o que bem entenderem.

Jesus Cristo, eu gostaria de saber código Morse, porque eu ia piscar uma ameaça tão terrível para esse babaca com as minhas pálpebras, que ele nunca mais conseguiria dormir.

Ele vê algo em meus olhos que o faz sorrir. Odeio que ele ache tão engraçado quando fico emputecida.

— Então, o que vai ser? Um ou dois?

Ele arqueia uma das sobrancelhas e espera a minha resposta. Mantendo contato visual, ergo minhas mãos presas e levanto um dedo.

O do meio.

Um músculo se contrai em seu maxilar e ele solta o ar devagar pelo nariz. Aperta os dentes por um tempo, algo que parece ser um hábito dele, então se levanta e olha para mim como se eu fosse merda presa na sola de seu sapato.

Quando seu celular toca, ele o tira do bolso tão rápido que só vejo um borrão.

Parecendo tenso, ele ordena para quem está ligando:

— Fala logo.

Ele ouve atentamente, sem se mexer, os olhos apertados, fixos em algum lugar acima da minha cabeça. Então, cerra o punho da mão que não está segurando o telefone, fecha os olhos e murmura:

— *Merda.*

Ele ouve mais um pouco e depois desliga, deixando o braço pender ao lado do corpo.

E fica parado ali, os olhos fechados e todos os músculos contraídos. Ele segura o celular com tanta força que os nós dos seus dedos ficam brancos.

Quando finalmente abre os olhos e os pousa em mim, eles não estão mais azuis, e sim pretos.

Decido que este não é o momento ideal para mostrar que ele deveria ter algemado minhas mãos atrás do meu corpo, não na frente. Eu só preciso levá-las até a gravata para tirá-la da minha boca.

Mas ele não parece disposto a uma demonstração de superioridade, então eu fico na minha.

Ele se vira abruptamente e segue pelo corredor até sua equipe, comunicando algo a eles. Seja qual for a notícia, todos ficam chocados. Os homens se remexem nas poltronas, cochichando entre si e lançando-me olhares estranhos. Kieran, em especial, parece bem aborrecido.

Não tenho tempo para imaginar o que está acontecendo, porque Declan está vindo na minha direção, os olhos decididos e o maxilar duro como pedra.

Ele passa por mim e entra na cozinha ao lado da cabine do piloto, reaparecendo no instante seguinte com um copo de água. Então, se senta diante de mim e me oferece o copo sem dizer nada.

Quando eu o pego, ele se inclina e tira a gravata da minha boca, que escorrega pelo meu queixo até cair sobre o meu peito, pendurada como um colar. Ou um nó de forca.

Surpresa com aquela mudança, eu agradeço.

Ele não responde. Fica sentado ali, olhando para mim, com a expressão sombria, batucando devagar um dos indicadores contra o braço do sofá.

Tomo toda a água, ciente de que ele está observando cada um dos meus movimentos. Percebo que ele está pensando enquanto me observa. Os olhos são especulativos. Sagazes. Severos.

Aquela ligação tinha alguma coisa a ver comigo.

Ficamos sentados em um silêncio estranho. Eu fico constrangida e preciso me controlar para não me encolher na poltrona.

Finalmente, ele pergunta:

— Você sabe usar uma arma?

A pergunta me surpreende. Pela expressão dele, eu esperava que fosse se lançar contra mim de novo.

— Sei.

Ele não parece surpreso.

— E, pelo jeito com que você lidou com Kieran, suponho que você saiba um pouco de defesa pessoal?

Aonde ele quer chegar com isso?

— Sei.

Ele murmura:

— Bom.

Bom? O que está acontecendo aqui?

Ele continua em silêncio, pensando naquela ligação, e eu levanto o indicador, pedindo permissão para falar. Ele assente.

— O que aconteceu?

Os olhos azuis se fixam em mim.

— Houve uma mudança de planos.

Apesar de ter acabado de beber água, sinto minha boca ficar seca de novo.

— Então eu não vou conhecer o chefe da sua família?

Algo na minha pergunta o diverte, mas de uma forma sombria. A risada dele é completamente desprovida de humor.

— Você está falando com ele agora.

Demoro um instante para entender. Declan é o novo chefe da máfia irlandesa.

Quem quer que fosse o antigo chefe, está morto.

E, de alguma forma, isso aconteceu por minha causa.

4

SLOANE

Está chovendo em Boston quando o avião pousa. Não sei que horas são, mas estou exausta. Tudo dói, até mesmo a sola dos meus pés, que está cheia de hematomas e cortezinhos.

Por onde quer que eu tenha corrido na minha tentativa de fuga antes de eles finalmente me enfiarem no avião, não devo ter ido muito longe.

Gostaria de me lembrar, mas há um buraco nas minhas memórias, que combina com o vazio no olhar de Declan sempre que ele o direciona para mim.

— Vamos — ordena ele em tom seco, estendendo a mão para agarrar meu braço.

Ele me puxa até eu ficar de pé com mais gentileza do que antes. Isso é estranho, considerando que ele tem mais motivos para me odiar agora.

Não que ele tenha confirmado qualquer coisa, mas estou lendo nas entrelinhas.

Diferentemente da mordaça, minhas algemas continuam no lugar. Declan me guia pela escada de metal que leva à pista molhada de chuva, a mão segurando meu bíceps com força. Nós dois estamos ficando molhados na garoa fria e constante. Começo a bater os dentes no meio da descida.

Quando alcançamos o fim da escada, escorrego no último degrau.

Antes que eu caia de cara no asfalto molhado, ele me segura e me pega no colo, como se eu fosse mais leve que uma pena.

Surpresa, respiro fundo. Olho para ele, lindo de perfil, e muito sombrio. Abro a boca.

— Nem uma palavra — avisa ele, me carregando até a limusine que nos aguarda.

Está furioso, disso tenho certeza. Mas tenho menos certeza de que a raiva dele seja direcionada a mim. Seus braços parecem menos uma prisão e mais um tipo de proteção.

A forma como ele vasculha a área parece protetora também, como se estivesse esperando que uma gangue armada saltasse das sombras. Se for o caso, ele está totalmente preparado para lidar com eles.

Stavros e eu ficamos no meio do fogo cruzado uma vez. Bem, tecnicamente, Stavros e seus seguranças *começaram* a atirar, e eu estava no meio de tudo, mas isso é só um detalhe. Eu me lembro claramente de como ele ficou em pânico, mesmo que estivesse com uma arma e se esforçando para me proteger, e de como suas mãos tremeram e a voz saiu aguda. Ele estava tão ofegante que quase desmaiou.

Não consigo imaginar Declan hiperventilando.

Não consigo imaginá-lo em pânico.

Consigo me imaginar irritando-o até ele perder a cabeça, mas essa é outra história.

Um motorista uniformizado abre a porta de trás da limusine quando nos aproximamos. Duas SUVs aguardam logo atrás, as quais presumo serem para o restante da equipe.

Declan me coloca no chão e me ajuda a entrar no carro, deslizando pelo banco de couro para se sentar ao meu lado. O motorista fecha a porta e assume seu lugar na frente, dá partida e sai tão rápido que eu ofego.

— Aqui.

Declan me entrega uma toalha que tirou do compartimento perto da porta. Quando eu pego, ele diz:

— Espere.

Ele tira uma chavinha do bolso interno do paletó e solta as algemas. Então, olha para os círculos de metal cintilante na mão e os joga abruptamente contra o vidro fumê que separa a traseira da limusine dos assentos da frente. Elas batem e caem no chão. O paletó segue as algemas, e ele encosta a cabeça no banco e fecha os olhos, sussurrando em gaélico.

Fico parada, segurando a toalha, e olho para ele sem entender.

— Tá tudo bem?

Depois de um minuto, ele vira a cabeça e olha para mim.

— Tipo, você parece... Ah, foi mal. Eu me esqueci de que eu não posso falar.

Eu me ocupo em secar o cabelo e o rosto, com cuidado para não borrar o rímel e não acabar ficando com cara de panda. Enxugo as pernas nuas também, perguntando-me o que vou fazer em relação a roupas durante aquele sequestro.

O tempo todo, estou ciente do olhar silencioso dele. O ar está pesado com todas as coisas que ele quer dizer, mas guarda para si.

Seguimos caminho. Ele atende ligações, uma depois da outra, falando em gaélico. Depois de umas doze, talvez, ele desliga e se vira para mim.

— Não tente fugir. É mais seguro ficar comigo do que em qualquer outro lugar agora.

— Pode acreditar, meus pés estão doendo demais para... O que você quer dizer com "é mais seguro ficar com você"?

— Exatamente o que eu disse.

Ficamos nos olhando enquanto a limusine acelera pela noite. Estamos indo rápido para onde quer que seja o destino.

— Então, todas aquelas coisas que você ameaçou fazer comigo no avião...

Ele me interrompe.

— Que tipo de armas você já usou? — Quando eu pisco, ele resmunga: — Responde a droga da pergunta, por favor.

Por favor. Atônita, abro a boca e a fecho de novo. Consigo na segunda tentativa:

— A Desert Eagle calibre .357, a Glock G19 e o fuzil AK-47.

Ele levanta as sobrancelhas, surpreso pela AK.

— Stavros tem fuzis por todos os lados. Ele gosta de atirar em peixes no lago.

— Claro que gosta. Russos filhos da puta. — Ele meneia a cabeça, parecendo enojado, se inclina para a frente e tira uma pistola pequena e preta de um coldre no tornozelo.

Ele a entrega para mim.

— Se a gente se separar, use em qualquer um que chegar perto de você, mesmo que pareçam amigáveis. Mesmo que seja uma velhinha, atire na filha da puta bem no meio da testa.

Olho para ele, boquiaberta e com os olhos arregalados.

Ele dá um sorriso triste.

— Enfim, silêncio.

Não consigo formar palavras. Esse gângster psicótico de olhos azuis me deixou muda.

Quando finalmente consigo recobrar o controle da língua, pergunto:

— E como você sabe que não vou atirar em *você*?

— Você vai?

Paro para pensar.

— Talvez.

— É melhor decidir logo. Não temos muito tempo.

— Você é doido, é isso?

— Acredite, garota, às vezes eu me faço a mesma pergunta.

Ele tira um revólver semiautomático grande do coldre nas suas costas antes de continuar:

— As coisas estão prestes a ficar feias. Vão atirar em nós. O carro é blindado, mas, se os pneus forem atingidos, não vamos andar mais do que uns oitenta quilômetros. — Ele para e olha para mim. — Caso você não saiba, isso é bem pouco.

Entendo. Ele não acha que eu sofri alguma lesão cerebral, só que sou totalmente idiota mesmo.

— Eu não estou nem aí para os pneus. Volte para a parte em que as coisas vão ficar ruins e comece de novo. O que caralhos está acontecendo?

— Não posso contar.

— Se você pode me entregar uma arma carregada e me dizer para dar um tiro no meio da testa de uma velhinha, tenho certeza de que pode me dizer o que está acontecendo. Já passamos do período de lua de mel. Além disso, eu consigo lidar com isso, não importa o quão terrível seja. Desembucha.

Posso jurar que o brilho nos olhos dele é de admiração, mas talvez seja só o impulso de agarrar o meu pescoço e me esganar.

E não de um jeito bom.

— Estamos em guerra, Sininho — diz ele em tom sombrio. — Guerra e todas as coisas sangrentas que vêm junto.

— Ah, que ótimo. Você está sendo críptico. Eu amo um irlandês insondável. Sério, eles são os meus favoritos da vida.

— Cuidado. Você vai se exaurir usando todo o seu vocabulário de uma vez.

— Será que dá para perceber no meu tom o quanto eu quero dar uma coronhada bem no meio da sua testa?

— Será que dá para ver na minha cara o quanto eu quero dar uns tapas na sua bunda?

— Isso foi burrice.

— Diz a garota que pulou de um carro em movimento.

— Eu teria pulado de um arranha-céu se fosse para não ter que ficar do seu lado.

— Se eu soubesse disso, teria te levado direto para o alto da torre Hancock.

Reviro os olhos.

— Só me diga a verdade. Eu juro que não vou explodir em lágrimas. A última vez que isso aconteceu, eu nem tinha ficado mocinha ainda.

Ele faz uma pausa, como se estivesse me avaliando.

— Explica para mim por que você não tem medo de mim, nem dessa situação, nem de nada até onde eu saiba, e eu conto o que está acontecendo.

Paro para pensar por um momento.

— Sendo bem sincera? Eu só sou fodona, mesmo.

Depois de um silêncio curto e incrédulo, Declan começa a rir.

É um som profundo, sexy, grave e lindamente másculo. Eu me odeio por ter gostado de ouvi-lo. E por notar os dentes brancos e bonitos. E como o maxilar dele é marcado. E aquilo na bochecha dele é uma *covinha*?

Ele para de rir abruptamente, parecendo tão perturbado pela explosão inesperada como eu. Acho que ele também não estava esperando por isso.

— Botou tudo para fora?

Declan me fulmina com o olhar e responde:

— Botei.

— Bom. Então, quem vai atirar na gente?

— O MS-13.

Mais gângsteres. Estou até o pescoço com isso.

— Porque...?

— Eles não gostam de mim.

Olho para ele e mordo meu lábio inferior.

Ele rebate secamente:

— Obrigado por se conter. Deve ter sido incrivelmente difícil para você.

— Nem me fala.

— Tem outro motivo para eles estarem atrás de mim.

Quando ele fica parado, olhando para mim em um silêncio inescrutável, eu pergunto:

— Sinta-se à vontade para dividir a informação comigo. Sou toda ouvidos.

— Você.

Surpresa, eu pisco.

— Eu?

— É, você.

— Eu não conheço nenhum salvadorenho. Pelo menos não um que faça parte da máfia.

— Achou mesmo que seu amiguinho, o sr. Portnov, ia levar numa boa o fato de você ter sido sequestrada?

Ele está se referindo a Kage, meu amigo, que por acaso é o líder da máfia russa.

Pelo que Stavros me disse uma vez, a MS-13 é a gangue que mais cresce em Boston. Kage deve ter feito algum tipo de trato com eles para que tentassem me resgatar assim que eu saísse do avião. Mas como ele poderia saber para onde Declan estava me levando depois da garagem, ou mesmo o nosso destino?

Ou até mesmo se estou morta ou viva, será que faz diferença? Declan poderia muito bem ter cortado a minha garganta assim que colocou as mãos em mim.

Então, eu me toco: Natalie também não sabe se estou viva ou morta.

Eu me empertigo no assento e exclamo:

— Ai, meu Deus. Ela deve estar tão preocupada! Me dá o seu celular.

— Eu não vou te dar o meu celular.

— Eu tenho que avisar para minha amiga que estou viva.

A pausa dele deixa o ar carregado.

— Ah, sim.

— O que você quer dizer com isso?

— Você e sua amiga.

— O que que tem?

— Vocês são muito... próximas.

— Claro que somos próximas. Ela é minha melhor amiga desde... — Eu paro de falar, franzindo a testa diante da expressão dele. Então, eu suspiro. — Pelo amor de Deus.

— Não estou julgando.

— Cala a boca. Não somos lésbicas.

Ele parece não acreditar.

— Você disse que não consegue um namorado.

— Não, eu disse que não *quero* um namorado. Você realmente não entendeu. Namorados são como carpas: exigem tempo e são um hobby chato. Eu não tenho o menor interesse nesse tipo de comprometimento. Sacou?

— Você também parece não gostar do sexo oposto.

Dou um sorriso.

— Só de alguns poucos merecedores.

Ele ignora o que acabei de dizer.

— E tem a questão de como você lida com a pressão.

— O que que tem?

— Você é quase tão corajosa quanto um homem.

— Que coincidência, eu estava pensando a mesma coisa sobre você.

Ele solta o ar pelo nariz e meneia a cabeça. Ele não sabe se ri ou se acaba comigo ali mesmo.

— Você é realmente diferente, garota.

— E eu vivo dizendo para você, gângster. Eu sou encantadora. Quando isso tudo acabar, você vai estar completamente apaixonado por mim.

Com os olhos azuis faiscando, ele abre a boca para retrucar, mas as palavras são abafadas pelo barulho repentino e ensurdecedor de uma tempestade de balas bombardeando a lateral do carro.

5

SLOANE

A primeira coisa que Declan faz é se jogar em cima de mim.

O efeito imediato é me deixar totalmente sem ar e derrubar a pistola da minha mão. Estou deitada no banco do carro, surpresa e ofegante, enquanto Declan cobre o meu corpo, como um cobertor irlandês de umas dez toneladas.

— Sean é um ótimo motorista — afirma ele em tom calmo, olhando para a repartição fechada da janela. — Temos uma chance de conseguirmos ser mais rápidos do que eles. Mas, se eles tiverem bloqueado as ruas, como eu faria, podem estar nos levando intencionalmente para um beco sem saída. — Ele olha para mim. — E isso não seria nada bom.

A limusine vira de um lado para o outro, derrapando por um instante antes de se estabilizar e continuar a toda velocidade. Outra saraivada de tiros. As balas salpicam contra o para-brisa traseiro e ricocheteiam, deixando pequenas perfurações cercadas por rachaduras, como veias.

Tentando respirar, digo baixinho:

— Eu tenho perguntas.

— Que novidade.

— Como você sabia que eles iam estar esperando por nós? O que aconteceu com o seu chefe? O que acontece se eles nos atraírem para um beco sem saída? E por que caralhos você está em cima de mim?

Ele parece vagamente ofendido.

— Para proteger você, é claro.

— Você disse que o carro é blindado.

Aquilo o deixa sem palavras por um tempo.

— Certo. Desculpe. Foi o instinto.

Ele se senta e me puxa com ele. Eu pego minha pistolinha fofa no chão e a prendo no cós da saia antes de me virar para ele.

— Que tipo de sequestrador tenta proteger a prisioneira?

Ele explode.

— O tipo idiota. Eu deveria abrir a porta e te atirar para os lobos.

Analiso a expressão dele.

— Mas você não vai fazer isso.

A resposta dele é um grunhido insatisfeito. Nesse meio-tempo, ainda estamos seguindo a toda velocidade, as balas voando por todos os lados, e eu começo a me divertir.

— Ah! Tá vendo? Você já está caidinho por mim.

Ele fecha os olhos e suspira.

— Meu Deus, faça isso parar.

— Espera um pouco aí. O que você quer dizer com "me atirar aos lobos"? Esses caras da MS-13 não estão tentando me salvar? Sabe, *de você*?

Ele ri.

— Se você tivesse o mínimo de inteligência, seria perigosa.

— Ah, você se acha melhor que eles?

— Nós não somos nem da mesma espécie, garota.

Faço uma cara de descrença.

— Isso parece um pouco racista. Acho que você deveria rever seus conceitos, parceiro.

Ultrajado, ele me fulmina com o olhar, antes de rugir:

— Eu não estou falando da porra da *raça*! Estou falando sobre o que eles fariam se você caísse nas mãos deles, sua idiota! Eles ou qualquer outra família! — Ele pragueja. — Você é burra como uma porta.

O sotaque irlandês fica mais acentuado quando ele está zangado. É quase atraente.

— Você não está falando coisa com coisa. Por que eles "fariam" algo comigo se estão tentando me ajudar?

— *Ajudar*? — Ele dá risada. — Achei que você tinha dito que está acostumada com homens do meu ramo.

Na defensiva, eu respondo:

— Não fui criada por eles, só namorei alguns. Tá legal, um. Mas, sim, eu convivi muito com ele e com os capangas dele, e também com o namorado da minha amiga. Estou ciente das regras.

Os olhos azuis brilham na penumbra.

— Estamos em guerra, garota. As regras não se aplicam. Principalmente quando se trata da porra da mulher que começou essa merda toda. Se eles devolverem você em Nova York praticamente sem vida, seu amigo mafioso russo consideraria um favor. — Ele baixa o tom de voz. — Não importa quantas vezes te estuprarem e surrarem no caminho.

Sei que está falando sério, mas ele também ameaçou arrancar minha saia, me bater e deixar seus capangas fazerem o mesmo, ou até pior. Porém, logo depois deu para trás e me entregou uma arma. Não sei bem se posso confiar no juízo desse cara.

Além disso, a Nat mataria Kage se os homens que ele mandou para me resgatar me machucassem. Minha amiga o castraria em dez segundos, e tenho certeza de que ele sabe disso.

Continuando:

— Você não para de me dizer que eu comecei uma guerra. Por quê?

— Porque você começou.

— Acho que eu lembraria se tivesse feito isso.

— Você não se lembra de ter pulado do carro e dado um soco em Kieran.

— Entendi. Então, eu comecei essa guerra da máfia quando você me drogou?

Ele não gosta do meu tom, transbordando sarcasmo. Dá para perceber que se arrepende de ter me livrado da gravata que me amordaçava.

— Eu não tenho tempo nem paciência para fazer a porra de um desenho para você entender.

— Calma. Não precisa ficar nervosinho.

O olhar dele poderia começar um incêndio.

— Eu acho que você está mentindo sobre não ter namorados. Acho que você teve um monte, e todos se mataram.

— Considero assustador saber que pessoas como você têm direito ao voto. E dá para responder o que eu te pergunto?

— Estou ocupado demais pensando onde vou desovar o seu corpo.

Ele está travando os dentes de novo. Eu realmente não faço bem para a saúde bucal dele. Que pena, são dentes tão bonitos.

— Você usou aparelho quando era pequeno?

— O quê…? Deixa pra lá. Meu Deus. Deite-se no chão. Se o carro parar e eu sair, fique aqui dentro. E por tudo que há de mais sagrado, *cale a porra da boca.*

Ele me empurra para o chão e pressiona a mão no meu pescoço. Olho para ele, me surpreende ele achar que vou obedecer a uma única ordem sua que seja.

Como é que os homens conseguem chefiar tudo? Eles são totalmente sem-noção.

— Ei, gângster.

Ele fecha os olhos e faz um barulho, enquanto aperta mais o meu pescoço.

— Ah, relaxa. Eu só queria perguntar se você acha que uma síndrome de Estocolmo reversa já existe ou se você está prestes a inventá-la?

— Quantas vezes os seus pais imploraram para você fugir de casa?

Boa. Ele está pegando o jeito.

— Depois das primeiras dez eles aprendem que eu não respondo bem a ordens.

Quando ele abre os olhos para me fulminar, eu sorrio:

— Ah, você só está zangado porque está acostumado a provocar, e não a ser provocado.

Ele para de me fulminar com o olhar e parece surpreso.

— Como sabe disso?

— Consigo detectar um espertinho como eu de longe. É um dos meus muitos talentos. Se quiser ficar realmente impressionado, você deveria me ver jogando pôquer. Eu mando muito bem.

A expressão dele se suaviza quando Declan inclina a cabeça e olha para mim. *Olha* de verdade. De um jeito que os homens raramente fazem, com uma curiosidade genuína.

A maioria deles nunca vai além dos meus peitos.

Mas o olhar desaparece em um estalar de dedos, assim que mais tiros atingem a lateral do carro, que gira e derrapa até atingir alguma coisa com força e parar. O único motivo pelo qual eu não me choco contra o para-brisa traseiro e saio voando como um míssil é porque Declan está em cima de mim, mantendo-me deitada com seu peso considerável.

Quando a poeira abaixa, digo sem ar:

— Isso está virando um hábito.

— Você vai continuar falando até baixarem seu caixão, não é, garota?

— Eu vou ser cremada. Então não vou ter mais boca para falar.

— Tenho certeza de que você vai dar um jeito.

O coração dele bate em um ritmo lento e constante contra o meu peito. O rosto dele está tão próximo que eu consigo contar cada fio de barba escura de seu queixo lindo e quadrado. Um cheiro mentolado e picante atinge meu nariz. Uma das mãos grandes está protegendo minha cabeça, e me dou conta de que meu sequestrador é, na verdade, um homem bem atraente.

Não apenas bonito. Atraente. Do tipo que faz os meus ovários ficarem muito interessados na grande pistola que ele carrega entre as pernas.

Ele está certo. Sou lesada.

Ele deve ter ouvido meus ovários gritarem, porque se vira um pouco e levanta uma das sobrancelhas para mim.

— Nenhuma respostinha?

— Hum... não.

Como foi que minhas mãos foram parar na cintura dele? Como é que uma das suas coxas acabou no meio das minhas pernas? Como foi que a temperatura do carro subiu tanto?

Declan olha para a minha boca. Uma pausa ardente. Então, com voz rouca, ele diz:

— Eu já volto. Lembre-se do que eu disse: fique aqui.

Ele sai de cima de mim, abre uma das portas, a fecha e desaparece.

— "Já volta"? — grito para o nada. — Para onde você está indo?

Em resposta, mais tiros são disparados do lado de fora.

Eu me encolho quando a nova saraivada atinge os vidros e solto um gritinho quando alguém pula no teto. Irritada com o escândalo, eu me sento, tiro a arma da cintura e me recosto no banco, segurando o revólver com as duas mãos, sem tirar o dedo do gatilho.

Do lado de fora, a Terceira Guerra Mundial segue a pleno vapor.

Quem quer que esteja no teto, está andando e batendo os pés como se fosse um touro e rosnando como um leão. Eu bem que gostaria de ver o que está acontecendo lá fora, mas, na escuridão da noite, com o insulfilme nas janelas e a chuva, só vejo borrões de pessoas se mexendo e explosões de luz branca e brilhante quando alguém dispara a arma.

Parece levar uns cem anos até tudo ficar no mais absoluto silêncio.

Quando os minutos se passam e nada acontece, um senso de terror toma conta de mim. Eu sou um alvo fácil aqui. Um coelhinho, esperando os lobos entrarem.

Declan disse para eu não me mexer, mas... e se Declan já estiver morto?

Suponho que os capangas da MS-13 serão meus novos sequestradores.

Como dizem, já que está no inferno, abrace o capeta.

— Ah, foda-se tudo isso — praguejo.

Abro uma fresta da porta e espio lá fora.

Estamos em uma área industrial, não muito longe do aeroporto. No céu, um jumbo voa baixo, seguindo para uma pista de pouso distante com um rugido abafado. Aqui perto, uma fábrica solta fumaça por chaminés grandes de cimento. As ruas são ladeadas por depósitos enormes, e os estacionamentos estão vazios. Alguns metros atrás de mim, mais de dez veículos bloqueiam a rua, carros grandes e motocicletas que devem pertencer à outra gangue.

Tem corpos espalhados no meio da rua.

Além do jato arriando e dos sons distantes do trânsito, não ouço nada. Nenhuma voz. Nenhum passo. Nenhum pedido de socorro.

É assustador pra caramba.

— Vai a algum lugar?

Ofego, sobressaltada. Olho atrás da porta e vejo Declan apoiado na lateral da limusine, os braços cruzados. Seus olhos estão semicerrados quando olha para mim.

Observo-o de cima a baixo. Infelizmente, não parece estar sangrando.

— Você está vivo.

— Você parece decepcionada.

— Quase tão decepcionada quanto você ficou quando acordei no avião.

Ele me tira do carro, tira a pistola da minha mão e a prende no coldre do tornozelo.

— Eu não estava decepcionado, era depressão mesmo.

— Nossa, valeu. Você sabe como fazer uma garota se sentir especial.

Tudo bem, há uma parte do corpo dele que me faria me sentir muito especial, mas é melhor que eu não pense nisso.

Ele segura meu braço e me puxa pela rua, como se eu fosse uma mala de rodinha. Quando começo a mancar, ele para e olha para mim.

— Meus pés estão machucados, mas tá tudo b...

Ele me pega no colo de novo e continua andando como se fizesse isso todos os dias. Talvez ele faça. Eu não faço ideia de quantas pessoas este homem sequestra e carrega por ruas molhadas de chuva repletas de gente morta.

Ele me coloca no chão ao lado de um Chevrolet Camaro preto, abre a porta do carona e me empurra para dentro. Então fecha a porta e contorna o carro, deslizando o corpanzil para dentro com uma elegância surpreendente, e dá partida no veículo.

— Cinto de segurança?

— Nós estamos roubando este carro?

— Você tem talento para notar o óbvio.

— Que bom que o cara deixou a chave na ignição.

— Não teria problema se não tivesse deixado. Eu sei fazer ligação direta nesses carros antigos.

— Aposto que aprendeu a fazer isso na prisão. Vai me deixar dirigir?

Quando ele me lança um olhar mortal, eu digo:

— Um cara que eu conheci na faculdade tinha um Camaro vermelho incrível e ele me deixava...

— Coloca o cinto!

— Não precisa gritar.

Ele se inclina por cima de mim, pega o cinto e o puxa até encaixá-lo na trava. Depois, segura o volante com tanta força como se desejasse que fosse o meu pescoço. Saímos de lá, o motor V8 do Camaro rugindo.

Estamos acelerando pela rua, quando duas SUVs pretas viram a esquina em direção a nós.

— São seus homens?

— São.

— Então foram só você e Sean contra todos aqueles caras? Como isso é possível? Eram mais de dez. Você não tinha munição suficiente na arma, a não ser que Sean estivesse com algum pente de alta capacidade ou algo do tipo. E mesmo assim vocês dois precisariam ser atiradores *exímios*. Ou muito sortudos. E onde ele foi parar, no fim das contas?

Declan resmunga:

— Jesus, Maria e José.

— Só estou tentando fazer um elogio.

— Não, você está tentando me enlouquecer.

— Tudo bem. Vou ficar quieta.

Ele ri.

— Estou falando sério. Vou ficar quieta de agora em diante. Mas já vou avisando. Você não vai gostar nadinha.

Eu encontro a alavanca na lateral do banco e abaixo o encosto. Deitada, procuro uma posição confortável e fecho os olhos.

O carro diminui a velocidade. Declan baixa o vidro e troca algumas palavras rápidas em gaélico com um dos homens da SUV. Depois, continua dirigindo rápido, mas de forma controlada, seguindo para algum lugar.

Tento ignorar o latejar na cabeça. Mas tenho mais sucesso deixando de lado a dor no ombro e nos pés, já que a cabeça está doendo demais. Espero que sejam os efeitos adversos da cetamina e não uma concussão, porque eu duvido que Declan concordaria em me levar ao hospital para ver se sofri algum traumatismo craniano.

— Tira os pés do painel.

Mordo a língua e movo os pés para o assoalho.

— Obrigado.

Não respondo. Tenho certeza de que é a minha imaginação que me faz sentir o olhar dele sobre mim. Em mim e nas minhas pernas.

Depois de um longo tempo, ele diz em voz baixa:

— Você estava certa em relação a uma coisa.

Preciso me esforçar muito para não responder.

Quando não digo nada, ele solta o ar de forma pesada.

— Eu não vou machucar você. Você tem a minha palavra.

Resisto ao impulso de me sentar e gritar *Arrá!*, mas finjo roncar um pouco.

O riso baixo é, de alguma forma, a coisa mais sexy que já ouvi.

Eu devo ter pegado no sono, porque quando dou por mim, Declan está me colocando em uma cama.

6

DECLAN

É um milagre que essa diabinha superconfiante e falante pareça tão doce e inocente durante o sono, mas ela consegue. Enquanto eu a coloco na cama do quarto principal, ela pisca os olhos sonolentos para mim. As pálpebras estão pesadas; o rosto, corado. O cabelo se espalha pelo travesseiro numa confusão de fios escuros e sedosos, nos quais eu gostaria de mergulhar os meus dedos. Não. Meu Deus. No que estou pensando?

Ela arrancaria meus dedos com uma dentada.

Olhando para mim, ela balbucia:

— Quero te contar uma coisa, mas não estamos nos falando. Boa noite, gângster.

Ela se vira de lado e volta a dormir na hora.

Fico parado ao lado da cama e a encaro, impressionado. Ela nem perguntou onde estamos. Nem para onde estamos indo. Ela também nem piscou quando viu o rastro de cadáveres que deixamos para trás.

Nunca conheci ninguém tão resiliente. Tão destemida. Tão...

Irritante.

E tão em forma. Suas pernas são longas e flexíveis, como as de uma dançarina, e sua bunda é bem durinha e firme. E aqueles peitos...

Pare.

Frustrado comigo mesmo, fecho os olhos e respiro fundo.

Não costumo me distrair assim. Mesmo perto de mulheres com o corpo como o dela. *Principalmente* perto de mulheres com um caso tão extremo de diarreia verbal.

Eu gosto das quietas. Das submissas. Das que não me fazem querer arrancar os cabelos e atear fogo em mim mesmo. Para cada hora que passo com ela, minha simpatia pelo ex-namorado cresce.

Ex-amante. Sei lá o quê. Estou começando a achar que o cara é um santo.

Tiro os sapatos e vou até a cozinha me servir de uísque. Tomo uma dose e, depois, outra. Vou até as janelas da sala de estar e fico observando a incrível vista noturna e brilhante de Boston e controlo a vontade de gritar.

Nunca quis nada disso.

Essa responsabilidade. Essa vida.

Eu sempre fui o homem dos bastidores. O que fica nas coxias, limpando a sujeira e se mantendo na retaguarda.

Nunca quis os holofotes. Prefiro trabalhar nas sombras. Agora tenho a porra de todas as cabeças do crime organizado do mundo na minha cola.

Tenho que negociar e fazer acordos com eles. *Trabalhar* com eles, quando tudo que eu quero é queimar seus impérios brutais.

Mas, como um sábio me disse há muito tempo, a melhor forma de matar um ninho de cobras é estando dentro dele. "Mantenha os amigos perto e os inimigos mais perto ainda" e toda aquela merda.

Os russos. Os chineses. Os italianos. Os armênios. Os mexicanos... A lista não acaba. Quando comecei nisso, tempos atrás, achei que eu estava tornando o mundo um lugar melhor. Pensei que eu estava protegendo inocentes.

Mas aprendi do jeito difícil que assim que uma cobra morre, outra assume seu lugar. Sempre surgem mais bandidos. Existe um suprimento infinito e ilimitado deles.

Eu fico me perguntando se fiz alguma diferença.

Passo a mão no rosto para afastar o pensamento sombrio, volto para a cozinha e sirvo um copo de água. Deixo-o então na mesinha de cabeceira ao lado de Sloane, adormecida, e sigo para o chuveiro.

Depois disso, visto um terno limpo e preparo uma caneca de café forte.

Vou precisar.

Porque, assim que o sol nascer, um desfile de visitantes vai começar a aparecer para prestar homenagens ao novo rei.

7

SLOANE

Quando acordo, estou num quarto estranho e demoro para me orientar.

A decoração é toda em tons de cinza e preto. Os móveis são contemporâneos e masculinos. Uma lareira apagada toma conta de um dos lados do quarto. Um sofá e algumas cadeiras formam uma área de estar. Cortinas pretas e pesadas cobrem as janelas, escurecendo o ambiente, exceto por uma luz fraca que se infiltra por uma porta entreaberta e ilumina o cômodo ao meu redor.

Eu me sento, tremendo. Não faço ideia de que horas são ou quanto tempo se passou, mas estou morrendo de fome e preciso fazer xixi.

O copo de água na mesinha de cabeceira está ali para me provocar.

Ignorando-o (provavelmente está batizado), saio da cama *king size* e sinto o tapete macio quando vou até a porta aberta. Então me deparo com um banheiro enorme. Luzes automáticas se acendem quando eu entro, revelando uma imensidão de mármore branco e vidro.

Uso o vaso, abro as gavetas embaixo da pia até encontrar uma pasta de dente e me esforço para escovar os dentes usando o dedo. Em seguida, lavo o rosto e tento domar meu cabelo embaraçado com as mãos.

Não dá certo. Eu pareço exatamente o que sou: uma vítima de sequestro.

Só que eu odeio ser uma vítima. Eu me esforcei demais para evitar esse rótulo. Uma vez que se aceita o papel de vítima, você não se livra mais dele.

Controle-se, Sloane. Respire fundo e lembre-se de quem você é.

Fecho os olhos, tentando me concentrar e acalmar minha mente.

Não tenho calcinha limpa.

Não sei por que essa é a primeira coisa que vem à minha mente, mas é. Preciso parar e respirar para controlar a raiva que sinto de Declan. Não tenho roupas, celular, produtos de higiene, minha pílula anticoncepcional...

Ah, merda. Se interromper o uso da pílula, minha menstruação vai descer a qualquer momento. E eu não tenho a menor intenção de manchar essa saia de sangue. Ela está embolada e amassada, mas nada que não possa ser ajeitado.

Preciso de roupas.

Saio do banheiro e encontro outra porta que leva a um closet. As luzes se acendem aqui também. Vejo um monte de ternos pretos idênticos pendurados em uma fileira, junto a uma fileira de camisas brancas idênticas. Algumas calças jeans pretas completam o guarda-roupa.

Abrindo uma das gavetas da cômoda de madeira no meio do quarto, eu encontro camisetas brancas dobradas com perfeição; já em outra gaveta, cuecas de algodão também dobradas, nas cores preto e branco; e numa terceira gaveta, há camisetas pretas, dobradas como se estivessem na vitrine de uma loja.

Declan é bem obsessivo em relação à arrumação de suas roupas.

O que é fantástico, considerando que logo, logo eu vou começar a sangrar em tudo.

Tiro a saia, a jaqueta e o top e visto uma cueca branca. Fica bem grande e parece mais uma fralda, mas quem se importa? Em seguida, pego uma das camisas brancas em um cabide. Ela vai até a metade da minha coxa quando eu a visto. Dobro as mangas e estou acabando de abotoar o último botão quando escuto uma voz atrás de mim dizer:

— O que você está fazendo?

Resisto ao instinto de me virar, surpresa. Em vez disso, eu paro por um instante e olho para trás.

Usando um dos ternos pretos da coleção, Declan está encostado no batente da porta. Os braços grandes cruzados. A expressão comedida. Os lindos olhos tão infinitamente azuis.

— Sei que sua memória não é tão boa por causa da idade avançada e tal, então eu vou te lembrar de que não estou falando com você.

Ele sustenta o meu olhar por tempo suficiente para fazer meu coração quase parar, antes de responder:

— E eu devo te lembrar de que você não manda aqui.

Será mesmo?

Ele deve ter visto o pensamento estampado em meu rosto, porque sua expressão obscurece. Descruzando os braços, ele se aproxima.

Eu não me mexo. Não vou lhe dar a satisfação.

Ele para bem perto de mim. Tão perto que consigo sentir seu cheiro e reparar na barba por fazer, nos olhos injetados e na aparência exausta.

Com voz rouca, ele diz:

— Não, você não manda.

Ficamos parados assim por um momento, nos encarando, até que ele segura os meus ombros e me vira para ele. Os olhos passeiam pela minha silhueta, demorando-se nas unhas pintadas dos pés, subindo pelas minhas pernas, e então param na bainha da camisa dele, no ponto em que ela encontra minhas coxas desnudas.

Ele lambe os lábios.

Meu coração quase para.

— Você está usando a minha camisa.

É uma afirmação, não uma pergunta. Então decido que aquilo não exige uma resposta.

Depois de uma pausa, ele leva a mão até a bainha e a pega entre os dedos, esfregando o material, pensativo, enquanto um músculo salta no seu maxilar.

Alguém aumentou a temperatura de novo. Minhas mãos estão suadas, assim como as minhas axilas, e sinto um calor subir pelo meu rosto, fazendo minhas bochechas queimarem.

A voz dele está mais grave.

— O que você está usando por baixo?

Respire. Acalme-se. Ele só está tentando te intimidar.

— Sua cueca.

— Você está usando a minha cueca?

O olhar dele encontra o meu. Nunca soube que olhos azuis podiam ficar tão quentes, mas eles ficam.

É a minha vez de umedecer os lábios. Ele observa o movimento da minha língua com o olhar afiado de um predador.

— Caso não tenha percebido ainda, eu não tenho outras roupas.

Tentei transmitir um certo desinteresse, mas fracassei totalmente. As palavras saem como se eu tivesse acabado de correr um quilômetro em menos de quatro minutos.

Declan aperta mais o meu ombro. A pulsação no pescoço dele está evidente.

Puta merda, como está quente aqui dentro. Preciso sair deste closet antes de entrar em combustão.

— Você só vai sair daqui quando eu quiser — murmura ele.

Solto a respiração que eu estava prendendo.

— Não começa com essa história de tentar ler minha mente. Isso não vai acontecer. Então, pode esquecer. Nem tenta.

— Não dá para evitar. Tá na sua cara.

Nervosa ao ouvir a voz rouca dele, ao sentir que estou suando e notando a maneira como meus ovários traiçoeiros decidiram dar um golpe no meu sistema nervoso, meneio a cabeça.

— Claro que não. Tenho um espírito frio e calculista. Sou como um gato.

— Um gato?

— Você sabe. Distante. Inescrutável.

Com os olhos fixos nos meus, ele desliza a mão gigante pelo meu braço até chegar ao meu pulso, pressionando-o com o polegar.

Depois de um instante, ele diz suavemente:

— Para uma gatinha arredia, até que você tem um coração bem acelerado.

— É um mal de família.

Pare de ofegar! Por que você está ofegante? Você parece um labrador!

O polegar de Declan acaricia levemente a veia que me denuncia. Ele olha para a minha boca.

— E você quer saber qual é o mal da minha família, gatinha?

Uma voz no meio das minhas pernas grita: *Quero muito!*, mas com um esforço hercúleo, eu a ignoro.

Quando não respondo, Declan se aproxima do meu ouvido e sussurra:

— Exatamente como pensei.

— Eu não disse nada.

— Claro que disse, garota. Só não verbalizou.

Eu quero gritar. Quero dar um soco no pescoço dele. Quero pisar no seu pé, dar um tapa na cara arrogante e cortar em pedacinhos cada um daqueles ternos pretos idiotas.

Em vez disso, reúno toda minha dignidade e digo com calma:

— Vai sonhando.

Ele inspira contra o meu pescoço, o nariz roçando a pele sensível abaixo do meu ouvido, provocando arrepios pelo meu braço.

Então, ele se afasta abruptamente e solta o meu ombro. Dando um passo para trás, pisca algumas vezes, parecendo não saber ao certo o que deu nele, ao mesmo tempo que parece querer se socar.

Ele enfia a mão no bolso do paletó e me entrega um celular.

— Aqui.

Ele faz uma pausa e pigarreia enquanto pego o aparelho.

— Meu número está salvo aí. Se você precisar de alguma coisa, é só mandar uma mensagem. Não dá para discar outro número a não ser o meu. Também não tem conexão com a Internet. Então nem adianta tentar entrar em contato com ninguém.

Ele vira e sai do closet.

— Espera! — Eu corro atrás dele, já no meio do quarto. — Declan!

Ele para na porta, sem se virar, e pergunta em tom irritado:

— O quê?

— Por quanto tempo você vai me manter aqui?

— Pelo tempo que for necessário.

— Necessário pra quê?

Ele fica em silêncio, como se estivesse debatendo algo consigo mesmo, depois se vira para mim, com um olhar sombrio.

— Eu não ia te contar isso, mas aqueles caras da MS-13 que nos atacaram? Eles não estavam tentando te salvar.

— Como assim?

— Eles estavam tentando nos matar. Nós dois.

Sinto um frio na barriga.

— Por que eles tentariam me matar? Você mesmo disse que foi o Kage que os mandou.

— Não, eu te disse que ele não ia levar o seu sequestro numa boa. E foi o que aconteceu. Ele mobilizou alguns soldados dele para resgatá-la. Mas, de alguma forma, outros grupos descobriram a identidade da minha carga também.

Carga. Eu não sou mais do que um pacote para essa gente.

— E?

— Eu já disse. Estamos em guerra. Você é um membro valioso da Bratva.

— Eita. Espera um pouco. Eu não faço parte da máfia russa.

Declan olha para mim com olhos escuros e inescrutáveis.

— Você é querida por alguns membros importantes.

Natalie. Stavros. Ai, meu Deus.

— Então você está me dizendo que eu me tornei uma espécie de gângster por tabela?

— Você, na verdade, é um alvo. Por causa do tiroteio que aconteceu na noite de Natal das famílias, Kazimir fechou todos os portos, interrompeu os canais de distribuição, sabotou os envios e interrompeu o fluxo de dinheiro. Todo mundo está sendo prejudicado. Se as outras famílias conseguirem colocar as mãos em você, eles vão te usar como moeda de troca ou...

Vingança.

Ele não precisa dizer. Eu entendo aonde ele quer chegar.

Sustentando o olhar dele, pergunto:

— E você vai me usar para quê?

— Se eu te quisesse morta, você já estaria.

— Então, vai me usar para uma negociação.

— Eu não vou negociar com aquele lixo.

Detecto o ódio no tom dele, algo que me remete a brigas antigas e cicatrizes ainda mais profundas. Ele despreza Kage, isso fica bem claro, mas também parece se sentir superior.

Como se um mafioso, traficante de drogas e responsável por lavagem de dinheiro fosse melhor do que outro.

— Se eu não sou uma moeda de troca para você, nem um meio de retaliação, o que eu sou? Por que estou aqui?

— Eu já disse, garota. Por ora, você está mais segura comigo do que com qualquer outra pessoa.

É quando me dou conta: Declan salvou a minha vida.

Se o que ele está dizendo é verdade, e a MS-13 tivesse conseguido me pegar... Não. Eu não vou pensar nisso.

Também não quero pensar no que significa o fato de o meu sequestrador ter se tornado o meu protetor. Minha cabeça não está preparada para lidar com essa merda toda.

Tem um milhão de coisas de que quero falar, coisas que fariam muito mais sentido, mas o que sai da minha boca surpreende nós dois:

— Obrigada.

Não há uma palavra capaz de descrever a expressão dele. Perplexidade, talvez.

— O quê?

— Estou te agradecendo. Se o que você acabou de dizer é verdade, você salvou a minha vida. Estou te devendo uma.

Ele olha para mim como se eu fosse uma alienígena que acabou de pousar no gramado dele informando que precisava dos seus rins, senão uma raça inteira de seres inteligentes em alguma galáxia distante morreria.

Tento soar mais forte.

— Não estou dizendo isso para te irritar.

— Eu sei.

— Que bom.

— Que bom.

Mantemos nossos olhares fixos um no outro. Estou ciente de cada pedacinho de pele do meu corpo. Meu estômago escolhe esse exato momento para emitir um som alto, quebrando o silêncio constrangedor.

— Você precisa comer. — Declan meneia a cabeça como se estivesse irritado por não ter se dado conta disso antes.

— Por favor.

— Mais alguma coisa?

Quando eu hesito, ele diz:

— Vou avisar para a sua amiga que você está segura.

Eu não entendo esse sequestrador educado e protetor. O que aconteceu com o babaca agressivo?

— Obrigada. De novo. Mas não era isso que eu estava pensando.

Ele percebe que eu estou constrangida. Então levanta as sobrancelhas, esperando.

— Preciso de produtos de higiene. Coisas de mulher.

— É só mandar uma lista por mensagem. Eu compro tudo de que você precisar.

Minha surpresa é tão grande que não consigo me segurar:

— Você vai comprar absorvente para mim?

A boca de Declan se contrai de um jeito estranho. Ele está tentando segurar o sorriso?

— Não. O Kieran vai.

— Kieran, não.

— Por que não?

— Eu estou tentando ganhar a simpatia dele.

— Por quê?

— Não tem nada que machuque mais o orgulho de um homem do que parecer fraco diante dos amigos. Eu não quero constrangê-lo ainda mais.

Declan inclina a cabeça, como sempre faz quando realmente olha para mim. Seus olhos são penetrantes. Investigativos. *Astutos.*

Aquilo me deixa vermelha.

— Meu Deus, eu preciso que ele se apaixone por mim para me deixar sair daqui, entendeu?

Ele ri e meneia a cabeça.

— Se você diz.

Declan solta um suspiro pesado, passa a mão pelo cabelo e parece se controlar. Empertigando-se e alisando a gravata, ele ajeita a postura e contrai o maxilar.

Dá para notar que ele não quer sair daqui.

Não porque quer ficar perto de mim ou algo do tipo, mas por causa do quê ou quem o aguarda lá fora. Ele está receoso.

Quando ele se vira para sair, digo impulsivamente:

— Ei. Gângster.

Ele se volta para mim com a sombra de um sorriso no rosto.

— O que é agora?

— Você consegue.

Ele franze a testa, sem entender.

— Você me ouviu. Seja lá o que precisa fazer, você vai se sair bem. Só respire fundo e lembre-se de quem você é.

Parecendo surpreso, ele repete em voz baixa:

— Lembre-se...

— Isso é o que eu sempre digo para mim mesma quando não estou me sentindo cem por cento bem. Lembre-se de quem você é.

Dá para perceber que ele não quer perguntar, mas a curiosidade leva a melhor.

— E quem é você?

— A única pessoa que já foi, que é ou será quem eu sou. O mesmo que você. Em uma palavra: insubstituível.

Ele fica boquiaberto e olha para mim em silêncio por um longo tempo.

— Você deve ter batido a cabeça muito feio quando era bebê. Só pode ser isso.

Sou obrigada a sorrir diante da profundidade do assombro dele.

— Não. Eu não bati a cabeça quando era bebê. Sou a filha do meio, então só me ignoraram a maior parte do tempo mesmo. Mas eu aprendi a torcer por mim mesma. E sabe de uma coisa? Quanto mais você se esforça para acreditar em si mesmo, mais isso se torna verdade. Manter uma conversa mental com si mesmo é algo poderoso. Você precisa manter a positividade. Por isso você vai sair daqui dizendo para si mesmo "Eu consigo", e acredite nas suas palavras. Vai ficar tudo bem.

Agora ele parece zangado.

— Você está fazendo um *discurso motivacional*?

— Parecia que você estava precisando.

Ele diz de forma direta:

— Você não é desse planeta.

— Obrigada.

Irritado com o meu sorriso, o antigo olhar fulminante que poderia derreter aço está de volta. Praguejando alguma coisa, ele se vira e sai batendo a porta.

8

DECLAN

Nem dez minutos se passaram quando as mensagens começam a chegar.

Desculpa se eu te irrito tanto.

Quando a ignoro, ela envia outra:

Tá legal. "Desculpa" talvez seja um exagero. Aqui está a lista das coisas de que preciso.

A lista é tão longa que me arrependo na hora de ter dado o telefone para ela. Os pedidos incluem uma série de artigos específicos de roupa, maquiagem, itens de higiene e comida. Comida orgânica, para ser exato, coisas exóticas das quais nunca ouvi falar, com nomes como rambutão, cherimoia e aguaje. Além de quatro variedades diferentes de couve.

Há uma pausa de uns cinco minutos, mas então volto a receber mais mensagens, com apenas alguns minutos entre cada uma delas.

Você já avisou pra Natalie que tá tudo bem comigo? Estou preocupada com ela.

O Sean está vivo? Eu não o vi saindo da limusine. Também estou preocupada com ele.

Por que não tem televisão no seu quarto?

Sabia que existem outras marcas de terno, além da Armani?

Lembre-se: você consegue.

Coloco o aparelho no modo silencioso, afinal, todo mundo está me olhando de forma estranha. Estou em uma sala com trinta mafiosos irlandeses que vieram prestar homenagens e o meu telefone está explodindo como o de um adolescente no meio de um surto emocional.

Envio uma mensagem de resposta: *VOCÊ NÃO ESTÁ FALANDO COMIGO, LEMBRA?*

Ela me manda um emoji do dedo do meio.

Eu não acredito que essa é a porra da minha vida agora.

9

SLOANE

Meia hora depois que Declan saiu, Kieran entra com uma bandeja de comida. Ele a coloca na mesinha de cabeceira e se vira para sair.

— Kieran?

Ele para. Não se vira para mim. Simplesmente respira fundo, apreensivo.

— Eu só queria saber como você está.

Uma pausa, então ele pergunta com o forte sotaque irlandês:

— Como é que é?

— Seu nariz. Você tá bem?

Ele se vira o suficiente para me olhar de cara feia por cima do ombro.

— Deixa de ser brejeira.

Nossa, que adorável.

— Não entendi o que você disse, mas não deve ser algo bom.

— Pode crer.

— Hum. Ok?

— Ah, pelo visto a senhorita não saca nada, né?

Parece que só vou escutar um monte de gírias, em vez de um sim ou um não. Eu que lute.

— Creme de arnica vai ajudar com os hematomas. E lembre-se: o gelo é seu melhor amigo.

Ele fica olhando para mim como se estivesse tentando decidir entre enfiar a minha mão em um triturador de lixo ou me atropelar com uma SUV.

Quando abro um sorriso radiante, ele pragueja baixinho e sai.

Testo a porta, mas está trancada. Não estou com sorte.

A bandeja que ele deixou está cheia de coisas que agradariam qualquer menino de quinze anos. Tem uma lata de Coca-Cola, um saquinho de M&M's de amendoim, um pacote grande de snack de carne seca, uma batata chips e um potinho de molho ranch.

Agora eu entendo as alterações de humor de Declan. Uma hora depois de comer, ele já está sofrendo os efeitos da queda de açúcar no sangue.

Vejo também um sanduíche de mortadela com uma fatia daquele queijo amarelo americano, que vem embalado individualmente em plástico e que permanecerá comestível até a próxima era do gelo, por conta de todos os conservantes embutidos na superfície lustrosa, radioativa e alaranjada dele.

Pego o sanduíche e o levo até o nariz. Não tem cheiro de muita coisa, já que está coberto por uma camada grossa de maionese, que raspo com um dos guardanapos que estão na bandeja; então, dou uma mordiscada na carne.

Está tão salgada que meus tornozelos já devem ter começado a inchar. Como isso pode ser considerado comida?

Cuspo e envio uma nova mensagem para Declan.

Se você está tentando me envenenar, está funcionando.

Ele não respondeu a nenhuma outra mensagem que mandei, então nem espero a resposta. Mas, em segundos, eu a recebo:

Finalmente, uma boa notícia.

Respondo com um sorriso.

Ah, olha só quem encontrou o senso de humor. Será que encontrou seu charme também?

A resposta dele vem tão rápida que nem sei como ele conseguiu digitar.

Por favor, não me interrompa enquanto estou tentando ignorar você.

Isso me faz rir alto.

Boa, coroa. Quantos anos você tem?

Perto das outras pessoas, 42. Perto de você, parece que tenho 4200.

Ele é mais velho do que parece. Sorrindo para o telefone, eu sussurro:

— Nossa, que cruel.

Fico pensando se devo respondê-lo, mas chego à conclusão de que é melhor que ele fique com a última palavra. Talvez isso o ajude a ter mais boa vontade em relação a mim.

Talvez não, mas vale a tentativa.

No armário embaixo da pia do enorme banheiro, encontro aspirina, pomada cicatrizante, peróxido de hidrogênio e ataduras. Tomo duas aspirinas com água da torneira e entro no chuveiro, depois de trancar a porta do banheiro, é claro.

Quando termino, seco o cabelo com a toalha, visto a cueca e a camisa social de Declan de novo e me sento na tampa da privada para cuidar da sola dos meus pés. Desinfeto com peróxido, passo a pomada cicatrizante e faço um curativo em alguns dos piores cortes.

Depois, sem nada para fazer e sem televisão, decido tentar dormir um pouco mais.

Já remexi as gavetas, mas ele não guarda nenhum objeto pessoal por aqui, o que acho bem curioso. Nenhuma foto, nenhum livro, nem joias, nem anotações. Nada no cômodo indica que este lugar pertence a Declan. Apenas as roupas, penduradas meticulosamente no armário e dobradas com extrema precisão nas gavetas, poderiam identificar o espaço como masculino. Todo o restante é neutro.

Vazio.

Ele poderia desaparecer sem deixar vestígios a qualquer momento, e ninguém saberia que ele esteve aqui.

E talvez essa seja a intenção mesmo.

Mas fico curiosa. Em relação a Declan, à sua vida e aos motivos que o tornaram um homem tão ausente em sua própria casa. Talvez ele tenha um monte de fotos de família na sala, mas, de alguma forma, duvido muito.

De alguma forma, duvido que ele tenha família.

Além da máfia, quer dizer. Fora os irmãos de armas, Declan parece ser um lobo solitário.

Não tenho muito o que analisar aqui, mas sempre fui bastante intuitiva com pessoas. E, se eu estiver certa, o homem que me colocou sob o seu teto tem mais segredos do que alguém na sua posição normalmente teria.

Desconfio de que aquele armário proverbial não guarde apenas esqueletos, mas um cemitério inteiro.

Puxo o edredom preto de seda e me cubro, aconchegando-me debaixo das cobertas. Depois de ficar imóvel por alguns minutos, as luzes automáticas diminuem, e eu adormeço ouvindo o som do meu estômago roncando.

Um tempo depois, o barulho de uma respiração ao meu lado me acorda. Sem nem abrir os olhos, sei que é Declan. O cheiro mentolado o entrega, assim como o calor que o seu corpo está emanando. A temperatura corporal dele é sempre alta.

Depois de um instante, ele diz com uma voz pesada de cansaço:

— Os quartos de hóspedes estão ocupados. O sofá também. E eu não consigo dormir sentado em uma cadeira.

— Não acho que você deveria.

Ficamos em silêncio por um tempo, até que ele diz:

— Você não comeu nada.

— Eu não quero ficar diabética.

Um farfalhar no travesseiro ao meu lado me faz abrir os olhos. Ele está deitado de barriga para cima, mas virou a cabeça e está olhando para mim.

Declan tirou o paletó e os sapatos. Fora isso, está completamente vestido. O queixo está coberto pela barba por fazer. Os olhos azuis estão pesados. Ele é muito, muito bonito.

— Você não fica preocupada em acordar comigo do seu lado na cama?

Eu bocejo.

— Você não gosta de mim, eu não gosto de você. Tem zero chance de rolar algum tipo de impulso sexual.

— Muita gente transa sem se gostar.

— Não se ofenda. Não estou aqui para insultar sua masculinidade. Tenho certeza de que você *poderia* tentar alguma coisa se quisesse, mas eu sei que não vai fazer isso. Você me garantiu que não me machucaria, sendo assim, não tem por que eu me preocupar com isso.

Estou convenientemente ignorando o pequeno incidente que tivemos no closet mais cedo. Afinal de contas, quem diabos pode explicar o que aconteceu ali? Eu, não.

Ele vira a cabeça e olha para o teto. Depois de um tempo, ele diz:

— Você não é normal.

— Obrigada.

— Meu Deus. Você leva cada insulto como um elogio. O seu ego é de ferro.

— Ferro? Não. Algo muito mais resistente do que isso.

— Sério, como é que você consegue ser tão blasé em relação a tudo? A única vez que demonstrou uma reação normal foi quando eu te amordacei com a minha gravata. Mas no instante em que eu a tirei, você me agradeceu e voltou a ser... você.

Ele está começando a parecer muito ofendido. Que surpresa.

— Eu só faço o melhor com o que está ao meu alcance e aceito o resto como vier.

Segue-se um longo silêncio, mas não tão silencioso assim. É bem alto, na verdade, alto e cavernoso, ecoando com descrença.

— Você acabou de... citar Epiteto para mim?

— Você conhece os estoicos?

— Você está de sacanagem com a minha cara. Você *citou* Epiteto.

— Ainda bem que meu ego é de ferro, como você disse, porque poderia muito bem estar ferindo meus sentimentos agora, gângster. O tamanho do meu intelecto não é inversamente proporcional ao tamanho dos meus peitos.

Ele fala mais alto:

— Você quase não se formou. Reprovou em gramática, sua própria língua!

— Era redação — corrigi. — E eu só me dei mal porque era fácil demais, como todas as outras aulas.

Outro silêncio. Acho que vou fazer o cérebro dele entrar em curto-circuito.

— Isso não faz o menor sentido. Você percebe que o que você acabou de dizer não faz nenhum sentido, não é?

— Primeiro, respire fundo. Sua pressão arterial vai agradecer. Segundo, eu sou o tipo de pessoa que precisa de um desafio. Costumo ficar entediada com facilidade. — Faço uma pausa. — Eu poderia te dizer que isso é o que acontece com a maioria das pessoas com QI de gênio, mas só vou te deixar com mais raiva. Então, vamos fingir que eu coloquei a culpa no meu signo de escorpião e deixar o dito pelo não dito. Espere um pouco aí, como você sabe que eu repeti em redação?

Ele solta um suspiro pesado que indica que ele preferia estar preso em uma cadeira elétrica com o indicador sobre o botão de ativação do que ter aquela conversa.

— Eu investiguei a sua vida.

Estou intrigada.

— Sério? Que interessante. Quando? O que mais você descobriu? Ah... então você já *sabe* que eu tenho um QI de gênio!

Ele resmunga:

— O que eu não daria para sofrer um infarto fulminante agora.

— Você só está com raiva porque eu sou mais inteligente que você.

Quando ele se vira para lançar um olhar raivoso na minha direção, encontra o meu sorriso. Que, obviamente, o deixa com mais raiva.

— Você *não* é mais inteligente que eu.

— Não? Qual é o seu QI?

— Maior que o seu.

— Com certeza. É o que a maioria dos garotos diz. Espera, vou adivinhar: 130.

Ele responde com raiva:

— Eu consegui mais do que isso quando eu era cria.

— Sei lá o que é isso. 140, então.

— Jesus, Maria, José.

— Você vive clamando ajuda divina, mas eu não acho que eles estejam te ouvindo. 150, então?

Quando ele fica parado, respirando pesado, comento, toda convencida:

— Ah, menos de 150. Agora entendi por que você está todo raivosinho. Eu sou *muito* mais inteligente que...

Ele rola para cima de mim e cobre a minha boca com a mão, então rosna:

— É melhor calar a porra da boca.

Meu primeiro pensamento é que ele está em cima de mim de novo. Estamos batendo algum tipo de recorde do número de contato corporal total entre duas pessoas sem transarem.

Meu segundo pensamento é... nada.

Estou ocupada demais sentindo. Meu cérebro simplesmente para de funcionar. Eu sou apenas pele, ossos e terminações nervosas.

Tem algo de delicioso no peso dele. Ele é sólido. Sempre gostei de homens grandes, mas Declan é mais do que apenas grande. Ele é denso. Poderoso. Duro.

Em todas as partes.

Nossos olhares se encontram. E é intenso.

Depois de um tempo, ele diz com voz rouca:

— Você é a pessoa mais irritante que eu já conheci.

Eu sorrio e, como a mão dele está cobrindo a minha boca, ele sente o movimento.

Declan resmunga alguma coisa em gaélico. Não parece um elogio.

— Vou tirar a minha mão da sua boca. Você vai ficar quieta?

Concordo com a cabeça, tentando parecer séria.

— Promete?

Depois de um segundo, decido ser sincera e nego com a cabeça.

— Então, não vou tirar a minha mão.

Faço um olhar de súplica, piscando como uma menina indefesa.

— Não.

Parece que estamos em um impasse. Então, eu faço a única coisa que imagino que possa funcionar. Enterro meus dedos nas costelas dele e começo a fazer cócegas.

Ele se afasta, pragueja e sai de cima de mim, berrando:

— Mas que merda!

Eu me apoio no cotovelo e dou um sorriso diante da fúria dele.

— Ah, então o rei da selva tem um ponto fraco. Bom saber.

Sentado no outro lado da cama, ele olha para mim como se estivesse tentando fazer a minha cabeça explodir com o poder da mente.

— Não se preocupe, não vou contar para ninguém.

— Isso é carma, só pode. Estou sendo punido por alguma coisa que fiz em outra vida.

— Você acredita em reencarnação? Que interessante. Eu sempre achei...

Ele explode:

— Foi jeito de falar!

— Sabe, acho que a sua dieta está tendo um efeito bem negativo no seu humor. Aposto que você sofre de constipação por falta de fibra alimentar.

— *Constipação?*

— Prisão de ventre.

— Eu sei o que significa. Só não acredito que você disse isso!

Contraio os lábios e olho para ele.

— Você provavelmente se beneficiaria muito de uma massagem profunda. Você é todo tenso, caso não tenha notado.

Ele me fulmina com o olhar e rebate:

— Por que será?

— Não. Acho que você já era assim antes de me conhecer. Seu estilo de vida não é nada saudável. Dieta pobre. Estresse demais. Poucas horas de sono. Percebe? Você está caminhando para aquele infarto fulminante que desejou antes.

Ele me observa por um momento, então se inclina para a frente, apoia os cotovelos nos joelhos, segura a cabeça com as mãos e geme.

Observo, assustada. E se ele *tiver* um infarto? Meu Deus. Eu vou ficar presa aqui com um cadáver enorme até Kieran decidir dar uma olhada para saber se está tudo bem, depois de sei lá quantos dias.

É melhor pegar leve. Ou melhor...

Eu engatinho pelo colchão até onde ele está sentado, fico de joelhos e aperto os polegares nos músculos tensos dos ombros dele.

Ele se contrai.

— Respire fundo, gângster. Eu sei o que estou fazendo. Você pode me agradecer depois.

Rígido e em silêncio, ele fica totalmente parado na beira da cama enquanto eu vou massageando o trapézio e desço pela escápula. Quando chego aos músculos romboides, ele se retesa e ofega.

— Desculpe — sussurro. — Melhor?

Diminuindo a pressão, vou trabalhando o nó em círculos lentos até ouvi-lo suspirar. Quando o músculo finalmente relaxa sob os meus dedos, ele geme baixinho.

É um som carregado de prazer. Minha pulsação acelera em resposta.

Vou para o outro ombro e repito todo o processo, massageando a tensão, usando os dedos para soltar toda a musculatura resistente até senti-la ceder sob o meu toque. Quando vou pressionando os polegares pelo meio da coluna até a espinha, ele solta o ar, liberando tanta tensão presa que quase sinto pena dele.

— Aqui — digo baixinho. — O que acha disso?

Envolvo a nuca forte com as duas mãos e pressiono.

Isso o faz gemer de novo.

Decido que gosto daquele som e faço movimentos lentos e circulares com os polegares na coluna cervical, bem na curva entre o pescoço e a cabeça.

Dessa vez, ele não geme. Apenas emite um som baixo e masculino, como um ronco de um urso sonolento.

— Tudo bem?

Depois de uma pausa, ele murmura:

— Tudo.

Não sei ao certo por que a resposta me deixa tão satisfeita, mas continuo com o que estou fazendo. Levo os dedos à sua cabeça, mergulhando-os no cabelo espesso e massageando o couro cabeludo. A cabeça dele é tão grande quanto o resto do corpo. Ele é bem cabeçudo. Então, sigo com os mesmos movimentos até chegar às têmporas.

Ele se empertiga, se contraindo de novo.

É quando percebo que me inclinei tanto que meu corpo está colado às costas dele.

Isso não deveria ser um problema, só que não estou de sutiã.

E meus mamilos estão duros.

Eu me afasto, o coração disparado. Me sento com as pernas flexionadas sob o corpo e cruzo os braços, esperando que ele faça ou diga alguma coisa. Esperando que ele me diga que sou irritante, ou grite comigo, ou saia do quarto batendo a porta.

Mas ele só fica sentado em silêncio.

Quando estou pronta para voltar para o meu canto da cama e me enfiar embaixo das cobertas para esconder o meu constrangimento, ele diz:

— Obrigado.

O tom é baixo, mas também sincero. Sinto uma onda de alívio, mas estou confusa, não faço ideia do que está se passando na cabeça dele.

— De nada.

Segue-se mais um momento de silêncio.

— Eu vou te mandar de volta para casa assim que resolver todas as questões logísticas.

Isso me surpreende.

— Mas você não queria me interrogar? Não foi por isso que você teve todo esse trabalho para me trazer até aqui?

— Isso foi ideia do Diego.

— Ele era o seu chefe?

— Era.

— E agora o Diego… — Eu hesito em falar *morreu*, mas ele entende assim mesmo.

— Isso.

— Entendi. Sinto muito pela sua perda.

Ele se vira para mim.

— Por quê? Você nem o conhecia.

— Não, mas eu conheço você.

— E que diferença isso faz?

— Eu não gosto de ver ninguém sofrendo, nem mesmo o meu sequestrador.

Ele está ficando com raiva de novo. Dá para sentir. A atmosfera muda com o temperamento dele. Fica carregada e ameaçadora, do jeito que acontece quando uma tempestade se aproxima.

— Por que isso te deixa tão zangado? Eu não estou mentindo.

Ele responde com irritação:

— Eu sei que não. É por isso que fico zangado.

— Eu não entendo.

— Imagino que não.

Ele se levanta, calça os sapatos, veste o paletó e sai, fechando a porta silenciosamente.

10

DECLAN

Quando eu volto para a sala, Kieran olha para mim e dá uma risadinha.

— Ela te pegou também, né?

E como.

Eu sei que ele está se referindo ao jeito que ela tem de fazer um cara querer se atirar em um mar cheio de tubarões só para fugir, porque uma morte rápida e violenta é melhor do que a lenta e agonizante tortura que é passar um tempo com ela.

Mas ela me pegou de outra forma também. Bem pior. E bem mais perigosa do que um mar cheio de tubarões.

Ela é boa.

Ela se preocupa com os outros. Ela nota a dor. Ela sente empatia, até mesmo pela porra do sequestrador dela.

É engraçada. Engraçada, inteligente e rápida de raciocínio. Ela conhece Epiteto. Pelo amor de Deus. *Ninguém* conhece Epiteto.

Pior de tudo, ela é completamente inabalável. É como um superpoder. Ela acorda comigo ao seu lado, e a reação dela é dar um bocejo.

A porra de um *bocejo*! Quem *é* essa mulher?

Estou zangado comigo mesmo por estar intrigado. Faço uma lista:

Essa é a mulher que causou a morte de quatro dos meus homens.

Essa é a mulher que começou uma guerra entre todas as famílias.

Essa é a mulher que transa com membros da máfia russa e é melhor amiga da mulher do *chefe* da máfia russa.

A mulher que não consegue calar a porra da boca por mais de dez segundos.

A mulher que não "namora".

A mulher com olhos verdes lindos, pernas longas, e seios grandes e macios que parecem suplicar para serem acariciados, lambidos e...

— Me dá um uísque — digo irritado para Kieran, parecendo que estou pedindo uma arma.

Ele se afasta, meneando a cabeça.

Que inferno. Estou me descontrolando.

Quando ele volta com a bebida, eu viro tudo de um gole só.

— O Tommy já voltou do mercado?

— Já.

— Bom. Prepare outra bandeja e leve para ela.

Kieran faz uma careta.

— Por que eu?

— Ela gosta de você.

Ele não ficaria mais chocado se eu tivesse lhe dado um soco na barriga.

— De mim? Que nada. Ela acertou o meu nariz.

— Ela se sente péssima por isso.

— É mesmo? — Ele faz uma pausa. — Ela também me disse isso. Achei que estava de deboche. Rindo às minhas custas.

— Não.

— Hum.

Ele reorganiza os pensamentos e dá de ombros.

— Bem, eu sou adorável mesmo.

Meu Deus, só me faltava essa.

Minha carranca o faz voltar correndo para a cozinha.

Tento me concentrar em tudo que precisa ser feito, os telefonemas, as reuniões, os planos estratégicos. Mas só consigo pensar na diabinha de olhos verdes na minha cama, usando as minhas roupas, deitada sob o meu corpo e sorrindo para mim.

Tirando toda a tensão dos meus ombros com mãos surpreendentemente fortes e sussurrando "Tudo bem?".

Eu preciso tirá-la desta casa antes que o meu pau faça uma burrice.

Em uma vida cheia de pecados imperdoáveis, dormir com a inimiga seria o pior de todos.

11

SLOANE

Estou tentando decidir que resposta inteligente mandar para o Declan quando Kieran volta com outra bandeja.

Ele a coloca na mesinha de cabeceira ao lado da que estava cheia de comida ruim. Quando ele se levanta, pigarreia.

— Aqui está… — Ele olha para a bandeja com uma careta. — Comida.

— Ah, que ótimo. Obrigada. Hum. Gérmen de trigo. E você achou a couve toscana!

— Não fui eu. O Tommy fez as compras.

— Tudo bem, mas foi você quem trouxe. Muito obrigada.

Ele olha para mim e de volta para a bandeja.

— Você realmente vai comer isso?

— Tudo isso é delicioso e cheio de vitaminas. Quer provar?

— Parece grama.

— Não. É muito gostoso. Juro. Se bem que você provavelmente não vai gostar de comer crua. Demora um pouco para se acostumar. Mas eu poderia cozinhar. *Sautée* com um pouco de alho e azeite. Fica divino.

Ele me lança um olhar estranho. Não sei dizer se está horrorizado ou surpreso.

— Talvez Declan me deixe usar a cozinha. Eu adoro cozinhar. E eu poderia preparar a comida de todos vocês. Da equipe toda. Quando foi a última vez que comeram uma comidinha caseira?

Kieran abre a boca, pensa por um tempo, e a fecha de novo.

— Ah, eu sabia. Olha só, tenta ver com o Declan se ele me deixa ir até a cozinha e eu resolvo o resto, tá? E, se a resposta for não, diga que fizemos um trato. Você se lembra? No avião? Se você precisar que eu faça alguma coisa para você, é só pedir. O seu chefe gosta de sair gritando ordens para todos os lados, mas eu não curto muito isso. Mas você e eu somos coadunáveis.

— Coad...

— Significa que podemos ser amigos.

Ele não poderia estar mais surpreso.

— Podemos?

— Claro.

— Ah.

— Então. Se o Declan disser que eu não posso ficar na cozinha por causa das facas e porque ele acha que posso tentar atacá-lo, é só me pedir para entregá-las para você, e não terá mais nenhuma faca. Ou qualquer outra coisa. É só um exemplo. O que estou tentando dizer é que eu vou honrar os *seus* pedidos porque sei que você vai me pedir com educação e respeito, não é?

— Hum... é.

Ele não faz ideia do que está acontecendo. Sério, não existe nada mais fofo do que um homem perplexo. Principalmente quando são grandes e estão armados.

Dou um sorriso, agradeço e o acompanho até a porta. Ele sai totalmente mergulhado em incerteza.

Vinte minutos depois, bem quando estou terminando de comer, Declan entra.

Ele explode:

— O que foi que você fez com o Kieran?

— Eu? — pergunto com ar inocente.

— É. Você.

— Não sei do que está falando.

Ele desconfia do meu ar de inocência.

— Eu estou falando sobre ele ter entrado neste quarto trabalhando para mim, e ter saído trabalhando para você. Ele acha que é a porra do seu lacaio.

— Prefiro pensar nele como um mordomo.

Declan estreita o olhar.

— Melhor não testar a sua sorte, garota.

— Ai, não precisa ficar estressado, gângster. Eu só disse que cozinharia para ele. Só isso. Você pode culpar o cara por querer comer uma comidinha caseira?

Quando ele me olha em silêncio, cheio de raiva e indignação, eu acrescento:

— Acho que o Kieran precisa de alguém que tome conta dele. A pressão dele também não deve estar nada boa.

Quase consigo ver Declan arrancando os cabelos.

Dou um sorriso para ele.

— Alguma novidade sobre as roupas que eu te pedi? Eu mataria por um conjuntinho confortável.

Ele resmunga:

— Acho que você não deveria usar a palavra "matar" no momento.

Meu Deus, é muito bom irritá-lo. Talvez seja o meu novo hobby favorito. Meu sorriso se abre mais.

— Sabe o que eu acho?

— Melhor não dizer.

— Eu acho que você só queria uma desculpa para vir me ver.

— E eu acho que te chamar de idiota é ser muito generoso com você.

Dou uma gargalhada.

— Mandou bem. Quanto tempo você demorou para procurar respostas inteligentes na Internet, vovozinho?

— Seus pais são irmãos, não são?

—Ah, olha só, finalmente temos algo em comum!

Ele fica vermelho e cerra os punhos ao lado do corpo, me encarando cheio de fúria, sem piscar e com a respiração ofegante. Ele aperta os dentes.

Finalmente consegui. Declan está pronto para morrer de raiva.

Eu me levanto, limpo as mãos em um guardanapo e vou até ele com os olhos fixos no rosto zangado.

— Gostaria de te ensinar um truque para ajudá-lo em situações de estresse.

— E eu gostaria de te enfiar em um calabouço, mas nem sempre conseguimos o que queremos.

— Fique quieto por um instante, gângster.

— Só se você ficar.

Isso me faz revirar os olhos.

— Estou tentando te ajudar.

— Eu não precisava de ajuda até te conhecer.

Meu sorriso é doce.

— Você quis dizer até me sequestrar. Como eu estava dizendo, quero te ensinar um truque.

Eu inspiro o ar lentamente contando até quatro, seguro o ar pelo mesmo tempo, e o solto também contando até quatro. Conto até quatro mais uma vez e inspiro outra vez.

Ele observa tudo com uma expressão de nojo.

— Parabéns. Você sabe prender a respiração. Isso vai ser muito útil depois que eu encher seus bolsos de pedras e te atirar no mar.

— Não, bobinho. Eu estou fazendo a respiração quadrada! Meu pai me ensinou a fazer isso.

— O seu pai te ensinou a respirar? Que surpresa. Pena que ele não cobriu o seu rosto com um travesseiro.

Dou um tapinha no bíceps forte e duro.

— Você quer me ouvir?

— Querer, eu não quero. Mas não tem jeito.

— Ele aprendeu essa técnica da respiração quadrada na Marinha. É um ótimo jeito de acalmar o sistema nervoso e se concentrar. Por que você não tenta? Podemos fazer juntos.

— Prefiro ser queimado vivo.

— Ah, fala sério. Juro que vai funcionar.

Abro os braços e demonstro enquanto inspiro. Declan pragueja alguma coisa. Prendo a respiração, arregalando os olhos para ele, que reclama. Quando solto o ar, vou baixando os braços seguindo a contagem na minha cabeça. Ele está olhando para o teto, bufando.

— Você é como câncer. Só que pior.

Cutuco o peito dele com um dos indicadores.

— Tenta, vai. Eu não achei que você fosse o tipo que hiperventilava, mas estou começando a achar que eu estava errada.

Ele baixa a cabeça e olha para mim.

— Se quer mesmo saber, eu já conheço essa técnica de respiração.

Isso me surpreende.

— Ah.

Ficamos nos encarando por um momento, até que fico radiante.

— Viu só? Funciona!

— Do que você está falando agora?

— Você não está mais com raiva. Já ficou mais calmo.

— Como assim funcionou? Não fui eu quem ficou respirando fundo.

— Eu sei, mas observar *eu* respirando fez *você* se acalmar. Essa técnica é eficaz mesmo! Pode até funcionar com outras pessoas por osmose!

Ele fica me olhando, os olhos azuis queimando com o impulso de cometer um homicídio. A voz sai grossa:

— Eu posso dizer com toda a sinceridade do mundo que eu nunca conheci alguém como você, garota.

Meu sorriso seria capaz de deixar um homem cego.

— Obrigada! Ah, eu estava aqui pensando em uma coisa.

— Doeu?

— Olha só, ele todo cheio de respostinhas! Acho que estou sendo uma ótima influência para você.

— Se isso é ser uma *boa* influência, é melhor eu me matar logo.

Faço um gesto de desconsideração.

— Acho que eu descobri por que você fica falando que eu comecei uma guerra. E você está errado.

Ele me encara por um tempo.

— É melhor eu me sentar para ouvir isso.

Faço um gesto para a cadeira mais próxima.

— Fique à vontade.

— Você lembra que eu moro aqui, não é? Eu estou à vontade na *minha* casa. Você que é a visita.

— Nossa, eu saí de sequestrada para visita? Legal.

Ele me fulmina com o olhar.

— Não. Não foi o que eu… Merda. Deixa pra lá.

Ele desaba na cadeira como se estivesse na sala de espera da senhora Morte, rezando para ser chamado logo.

Eu me acomodo ao seu lado e dobro as pernas embaixo do corpo. Quando ele me olha com desaprovação, eu só dou um sorriso.

— Como eu estava dizendo, esse lance de ficar me acusando de ter começado uma guerra... Acho que tudo começou em um jantar no La Cantina, em Lake Tahoe, não foi?

Ele não responde.

— Tudo bem, talvez você não soubesse disso. Ou talvez sim, e só está exibindo sua personalidade encantadora e deslumbrante. De qualquer forma, eu me lembro de Stavros dizer que havia uma guerra se formando. Bem, tecnicamente ele não disse isso para mim. Eu só ouvi. Tudo bem, eu estava de butuca na conversa dele com a equipe, mas a questão é que isso tudo foi alguns dias depois de uma troca de tiros no La Cantina, na qual alguns gângsteres irlandeses foram mortos. Dessa parte obviamente você sabe.

Eu paro de falar e avalio a expressão dele.

— Por que você está tão quieto?

— Eu não planejo assassinato em voz alta.

— Haha. Voltando aos gângsteres irlandeses. Eles vieram à nossa mesa durante o jantar e discutiram com Stavros. Foi tudo em russo e gaélico, então nem me pergunte o que eles disseram, mas a confusão toda começou quando um dos irlandeses deu um tapa na minha bunda no momento em que eu estava indo com Stavros pra nossa mesa. Ele ficou puto da vida, mas eu consegui fazer com que deixasse para lá. Mas aí o cara do tapa na bunda foi se meter no nosso jantar e as coisas saíram do controle.

Declan apoia os cotovelos nos joelhos. Ele encaixa os dedos embaixo do queixo e diz suavemente:

— Já passou pela sua cabeça que eu sei exatamente o que aconteceu naquele restaurante?

— Como você poderia saber, se não estava lá?

— Eu sei de tudo.

Eu rio.

— Ah, você é onisciente agora? Faça-me o favor, né?

— A questão é que eu sei que você é a razão para tudo ter dado errado. *Você*, toda rebolativa em um vestidinho branco. *Você*, saltitando de um lado para o outro como se fosse dona do lugar. *Você*, sorrindo para um homem ao passar por ele, mesmo já estando acompanhada por outro.

A raiva se contorce como uma cobra em minhas entranhas. Eu recosto na cadeira e olho para ele.

— Isso é uma forma de manipulação nojenta que só joga a culpa na vítima. Não que eu seja uma vítima, mas é o que você está fazendo e é a porra de uma mentira.

A voz dele fica mais ríspida.

— Os homens que morreram não são uma mentira.

— Não, mas você está sendo machista quando diz que eles morreram por causa da minha bunda e do meu sorriso. Um monte de homem sacando armas uns contra os outros porque uma mulher sorriu para a pessoa errada é resultado de ego infantil, agressividade descontrolada e um senso inflado de direito de posse, não tem nada a ver com *ela*.

Ficamos nos encarando com raiva. O tique-taque do relógio é o único som no quarto.

Ou talvez ele tenha colocado uma bomba aqui para me explodir.

Sustentando o olhar, digo com voz mais suave:

— Você sabe que eu estou certa. E eu entendo que a perda dos seus homens deve ter sido difícil para você, mas cada um é responsável pelos próprios atos. É muito injusto, para não dizer impreciso, jogar a culpa dessa guerra em cima de mim.

Ele fecha os olhos e fica em silêncio pelo que parece um longo tempo. Eu não faço ideia do que Declan está pensando, até que ele diz baixinho:

— Verdade.

Eu quase caio da cadeira.

Quando ele abre os olhos e vê o meu rosto, sua expressão é de irritação.

— Não precisa se gabar.

— É mais choque do que qualquer outra coisa. Mas vou tentar.

Ele se levanta e começa a andar de um lado para o outro, agitado, e eu decido deixar que ele desabafe sem interromper. Parece que está maquinando alguma coisa importante naquela cabeça dura.

Se eu tiver sorte, talvez seja algo que me beneficie.

Ele para e me olha de cima. Um ditador inclemente não pareceria tão imperioso. Ele ordena:

— Me fala tudo que sabe sobre Kazimir Portnov.

— Primeiro, não. Segundo, por quê?

— Porque ele é meu inimigo e você é minha prisioneira. E você o *conhece.*

— Sim, eu o conheço. Ele é meu amigo.

Quando os olhos de Declan escurecem, eu digo:

— Tá legal. Tecnicamente não somos *amigos* de verdade. A gente só se viu uma vez, e foi naquela droga de jantar. Mas minha amiga é completamente apaixonada pelo cara, e ela é uma pessoa maravilhosa. Praticamente a Madre Teresa. Se ela gosta dele, não pode ser tão ruim assim.

— Mulheres apaixonadas são conhecidas por serem péssimas avaliadoras de caráter.

Ele diz isso de forma tão sombria, com tanto sofrimento por trás das palavras, que me faz parar para pensar.

— Você tem experiência nessa área?

Ele ignora a minha pergunta e exige saber:

— Como sua amiga o conheceu?

Demoro para me recompor, sabendo que o que vou dizer não vai cair muito bem. E só deus sabe como Declan vai reagir, considerando o humor dele. Mas isso precisa ser dito.

Existem alguns limites que nunca devem ser ultrapassados.

Olho direto nos olhos azuis gelados.

— Eu não digo isso por desrespeito a você, mas por amor e lealdade à minha amiga. Não é da porra da sua conta.

Quando ele abre a boca (sem dúvida para gritar alguma ameaça), eu continuo falando acima dele em voz alta:

— Eu nunca, jamais, em hipótese alguma trairia a Natalie. Nem em um milhão de anos. Pode fazer o que quiser comigo. Me bater, me fazer passar fome, me manter trancada nesse quarto para sempre. Eu não ligo. Ela é tudo o que eu tenho e uma pessoa muito melhor do que eu jamais poderia ser. Eu a amo como se fosse minha irmã. Ou melhor: mais do que uma irmã. E antes que você diga qualquer coisa, não tem nada de sexual entre a gente. Eu apenas a amo. Isso significa que eu estou com ela para o que der e vier, então se você acha que vou falar algo sobre ela ou sobre o namorado dela, pode ir tirando o cavalinho da chuva. Eu não estou nem aí para o que você vai fazer.

Eu me levanto com a intenção de dar as costas para ele e me afastar, mas esse plano vai por água abaixo quando o quarto começa a girar violentamente.

Tudo fica preto, e eu caio.

12

DECLAN

Tudo acontece muito rápido.

Em um instante, Sloane está em pé. No seguinte, ela desmorona no chão, as pernas cedendo sob seu corpo como se tivesse perdido todas as forças. A expressão dela muda em um instante, saindo de irritação para surpresa.

Não medo ou choque. Simplesmente surpresa, como se, antes de perder a consciência, tivesse pensado, *isso é novidade.*

Meus instintos me fazem reagir sem precisar pensar. Eu a pego rapidamente e aparo sua queda até deitá-la no tapete. Ela está completamente mole nos meus braços. A boca aberta. O rosto pálido.

Notei a cor se esvaindo do rosto dela alguns minutos antes, mas atribuí à raiva que ela estava sentindo. Mas parece se tratar de algo mais preocupante.

Eu deveria saber. Essa mulher não fica zangada com uma discussão. Nem com nada. O próprio Godzilla poderia aparecer quebrando a parede e ela provavelmente o mandaria se acalmar e voltaria a fazer o que estivesse fazendo.

Tipo, negociando um acordo com o diabo por todas as almas daqueles que lhe fizeram mal.

— Ei! Garota! Está me ouvindo?

Detecto a ansiedade e a preocupação na minha voz, mas estou ocupado demais me concentrando nela para me importar. Eu me inclino sobre ela, apoiando as mãos e os joelhos no chão. Afasto uma mecha de cabelo escuro do rosto dela, que não reage. Dou um tapinha no rosto pálido.

Os olhos dela se agitam sob as pálpebras. Ela solta um gemido baixo, abre os olhos e me encara. O olhar está confuso e sem foco.

— Uau — sussurra ela, parecendo impressionada. — Tão azuis.

Algo em sua aparência atordoada me deixa alarmado.

— Tá tudo bem? Você consegue se sentar?

Ela pisca devagar, sorri e estende a mão para tocar o meu rosto, a ponta dos dedos tocando gentilmente a minha bochecha e o meu maxilar. Ela suspira de prazer. E então fecha os olhos novamente, sorrindo.

Tem alguma coisa muito errada.

— Eu vou te levar para a cama, garota.

Eu a pego no colo e a deito na cama, ajeitando sua cabeça no travesseiro. Quando meus dedos tocam a parte de trás de sua cabeça, ela emite um gemido de desconforto.

Puta merda. Ela está com um galo enorme. Franzindo a testa, passo os dedos pelo inchaço.

Ela faz uma careta, abre os olhos e me olha friamente:

— Sei que sou irresistível, gângster, mas é melhor tirar as mãos de mim. — Ela faz uma pausa. — Por que você parece preocupado?

— Você desmaiou.

Isso a faz rir.

— Ah, me poupe! Eu jamais faria uma coisa dessas.

— Qual é a última coisa de que você se lembra?

Ela faz uma pausa para pensar.

— De mandar você tomar no cu. No sentido figurativo.

— E depois disso? Tipo tocar o meu rosto?

Ela franze o nariz. E é quase adorável.

— Você me drogou de novo para me fazer ficar quieta, não foi?

— Infelizmente, não.

— Eu nunca tocaria seu rosto, só se fosse para tentar arrancar os seus olhos.

Quando fico em silêncio, ela arregala os olhos, assustada.

— Não.

— Sim. Você acariciou o meu rosto como se estivesse tocando em um casaco de pele. — Para ver como ela vai lidar com isso, eu acrescento: — Você falou sobre como eu sou lindo.

Ela sorri novamente.

— Agora eu *sei* que você está mentindo.

Ela não me acha bonito? Isso dói. Eu não me importo com a opinião dela, é claro, mas as mulheres vivem dizendo como eu sou bonito.

Espere. Eu me esqueci. Ela não é uma mulher. Ela é uma diabinha raivosa que se alimenta da sanidade dos homens.

— Então, me explique como você acabou deitada na cama.

Ela olha em volta, tentando se lembrar. Quando seus olhos encontram os meus, vejo que está frustrada.

— Maldito asfalto.

— Oi?

— Eu bati a cabeça no chão da garagem quando você me puxou para fora do carro e me deixou cair. Eu bati com força, na verdade. Acho que talvez eu até tenha desmaiado antes de tomar a cetamina.

Não gosto nada disso, mas ela está errada em um detalhe e parece muito importante que eu esclareça.

— Não fui eu que te arranquei do carro.

— Foi você, sim, eu vi... Hm, eu realmente não me lembro de ter visto um rosto, agora que você me disse isso.

— Não fui eu.

— Quem foi, então?

— Por que isso importa?

— Quero saber de quem eu tenho que sentir raiva.

Foi Kieran que a puxou do Bentley de Kazimir e a derrubou antes de jogá-la na nossa SUV, mas não vou contar isso para ela.

Por outro lado, talvez ela desista de ser melhor amiguinha dele e as coisas voltem ao normal por aqui. Ele teve a pachorra de sugerir que eu a deixasse ir para a cozinha preparar uma comida caseira para nós.

Como se não fosse causar um motim entre os meus homens se eu tentasse servir para eles a comida de coelho que ela come.

Mas decido que a última coisa de que precisamos no momento é que esta Sininho Tagarela fique com raiva do Kieran. Já temos problemas suficientes.

— Deixa pra lá. Mas eu vou chamar um médico para dar uma olhada em você.

Eu a ajudo a se sentar. A cor está voltando para o rosto, o que é bom, mas ela ainda parece um pouco fraca. Eu controlo o impulso ridículo de abraçá-la e dou um passo para trás.

Ela olha para mim e cerra os olhos.

— Você disse "médico"?

— Não me diga que seus ouvidos pararam de funcionar.

— Eles estão funcionando. Só estou surpresa.

— Com o quê?

— Que você esteja disposto a fazer isso por mim.

A forma como ela está olhando para mim é estranha. Quase como se ela estivesse se sentindo grata. Como se…

Gostasse de mim.

O que é pura fantasia da minha parte. A mulher me despreza. Talvez eu tenha batido a cabeça também.

Minha voz sai rude:

— Você não me serve de nada se estiver morta.

— Que diferença faz se eu estiver morta? Você disse que estava pensando em uma maneira de me levar para casa. Você não precisa mais de mim. Não é?

Ela parece curiosa. Ou desconfiada? Não dá para saber.

— Eu não disse que eu não precisava de você.

Assim que as palavras saem da minha boca, eu fico horrorizado. Sei exatamente como soaram mal.

Se eu não soubesse, a expressão no rosto de Sloane me informaria.

Os olhos verdes mais afiados que uma faca brilham enquanto ela pergunta:

— Então você *precisa* de mim? Para o quê, exatamente?

Eu rosno:

— Para treinar uns tiros com a sua cara.

Ela olha para mim, sem piscar. É desconcertante. Então, pergunta em tom leve:

— Gângster… você está a fim de mim?

— *Não.*

— Porque ninguém te culparia se tivesse.

— Meu Deus. Você realmente está doida.

— E eu avisei que isso ia acontecer.

Eu explodo:

— Não aconteceu. *Nada* aconteceu.

— Não?

Ela se levanta e se aproxima de mim. Eu dou um passo para trás, depois praguejo em silêncio e fico imóvel enquanto ela se aproxima.

Ela só para quando está tão perto que consigo sentir o cheiro do xampu que ela usou para lavar o cabelo. O *meu* xampu. O cheiro que estou sentindo na pele dela é do meu sabonete. E ela está usando a minha camisa.

E a minha cueca. A não ser que ela tenha tirado.

Puta merda, será que ela tirou? Será que ela está peladinha embaixo da minha camisa?

Ela olha para mim e responde:

— Eu vou decidir isso.

Então, ela fica na ponta dos pés e me beija.

13

SLOANE

É como beijar um muro.

Não, não é bem isso. Deixe-me reformular.

É como beijar um muro congelado e raivoso que odeia você e tudo que você representa. Alguém que sente um enorme rancor por você e que fez um juramento de honra que ia te matar para vingar o assassinato do próprio pai.

A boca de Declan é dura, fria e inflexível. De alguma forma, os lábios me mostram que ele prefere ser infectado pelo Ebola do que sofrer o absoluto nojo de corresponder ao meu beijo.

Ele segura meus ombros e me afasta, mantendo-me longe enquanto me fulmina com o olhar, como se eu fosse um cachorrinho que acabou de cagar no seu par favorito de sapatos.

Nuvens tempestuosas parecem ter se formado acima de sua cabeça quando ele diz, com voz sombria:

— Nunca. Mais. Faça. Isso. De. Novo.

— Não vou. Desculpe. — Minha risada é curta e inibida. — Às vezes minha autoestima passa um pouco dos limites.

— Você *acha*?

— Hum. Acho. Mas a culpa não é minha.

— Não precisa explicar. Pelo amor de Deus, não precisa dizer mais nada.

— É só que a maioria dos homens são meio que … fáceis. Acho que você não é.

— Não. — O lábio dele está curvado. — Não *sou*.

Ele está se mantendo longe de mim como se eu tivesse algum tipo de doença contagiosa. Como se desejasse que houvesse uma janela aberta atrás de mim. Ou um poço sem fundo.

Nem preciso dizer o quanto isso é desanimador. Estou obviamente perdendo o jeito. Ou talvez eu esteja perdendo a cabeça mesmo. Eu poderia jurar que ele estava me olhando com desejo.

Eu me viro e me sento na beirada da cama, coloco as mãos entre os joelhos e evito olhar para ele.

Sem dizer mais nada, Declan se vira e sai do quarto.

Quando ele volta, horas depois, está acompanhado por um outro homem.

— O médico — anuncia ele, nos deixando a sós.

Declan bate a porta e o homem baixinho de terno azul tira o chapéu e o coloca na mesinha de cabeceira. Depois de deixar a maleta preta ao lado do chapéu, ele pega o estetoscópio.

— Não há nada de errado com o meu coração nem com os meus pulmões. É com a minha cabeça que precisamos nos preocupar.

O médico se empertiga e olha para mim. Ele tem uns sessenta anos, cabelos grisalhos e sorriso gentil.

— Só estou cumprindo as ordens para fazer o exame completo, querida. Tenho certeza de que você entende.

— Ah. Certo. Onde você quer que eu fique?

Ele faz um gesto para a cadeira, e eu me sento.

— Então, você é o médico da máfia? Imagino que seja uma área muito interessante. Quantos ferimentos à bala você já teve que suturar?

O médico se vira e olha para mim, como se estivesse pensando em uma piada particular.

— Que foi?

Ele responde com voz calorosa:

— O sr. O'Donnell me avisou que você é falante. Eu disse para ele que não há nada pior do que uma mulher silenciosa, porque isso significa que ela está planejando alguma coisa. Ele parece achar que você está planejando alguma coisa de qualquer maneira.

Ele coloca o estetoscópio na orelha.

— Cuidado com ele, senhorita. Ele tem um temperamento difícil.

— Difícil? — Minha risada é seca. — Está mais para impossível, mesmo.

— Respire fundo, por favor.

O médico pressiona o auscultador nas minhas costas. Eu inspiro enquanto ele ouve. Depois, ele vai para o outro lado, repetindo o processo.

— Ele é uma das melhores pessoas que já conheci.

Eu respondo:

— Você não deve conhecer muitas pessoas.

Ele ausculta meu peito e, depois, tira um aparelho de pressão da maleta e o coloca em meu braço.

Enquanto vai inflando, ele pergunta sobre minha menstruação.

— É bem regular, como eu disse, é a minha cabeça que é o problema.

Embora meus ovários estejam se comportando de forma estranha ultimamente, eu não digo nada disso para o médico que Declan trouxe.

Quando ele fica satisfeito com a pressão normal, acende uma lanterna e pisca na frente dos meus dois olhos.

— Ai. Essa luz é bem forte.

— A resposta da pupila está normal. Onde é o galo que o sr. O'Donnell mencionou?

— Aqui.

Eu mostro para ele. Assim que o médico toca no machucado, faço uma careta.

Ele faz um som suave de empatia.

— Sim, imagino que esteja doendo. Está bem inchado. Você teve dor de cabeça?

— Tive.

— Náusea?

— Não. Quer dizer, sim. Eu me senti mal no avião, logo que acordei. Mas achei que era da cetamina que Declan me deu.

Se o médico achou estranho que Declan tenha me dado uma droga para me apagar, ele não comentou. Talvez essa não seja a coisa mais estranha que ele tenha visto em um dos pacientes de Declan.

— Você está vendo luzes brilhantes ou teve problemas de audição?

— Não para as duas perguntas.

— Perda de memória?

— Sim… e parece que eu desmaiei. Mas não me lembro.

— Zumbido no ouvido ou visão dupla?

— Não e não. Eu estou morrendo ou algo do tipo?

— Está, mas vai levar ainda umas quatro ou cinco décadas. Ou até mais.

Pelo menos ele tem senso de humor.

Ele guarda as coisas dele, coloca o chapéu e se prepara para ir embora.

— Sério, qual é o veredito?

— Concussão leve. Nada preocupante, só precisa repousar por alguns dias. Se surgirem mais sintomas ou se as dores de cabeça piorarem, vamos precisar fazer uma tomografia para assegurar que não há nenhuma hemorragia intracraniana. Nesse meio-tempo, gelo no galo. Isso vai ajudar com o inchaço e o desconforto.

— Hemorragia intracraniana? Isso não parece bom.

— E não é mesmo. Por favor, avise imediatamente ao sr. O'Donnel se continuar se sentindo mal.

— Pode deixar. Obrigada.

Quando ele sai, começo a me sentir agitada e inquieta. Então, é claro que eu preciso mandar uma mensagem para Declan.

O médico disse que eu estou morrendo.

Fico andando de um lado para o outro enquanto espero a resposta.

Minha sorte parece estar voltando.

Babaca. Será que você poderia vir aqui conversar comigo?

Por quê?

Estou entediada.

Pena que isso não mata.

Para de ser cruel comigo.

Me dê um bom motivo para isso.

Mordo o lábio antes de responder: *Acho que estou com medo.*

Ele não responde. Não sei por que achei que ele responderia. Começo a andar de um lado para o outro, mordendo meu lábio e imaginando como seria morrer de hemorragia intracraniana, até a porta se abrir e Declan entrar.

Com a mão na maçaneta, ele diz:

— Se você estiver mentindo, eu vou abrir a janela e te empurrar para fora.

Por que ele tem que ser tão babaca? Um babaca tão *bonito*, o que, de alguma forma, piora tudo.

— Eu nunca fiquei doente na minha vida, e agora o meu cérebro está sangrando, minha memória está indo embora, estou desmaiando como uma cabra e minha cabeça dói como se alguém estivesse martelando algo dentro dela. Além disso, eu vou morrer tendo só *você* como companhia. Será que eu não posso ficar chateada?

Ele estreita os olhos, a dúvida aparecendo em meio ao azul-ártico.

Eu levanto as mãos.

— Eu não sou invencível!

— Então o acordo que você fez com o diabo para ter o poder de matar com a força da palavra não incluiu a imortalidade?

Eu olho para ele, o coração acelerado e a raiva subindo pela garganta.

— Quer saber de uma coisa? Esquece. Volte para a sua vidinha de mafioso e de sequestrar pessoas inocentes e assassinar seus inimigos e tornar o mundo um lugar bem pior, e esqueça que eu disse qualquer coisa.

Eu me viro para me afastar o máximo possível dele, indo em direção às janelas do outro lado do quarto. Fico ali parada, de costas para ele, abraçando o meu próprio corpo, tentando pela primeira vez, desde que eu era uma garotinha gorda sofrendo bullying no parquinho, segurar minhas lágrimas.

Eu o odeio por isso. *Ninguém* me faz chorar.

Quando ouço a porta se fechar, solto o ar e baixo a cabeça, fechando os olhos e me amaldiçoando por ter demonstrado fraqueza.

— É só que você não parece ter um pingo de vulnerabilidade, garota.

A voz é calorosa, suave, e vem de trás de mim. O filho da puta se aproximou sem eu perceber, enquanto eu estava ocupada demais sentindo pena de mim mesma.

— Vai embora.

— Não era isso que você queria dois minutos atrás.

— Eu não te odiava com todas as minhas forças dois minutos atrás.

— Não? Sinto pena das pessoas que você odeia, se é assim que as trata.

Eu gemo e bato a cabeça contra a janela algumas vezes.

Ele me puxa para longe do vidro e diz suavemente:

— Pare. Você vai se machucar.

— Já estou machucada. Graças a você.

— Eu já disse que não fui eu que deixei você cair.

— Para de falar. Você está piorando a minha dor de cabeça.

As mãos dele estavam no meu braço, mas agora subiram para os meus ombros e ficam ali. Ele está em silêncio atrás de mim, como se estivesse pensando em alguma coisa.

— Se você quer me esganar, pode ir em frente e acabar logo com isso.

— O pensamento passou pela minha cabeça.

Eu mandaria você para o inferno, mas isso não seria um problema, já que foi de lá que você veio.

Depois de um longo silêncio, ele diz:

— Você está quieta demais para o meu gosto. O que está passando nessa sua cabecinha?

— O seu velório.

Fico surpresa quando ele começa a rir. Ele ri sem parar, como se não se divertisse assim há muito tempo.

Olho para trás e digo:

— Você é bipolar, não é? É por isso que não dá para entender esse seu comportamento esquisito. É por causa do transtorno de bipolaridade.

— Não.

— Que pena. Se você tivesse dito sim, eu seria mais legal com você.

— Por quê?

— Porque transtornos mentais não são uma escolha. Você, por outro lado, é um babaca porque quer.

O sorriso dele é tão brilhante que me faz piscar.

— Você desperta o melhor em mim, garota.

— Ah, por que você não se joga de uma ponte?

Eu me viro de novo para a janela.

Ficamos assim por um tempo, apreciando a vista de Boston lá embaixo. É fim de tarde e eu não faço ideia de há quanto tempo estou aqui. Um dia? Dois? Parecem dez mil.

Pelo reflexo no vidro, vejo que Declan está observando a própria mão apoiada em meus ombros, tentando se lembrar de como ela foi parar lá.

Queria não o achar tão atraente. Eu o odeio, mas não posso negar que ele é gato. Os olhos azuis, o maxilar marcado e o maldito sotaque irlandês...

— Por que esse suspiro tão pesado? — sussurra ele.

— Você ainda está vivo e respirando.

— Não faz muito tempo que você me agradeceu por ter salvado sua vida.

— Eu sei. Eu gostaria de poder voltar no tempo e me sacudir.

Ele está rindo de novo. Em silêncio, parece estar tentando se segurar, mas eu consigo ver os ombros tremendo no reflexo do vidro. Por algum motivo, isso me deixa ainda mais deprimida.

— Por favor, vai embora. Eu juro que não vou mais te incomodar. Não vou mandar mais mensagens, nem falar mais nada. Só me deixa sozinha.

Eu pareço tão triste e patética. Esse homem está me deixando uma manteiga derretida.

Ele sabe disso, porque sua voz fica suave:

— Eu vou, mas só se você me responder uma coisa.

— Vai me perguntar como eu mataria você? Por que eu faria de forma lenta e dolorosa, algo que envolvesse uma bactéria carnívora.

Ignorando isso, ele pergunta em um tom bem gentil:

— Por que você se envolveu com a máfia russa?

Considero ignorar a pergunta. Ele que se foda. Mas estou cansada demais para brigar, então decido dizer a verdade.

— Eu não sabia que estava fazendo isso.

Na breve pausa que se segue, as mãos de Declan apertam meus ombros. Ele quer mais.

Se isso vai tirá-lo daqui, ele pode ter a resposta.

— Quando eu conheci Stavros, ele era só um cara atraente que fazia minhas aulas de iniciante algumas vezes por semana. Ele me disse que trabalhava com tecnologia. E era verdade, ele é dono de uma empresa de software. O que eu *não* sabia era que o software foi desenvolvido para jogos on-line ilegais.

"Mas eu percebi que alguma coisa estava errada assim que vi a casa dele no lago, que fica bem ao lado da de Zuckerberg, com quase cem metros de praia particular. A propriedade deve valer uns cinquenta milhões de dólares. E tinha o jatinho particular e os passaportes de vários países, e os amigos com quem ele conversava em russo. Então, eu juntei um mais um e cheguei a dois. Sabe como é? Ele nunca me disse, eu nunca perguntei, mas não importa. Ele já estava perto da data de validade àquela altura."

Declan digere tudo aquilo em silêncio.

— Porque namorados são como carpas: exigem tempo e são um hobby chato.

— Exatamente.

— Então, quando foi que você confirmou que ele era da máfia?

— Não confirmei, só tive certeza naquela noite do La Cantina quando os irlandeses começaram a falar merda, e tiros começaram a voar por todos os lados.

Ele me vira para olhar para ele. É tão abrupto e inesperado que me assusto.

Olhando para mim com uma intensidade pungente, ele pergunta:

— Você não sabia que ele era da máfia quando começou a namorar com ele?

— Não.

— E quando descobriu, você o deixou?

— Não faça com que isso pareça uma atitude nobre. Eu não fiz um julgamento consciente do estilo de vida dele. Só terminei tudo porque estava entediada.

Declan está incrédulo.

— Ele é um bilionário. Um jovem bilionário poderoso e bonito. Com *bilhões.*

— Eu já entendi. Você não precisa ficar repetindo. E eu não faço ideia de quanto dinheiro ele tem. Não conduzi uma contabilidade forense nem nada.

— Pode acreditar em mim.

— Tá. E daí?

— E você ficou entediada.

— Dinheiro não torna um homem interessante. Aliás, isso nem entra na lista. E para de fazer essas caras.

— Quero ver se eu entendi direito. Você namorou o Stavros porque *ele era gato*?

— Como você consegue fazer isso parecer uma falha moral de caráter?

— Eu só não entendo. — Ele meneia a cabeça. — Ele é rico pra caralho.

— Você também é, ao que tudo indica. Isso também não te torna interessante.

Não sei se ele está surpreso ou ofendido.

— Você está me dizendo que eu não sou interessante.

— Você é tão interessante quanto uma carpa. Uma carpa velha. Com questões digestivas e uma bexiga natatória defeituosa.

Agora ele está indignado. O rosto dele está ficando vermelho.

Nossa, eu estou adorando isso.

Só para machucar mais, eu acrescento:

— Além disso, você nem sabe beijar.

Os olhos dele brilham. O maxilar se contrai. Ele rosna:

— Pode ter certeza de que eu sei muito bem como se beija.

— Claro que sabe, se estamos brincando de dia do contrário.

Quando eu sorrio diante da fúria evidente, ele pragueja.

— Você se acha muito espertinha.

Então, ele pega o meu rosto com as duas mãos e cobre os meus lábios com os dele.

14

DECLAN

Eu sei que é uma péssima ideia, mas a mulher parece saber muito bem como me tirar do sério.

O FBI deveria contratá-la para a equipe de interrogatório. Ela é capaz de fazer qualquer homem da Terra perder a vontade de viver.

Segurando a cabeça dela e ignorando a exclamação de surpresa, eu mergulho na boca de Sloane, e sinto o gosto doce, suave e quente do beijo dela.

Sua boca é deliciosa, feminina e incrível, cuja gostosura só é suplantada pela sensação dos seios pressionados contra o meu peito. E o pequeno tremor que percorre o corpo dela quando eu aprofundo o beijo. E talvez a forma como a tensão no corpo dela se desfaz quando ela se inclina, transferindo o peso para mim e deixando a cabeça cair para trás, enquanto minha língua escorrega pela dela.

Quando ela me abraça pela nuca e suspira de prazer, um gemido de vitória ecoa no meu peito.

Não sei beijar, uma ova.

Eu apoio uma das mãos em suas costas e com a outra agarro sua cintura, puxando-a mais para mim. O corpo dela se encaixa perfeitamente no meu, tão macio que me deixa duro. Ela é flexível e tem curvas em todos os lugares certos.

O desejo de jogá-la no chão e comê-la inteirinha até fazê-la gritar o meu nome é tão forte que me tira do sério.

Eu me afasto, com a respiração ofegante.

Ela também está ofegante. Ficamos ali em silêncio, o rosto a alguns centímetros, o coração disparado, até que ela passa a língua nos lábios e sussurra com voz rouca:

— Nota cinco.

— Besteira. Esse foi o melhor beijo que já recebeu, e você sabe disso.

— Acho que você pode melhorar.

Ela puxa a minha cabeça e encaixa a boca na minha.

Dessa vez, o beijo é mais lento. Mais suave, mas, de alguma forma, mais profundo. Continuamos nos beijando por muito tempo, o desejo crescendo até que ela começa a pressionar o corpo contra o meu e o meu pau fica duro como aço.

Empurro a pelve contra a dela. Ela geme baixinho. Quando eu me afasto dessa vez, estou ofegante e um pouco tonto.

Ela abre os olhos e me fita. O rosto está corado, os lábios estão úmidos. Ela está linda. Satã fez um bom trabalho ao criá-la.

— Seis — sussurra ela. — Vamos lá, gângster. Não me diga que esse é o seu melhor.

— Esse beijo foi a porra de um dez. E você não está no comando aqui.

Ela me provoca.

— Você fica repetindo isso, mas eu não sei se está tentando me convencer ou a si mesmo.

Deslizo a mão para a bunda dela, e a outra mergulha em seu cabelo, segurando a cabeça dela para beijá-la de novo.

Eu não paro até que ela tenha começado a roçar o corpo contra o meu e a emitir gemidinhos agudos.

— *Dez* — rosno contra a boca de Sloane.

Sem abrir os olhos, ela murmura.

— Sete e meio. E eu estou sendo bem generosa.

Quando eu solto um monte de palavrões em gaélico, ela ri. O som é baixo, satisfeito e insanamente sexy.

Meu coração está disparado. Levo a boca à orelha dela.

— Você gosta de viver perigosamente, não é, garota?

— Perigosamente é o jeito certo de se viver.

Eu me afasto e olho para ela, surpreso.

— Goethe? Agora está citando *Goethe*, porra?

Ela dá um sorriso.

— Só porque eu sou gata, não significa que meu cérebro é pequeno.

Então, ela me empurra, coloca as mãos na cintura e me lança um olhar de desdém frio que deixaria qualquer rainha orgulhosa.

— Ah, acabei de me lembrar.

— De quê?

— Eu odeio você.

Ficamos nos olhando. Ela é salva de ser estrangulada quando o meu celular toca. Ao ver o número na tela, eu lhe entrego o aparelho e digo:

— Você tem trinta segundos.

Eu me viro e me afasto, soltando o ar e passando a mão no cabelo enquanto tento me controlar.

Eu nunca deveria ter tirado aquela mordaça dela.

— Alô? Nat! Ai, meu Deus, eu estava tão preocupada com você.

Atrás de mim, Sloane para e fica ouvindo. Então, solta uma risada.

— Comigo? Não seja ridícula! Você sabe que eu sempre caio em pé.

Outra pausa.

— Sim. Eu sei que parece ruim. Mas as câmeras de segurança fazem tudo parecer pior. Não foi tão dramático... sim, eu bati com a cabeça. É, tava todo mundo atirando, mas... Ah, querida. Eu estou bem. Eu juro.

Ela ouve por um tempo e depois diz com voz firme:

— Natalie. Respira um pouco. Ninguém me deu uma surra. Ninguém me desmembrou nem me enterrou em uma cova rasa.

Viro para trás com um olhar que espero ser maldoso e aperto os olhos, passando a ideia de *ainda*.

Ela faz uma careta e um gesto com a mão como se eu estivesse sendo bobo.

— Não, não. Eu estou sendo muito bem-tratada. *Não,* ele não está apontando uma arma para a minha cabeça agora. Na verdade...

Uma expressão nova aparece no rosto dela. É confiante e astuta, e me preocupa.

— Bem, se você quer mesmo saber, ele já está meio apaixonado por mim.

Fico boquiaberto.

Ela está rindo no telefone.

— Né? Tadinho. Ele perdeu a cabeça assim que me conheceu.

Eu sei que ela só está tentando me provocar, mas foi exatamente a mesma coisa que disse sobre Stavros. Acho que vou quebrar alguma coisa. Talvez os joelhos dela.

Vou até ela, estendendo a mão para pegar o celular, mas ela se afasta, fazendo um gesto com a mão como se eu fosse uma mosquinha irritante.

— Não. Diga para o Kage não fazer nada disso. Não é necessário.

Eu paro pertinho dela e a fulmino com o olhar, soltando fogo pelas ventas. Eu ia arrancar o celular da mão dela, mas a menção do nome de Kage me faz parar. Quero ouvir onde essa conversa vai dar. O que ele planejou.

Ela se vira calmamente para mim, olhando direto nos meus olhos, quando diz:

— Porque Declan jamais me machucaria. Mesmo se ele quisesse. E ele geralmente quer. Como eu sei? — O sorriso dela é suave. — Porque ele me deu a palavra dele.

Articulo com os lábios: *Eu menti.*

Ela me mostra a língua.

— Agora escute com atenção, Nat. Eu preciso que você me faça um favor. Diga para o seu namorado retirar a cavalaria. Diga a ele que Declan quer ter uma conversa com ele e resolver todo esse lance de guerra. Diga para ele que...

Eu pego o telefone, cubro o microfone e digo:

— Que merda você acha que está fazendo?

Ela encontra o meu olhar furioso com uma expressão firme.

— Te salvando, gângster.

— Eu não preciso ser salvo.

— Você talvez mude de ideia quando souber que Kage colocou uma recompensa de trinta milhões de dólares pela sua cabeça por ter me sequestrado. A família que te matar primeiro fica com a grana. Além disso, terá o acesso às remessas e à distribuição restaurado. — O sorriso dela é presunçoso. — E tem mais trinta milhões para quem me levar em segurança para Nova York. Então agora é *você* quem está com um alvo nas costas. Engraçado como esse jogo vira rápido, né?

Fico olhando para ela, furioso com aquele excesso de segurança. Ela diz com toda educação:

— Depois nós falamos sobre isso. Agora eu gostaria de voltar para a minha conversa, por favor.

Coloco o telefone na minha orelha. Olhando nos olhos de Sloane, eu digo:

— Informe a Kazimir que, se ele não cancelar essas recompensas em uma hora, o corpo mutilado de Sloane vai ser entregue na sua porta até meia-noite.

Eu desligo e a fulmino com o olhar.

Ela cruza os braços e me encara.

— Isso não foi muito inteligente.

Espumando de raiva, eu digo suavemente:

— Você não tem ideia do tipo de jogo que está rolando aqui, garota. Não mesmo. Você é a porra de uma sem-noção. E, para dizer a verdade, eu estou farto de ouvir você falando sem parar.

Coloco o celular no bolso do paletó. Quando começo a desfazer o nó da gravata, ela dá um passo para trás, meneando a cabeça.

— Não se atreva a tentar me amordaçar, gângster.

Eu arranco a gravata e me aproximo dela.

— Estou te avisando! — grita ela, andando para trás. — Eu vou acabar com a sua raça.

Eu parto para cima dela.

Ela grita e gira para fugir, mas eu estou perto demais. Eu a agarro pela nuca e a puxo em direção ao meu peito.

Sou recompensado pelo calcanhar dela descendo com toda força no meu pé.

É um golpe forte. Um bom golpe. Mas ela precisa de muito mais do que isso para me deter quando eu perco a paciência.

E eu finalmente perdi. Para falar a verdade, é um milagre eu ter me segurado por tanto tempo.

Eu a atiro de cara na cama. Ela está se retorcendo como um animal enjaulado, chutando e gritando enquanto eu monto na sua cintura. Ela está furiosa por não conseguir se livrar de mim. Quando eu puxo seus braços para trás, ela me chuta com o calcanhar e acerta meu rim.

Eu deixo de lado a ideia de enforcá-la com a gravata e amarro seus pulsos.

O castigo que quero dar não requer silêncio.

Sloane está gritando. Parece um touro selvagem, tentando me tirar de cima dela. Percebo que ela odeia não estar no controle quase tanto quanto odeia mostrar qualquer sinal de fraqueza.

Sinto um profundo senso de satisfação por estar sujeitando-a às duas coisas.

— Você e sua risada podem se foder! — berra ela.

— Vamos lá, diaba. Você não deveria estar acabando com a minha raça? Até agora eu te dou nota cinco.

— Babaca.

— Não diga que isso é tudo. Acho que você pode se sair muito melhor.

Frustrada por eu estar usando as palavras dela, ela solta um berro agudo. Ela grita mais alto, e eu rio de novo.

Eu me sento na beirada da cama e a coloco de bruços no meu colo, segurando sua nuca com uma das mãos, e com a outra, o quadril.

Não é fácil. Ela está lutando com empenho e é mais forte do que parece, tenho que admitir. Mas ela não tem a menor chance contra mim — eu sou muito mais forte.

Eu puxo a *minha* cueca até o meio das coxas e dou uma série de tapas ardentes na bunda dela.

Ela arfa, e contrai as costas.

— Você merece cada um desses tapas — digo entre os dentes. — E o que está por vir.

Então dou mais tapas, um atrás do outro, até a palma da minha mão ficar quente e a bunda dela, vermelha. Estou tão concentrado no que estou fazendo que, até eu parar, não noto que ela não está mais lutando. Sloane está parada, com o rosto pressionado contra o colchão, os olhos fechados. A respiração tão ofegante quanto a minha.

E tremendo. O corpo dela está tremendo por inteiro.

E meu pau está duro feito pedra.

Depois de um momento, ela sussurra com voz fraca:

— Três de dez.

É um desafio.

Solto a respiração com força. Olho para a bunda nua — firme, redonda, vermelha como uma cereja — e sou quase sobrepujado pela necessidade selvagem de comê-la.

De tirar meu pau latejante da calça e meter nela. Bem fundo.

De prendê-la embaixo de mim e fodê-la com toda minha força enquanto mordo o pescoço dela.

De ouvi-la gritar quando eu gozar dentro dela, puxando-a pelo cabelo.

De castigá-la, dominá-la, fazê-la se submeter à minha vontade.

De tomá-la por inteiro.

Ela abre os olhos e me encara. O que quer que ela tenha visto no meu rosto a faz tremer.

Eu rosno:

— Não quero ouvir nem um pio.

Ela engole em seco. Umedece os lábios. Começa a fazer a respiração quadrada para se acalmar e não consegue.

Gosto dela assim.

Obediente e em silêncio, obviamente excitada. O fato de ela permitir que eu a mantenha no meu colo sem lutar ou tentar se afastar me mostra que ela gostou dos tapas, tanto quanto a respiração ofegante e o rosto corado.

Ou talvez seja o fato de ela estar tremendo. Ou o brilho selvagem no olhar, como se não soubesse o que vou fazer em seguida e não conseguisse decidir se gosta ou detesta não saber.

Observando o rosto dela com atenção, eu digo:

— Eu tenho uma pergunta para você, diaba. E você precisa me dizer a verdade. — Ela fecha os olhos com força. — Não, não se esconda de mim. Abra os olhos.

Ela afunda o rosto nas cobertas.

Chamo o nome dela em voz grave, em tom de aviso, que ela reconhece.

A voz dela sai abafada pela coberta:

— Por favor, não me obrigue a dizer.

— Você não sabe o que vou perguntar.

Depois de uma pausa, ela fala em um sussurro consternado:

— Sei, sim. E nós dois sabemos a resposta. E eu não vou suportar se você me fizer dizer em voz alta. Eu vou me odiar para sempre. Por favor, não me obrigue a dizer, Declan. Por favor.

Ah, merda. O que isso faz comigo…

É como se ela tivesse me ligado a uma tomada. Eletricidade percorre o meu corpo, adrenalina flui pelas minhas veias. Eu começo a suar e meu coração bate fora do ritmo. Meu pau lateja e minhas bolas estão contraídas. E puta merda, eu quero tanto comer essa mulher que sinto a boca salivar.

E tudo que eu precisaria fazer é obrigá-la a dizer que ela quer que eu continue.

E ela quer… mas também não quer.

Eu solto o ar devagar, tentando recobrar o autocontrole.

Eu a viro para mim, a coloco sentada no meio das minhas pernas abertas, e a agarro pelo queixo.

Eu a beijo. Profundamente.

Ela corresponde, se apoiando em meu braço e soltando um som suave e feminino de prazer.

Então, eu a empurro do meu colo, fico em pé e saio do quarto.

Em uma vida repleta de momentos difíceis, esse fica no top cinco.

15

SLOANE

Então, cá estou eu, caída no chão com as mãos amarradas nas costas, surpresa, ofegante e humilhada.

E molhada.

Porque embora *eu* odeie o Declan, o meu corpo parece achar que o filho da puta é divino.

Além disso, ele me tratou como se eu fosse uma bunda mole. Todos esses anos de treino de defesa pessoal, todas as horas que passei fazendo ioga avançada, contorcendo meu corpo de formas quase impossíveis, fortalecendo e tonificando meus músculos só para esse irlandês mandão me dominar em dez segundos, como se eu fosse um bezerro estreando em um rodeio.

E então me bateu, me beijou e, para terminar de me humilhar, me jogou no chão e saiu.

O filho da puta arrogante. Primeiro, ele quase me fez chorar. Depois, quase me fez gozar. Assim que eu tiver a chance, eu vou matá-lo.

Bem devagar.

Resmungando um monte de palavrões, eu me sento e começo a desfazer o nó da gravata que prende as minhas mãos. Depois de alguns minutos, consigo me libertar.

A primeira coisa que faço é ir direto para uma gaveta na cômoda na qual eu vi um isqueiro quando estava bisbilhotando mais cedo. Volto para o quarto e ateio fogo na gravata.

Vê-la queimar bem diante dos meus olhos está no top cinco momentos mais satisfatórios da minha vida.

Quando não resta mais nada além de uma marca no tapete e o cheiro acre de seda queimada, eu jogo o isqueiro na cama e me sento de pernas cruzadas no chão em frente às janelas, aquietando minha respiração, e medito por vinte minutos.

E, quando digo "meditar", eu, na verdade, estou passando mentalmente todas as formas como eu gostaria de ver o Declan morrer.

Respire fundo e lembre-se de quem você é.

Ele nunca vai conseguir me tirar do sério de novo. Toda vez que eu o vir a partir de agora, vou ser uma rocha. Vou ser uma gata, distante e desinteressada. Armada com garras e presas afiadas.

— Filho da puta — resmungo baixinho. — Babaca egoísta, dominador e valentão.

Respire fundo. Lembre-se de quem você é.

Mais vinte minutos de afirmações produzem um leve efeito positivo no meu estado mental. Sigo para a ioga, mas logo percebo que nenhuma postura do mundo vai ser capaz de me livrar da pedra no meu sapato que é Declan O'Donnell.

Que assim seja.

Eu já sobrevivi a valentões antes.

Eu já sobrevivi a humilhações antes.

Eu vou sobreviver a ele.

~

Horas depois, outro brutamontes entra no quarto trazendo uma bandeja de comida. Ele tem cabelo louro-escuro, olhos castanhos, ombros largos, queixo com covinha e uma tatuagem de teia de aranha na lateral do pescoço.

As mãos são do tamanho de bigornas. A mandíbula é tão afiada que poderia cortar aço. Eu o apelido mentalmente de Thor.

Estou começando a achar que Declan os contrata com base no nível de beleza. Os semelhantes se atraem, ou algo do tipo.

— Cadê o Kieran?

Thor nem olha para mim enquanto coloca a bandeja na mesa e pega a antiga.

— Não adianta tentar falar comigo, moça. Já me disseram para não falar com você.

Assim como Kieran, ele tem um forte sotaque irlandês. Declan deve ter colocado alguma coisa na comida porque, de repente, eu comecei a achar o sotaque irlandês a coisa mais sexy do mundo.

Ou talvez seja minha hemorragia intracraniana falando mais alto.

Eu abro o meu sorriso mais radiante.

— Ah, tudo bem. Não quero causar problemas. Só queria saber o seu nome para dizer a Declan que você fez um bom trabalho, mas eu entendo que você tenha recebido ordens. Então, bico fechado.

Ele se empertiga e me olha de cara feia.

Eu faço um gesto de zíper na boca.

— Sério, não vou falar. Juro. Só que seria ótimo saber se está tudo bem com o Kieran. Somos amigos, sabe? Você e eu também podemos ficar amigos, se você quiser, mas eu acho que ficar amigo da prisioneira meio que vai contra todo esse lance de gângster fodão, né? Alguém já te disse que você parece muito com o Thor, o deus nórdico do trovão?

Ele faz uma pausa antes de dizer:

— Geralmente dizem que pareço com o Capitão América.

Eu ofego.

— Ai meu Deus, você está certo! É o maxilar. Muito heroico.

Ele parece satisfeito, até se lembrar de que não deve conversar comigo. E a cara feia retorna.

— Certo. Foi mal. Desculpa. Se puder dizer para o Kieran que eu perguntei por ele, seria ótimo. Eu me sinto muito mal pelo nariz dele.

— Não se sinta. Foi uma melhoria. — A sombra de um sorriso aparece nos lábios dele. — Os caras todos acharam da hora. Muito maneiro. — O sorriso some do rosto. — Não conte para o Declan que eu disse isso, por favor.

— Claro que não vou contar. Pode contar comigo. Se ele perguntar alguma coisa, eu vou dizer que você é um babaca que não fala nada. Ele vai gostar disso.

Ele baixa a cabeça para me olhar por um momento. Depois, assente e se dirige para a porta. Quando está prestes a sair, ele se vira para mim.

— Meu nome é Spider.

— Sua mãe te deu o nome de *Spider*? Acho que não. Qual é o seu nome verdadeiro?

Ele fica me olhando em silêncio por um tempo e depois diz de má vontade:

— Homer. E, se você repetir isso, eu vou...

— Homer? Que máximo. Como Homero, o poeta grego. Mas eu te entendo, eu tenho vergonha de admitir que minha mãe queria um nome que pudesse ser de homem ou de mulher, e encontrou Sloane em um site aleatório de nomes de bebê. Pelo menos sua mãe teve uma inspiração de verdade. Acho que a minha só tinha enchido a cara de vinho rosé.

É quando noto a expressão estranha no rosto dele e fico preocupada.

— Eu disse alguma coisa errada?

— A maioria das pessoas aqui neste país pensa no Homer Simpson quando eu digo o meu nome.

— Ah, mas eu não sou a maioria das pessoas, não é?

Quando eu abro um sorriso, ele ri baixinho, meneando a cabeça.

— Ouvi dizer que você se ofereceu para cozinhar para o Kieran.

— Isso. Mas não só para ele. Eu me ofereci para cozinhar para todos vocês. Sem querer me gabar, eu sou uma ótima *chef*. Pena que você e o Kieran não podem falar comigo, caso contrário vocês poderiam pedir para o Declan me deixar usar a cozinha. Seria uma ótima terapia para nós dois. Eu já estou megaentediada. Imagine como eu vou irritá-lo depois de alguns dias quando eu realmente começar a subir pelas paredes!

Ele abre a boca, mas se lembra de que não deveria estar conversando comigo e a fecha de novo.

— Ah, desculpe. Foi culpa minha. Não quero que tenha problemas por minha causa. Quando vir o Declan de novo, vou fingir estar chorando e botar a culpa em você.

— Muito gentil da sua parte. Obrigado.

— Não há de quê.

— Que fedor é esse?

— Eu usei o isqueiro do Declan para queimar uma das gravatas dele.

Ficamos nos encarando em silêncio por um tempo até ele perguntar, com voz gentil:

— Por que você não me dá o isqueiro, moça?

— Ah, que ideia maravilhosa! Você pode dizer que tirou de mim e eu comecei a chorar. Ele provavelmente vai te dar um aumento.

Pego o isqueiro na cama e coloco na bandeja vazia que Homer está segurando. Sorrio para ele.

— Foi um prazer te conhecer. Você e o Kieran são muito legais. Não acredito que vocês trabalham para um babaca.

Ele fica muito sério de repente.

— É uma honra trabalhar para ele. Ele é um dos melhores homens que já conheci.

Outro doido, igualzinho ao médico.

— Acho que vamos ter que concordar em discordar. Mesmo assim, gostei muito de te conhecer. Manda um abraço pro Kieran.

Homer não consegue decidir o que responder, então sai sem dizer nada.

Ele volta um pouco depois com várias sacolas de roupas. Ele as coloca do lado de dentro, vira para mim e baixa a voz:

— O Kieran mandou um oi, e ele está se esforçando no lance da cozinha.

Ele vai embora.

Se pelo menos o senhor da casa fosse tão legal quanto os servos.

Abro as sacolas, satisfeita por encontrar quase tudo que pedi. Passa pela minha cabeça mandar uma lista de coisas que quero da Louis Vuitton e da Cartier, só para ver o que ele faria, mas decido que é melhor levar um tiro do que entrar em contato com ele. Então, eu me visto, como a comida que Homer trouxe e medito de novo.

Quando termino tudo, já está escurecendo e estou cansada.

Extremamente cansada. O que não é muito comum, a não ser quando fico até tarde na rua com a Nat. Mas, em geral, estou sempre cheia de energia. Agora, eu sinto como se alguém tivesse sugado toda a minha vitalidade.

Devia ser isso que Declan estava fazendo quando eu acordei ao lado dele na cama.

Caminho três vezes pelo quarto, verificando tudo na esperança de encontrar mais alguma coisa sobre seu dono, mas não tenho sorte. Também não acho nada que eu possa usar como arma. Não que eu ache que Declan vá me machucar, mas não há como prever quando o desejo de esfaqueá-lo vai aparecer.

Estou prestes a desistir quando ele volta.

Não achava que era possível ele parecer ainda mais zangado do que da última vez em que nos vimos, mas eu estava errada.

Ele fecha a porta com tanta força que eu me sobressalto. Então me encara com aqueles olhos gélidos, como se estivesse prestes a me matar.

— O que foi que eu fiz agora?

— O que exatamente você disse para o Spider?

Finjo inocência.

— O cara alto e louro? Eu não disse nada.

— Não?

Hum. Ele sabe de alguma coisa. Merda, será que tem câmeras aqui?

— Eu só agradeci por ele ter trazido a comida.

— E o que ele disse?

— Só que ele não podia falar comigo.

Declan se aproxima de mim, um passo de cada vez, sem afastar o olhar de raiva do meu rosto. Eu resisto à vontade de dar um passo para trás e empertigo os meus ombros.

A voz dele é baixa quando ele diz:

— Ele não deveria conversar com você. Foi uma ordem direta. Ainda assim, de alguma forma, ele saiu desse quarto com coraçõezinhos vermelhos nos olhos e uma vontade estranha de conspirar com Kieran para me fazer deixar você cozinhar para eles.

— Sério? Que estranho.

Ele continua se aproximando devagar, uma pantera se aproximando da sua presa.

Eu pigarreio.

— Na verdade, ele foi bem intimidador. Ele realmente levou esse lance de forte e silencioso a sério.

— Então, você está dizendo que ele ficou em silêncio? Que não falou nada?

Levanto o queixo e enfrento o olhar desafiador.

— Sim. É o que estou dizendo.

Declan para a centímetros de distância. Ele está tão perto. Sinto a raiva dele me atingir em ondas de calor. Ele olha para mim, contraindo o maxilar.

— Por que eu mentiria por ele?

Ou existem câmeras aqui, ou Spider confessou. Tentar enganá-lo não vai adiantar, então eu digo a verdade:

— Eu não quero que ele tenha problemas.

Declan respira fundo, inflando as narinas. Ele está se esforçando muito para não me agarrar pelo pescoço.

— Por que você não quer que ele tenha problemas?

— Eu não quero que ele tenha problemas por *minha* causa. Além disso, ele parece ser um cara legal.

Ele repete:

— Legal.

— Isso.

— Ele matou seis homens nas últimas 72 horas.

— Hum. Isso parece ser um número bem alto para um período tão curto. Mas ele é um gângster. Acho que faz parte do trabalho. Existe uma meta que eles precisam bater ou algo assim?

Ele começa a respirar devagar de novo. Quando está certo de que controlou a vontade de quebrar o meu pescoço, ele diz:

— Você enfeitiçou dois dos meus homens. Sendo que um deles você quebrou o nariz, e o outro não ficou mais do que alguns minutos na sua presença. Kieran agora acha que é seu mordomo e Spider está caidinho por você. Eu não vou poder mandar mais ninguém entrar aqui, com medo de que eles saiam tentando me matar.

Preciso me controlar para não sorrir. Se ele vir, poderia explodir.

— Só porque você é imune ao meu charme não significa que todo mundo também é.

A voz dele é mortal e macia, enquanto seus olhos ardem.

— Ah, o seu notório "charme". Stavros, seu ex, deve ter sido influenciado por isso para cometer a loucura de tentar invadir o prédio com uma arma.

Arqueio as sobrancelhas.

— Stavros tentou me resgatar? Já?

— Já.

Meu coração quase para.

— Ai, meu Deus, ele está bem? Você não o matou, né?

— Por que você se importa? Ele te entediou tanto que você terminou tudo, não foi?

— Isso não significa que eu quero que ele morra! E eu pedi para você não o machucar, lembra?

— Lembro. E é só por isso que ele ainda está vivo.

Solto o ar, aliviada, e levo a mão ao coração.

— Ufa! E o que você fez com ele?

— Eu o coloquei em um navio para a China.

Não sei se ele está dizendo a verdade ou se só está sendo sarcástico, mas eu sei que não machucou o Stavros. Dá para perceber que ele não gostou nada disso.

— Obrigada. De verdade.

Quando ele só me encara com aqueles olhos ardentes, fico na defensiva.

— O que foi agora?

— Você é estranha. E poderosa. E irritante além de todos os limites. Não consigo decidir se devo amordaçá-la pelo tempo que ficar aqui ou soltá-la contra os meus inimigos. Acho que você os faria comer na palma da sua mão em dois tempos.

Depois de um momento, eu digo:

— Nossa, isso está soando quase como um elogio.

— Não foi. Eu não gosto de você.

— Eu também não gosto de você.

O espaço entre nós crepita de tensão. O olhar dele é palpável, como se estivesse ligado em uma corrente elétrica, entrando no meu corpo direto no meio das minhas pernas.

Ele olha para a minha boca e umedece os lábios.

Essa é a última coisa de que me lembro antes de acordar no hospital.

16

DECLAN

— É um hematoma subdural. Pequeno, mas perigoso. A taxa de mortalidade nesses tipos de lesões cerebrais é alta. Se o coágulo não se resolver sozinho em 48 horas, ela vai precisar de cirurgia para aliviar a pressão intracraniana e reparar os vasos sanguíneos.

— Taxa de mortalidade?

— É a frequência de mortalidade entre uma determinada população durante um determinado período.

Eu preciso me controlar para não sacar a arma e dar um tiro na cara desse médico idiota.

— Eu estou perguntando o número da taxa de mortalidade em casos de hematomas subdurais.

— Ah, desculpe. De cinquenta a noventa por cento.

Fico impressionado com a informação.

— Você está me dizendo que a maioria das pessoas com essa condição morre?

— Pelo menos metade delas. Sim.

Quando eu o olho, horrorizado, ele tenta retroceder.

— Mas esse tipo de lesão costuma ser visto em idosos ou em pacientes que sofreram acidentes de carro ou outros eventos altamente traumáticos.

Considerando a idade e a saúde geral desta paciente, as chances dela são muito melhores do que a maioria.

Eu rosno.

— É melhor mesmo. Se ela morrer, você morre também.

Como ele sabe quem eu sou, empalidece. Faço um gesto com o queixo para Kieran, que tira o médico do quarto antes que ele perca o controle dos intestinos.

Quando o médico fecha a porta, eu digo para Kieran:

— Feche todo o hospital. Coloque homens em todas as saídas e entradas, e do lado de fora do quarto dela também. Proíba a entrada de qualquer um que queira acessar este andar, incluindo funcionários. Ligue para a delegacia de O'Malley e diga para ele que estamos no comando do Mass General por tempo indeterminado. Não quero a interferência da polícia, nem ninguém tentando sequestrar a minha prisioneira.

— Certo.

Ele se vira para sair.

— E… Kieran?

Ele olha para mim, esperando.

— Você está no comando disso porque eu acho que é o que ela gostaria. Não me decepcione.

Ele jura:

— Não vou te decepcionar, chefe. Ninguém vai chegar perto da nossa garota.

Nossa garota. Meu Deus, ela virou nossa mascote agora?

Kieran vê minha cara e toma a decisão inteligente de dar o fora.

Quando fico sozinho, paro por um minuto para me recompor antes de entrar no quarto contíguo no qual Sloane está.

Pálida, mas alerta, ela está sentada na cama, brincando com o controle remoto da TV, passando os canais. Quando ela me vê, porém, para.

— Ai, meu Deus. É grave, não é?

— É. Hematoma subdural. Você tem cinquenta por cento de chance de morrer.

Depois de um segundo, ela diz:

— Nossa, nem tentou amenizar.

— Você queria que eu amenizasse?

— Não, mas também não precisa parecer tão feliz.

Eu me sento na cadeira ao lado da cama e passo a mão no cabelo. Solto um suspiro.

— Eu não estou feliz.

— Então essa é a sua cara de triste?

— Essa é a minha cara de "minha prisioneira é um pé no saco".

— Ah, eu bem que reconheci mesmo. Você poderia ser o astro de um comercial de remédio para dor nos testículos.

Ficamos nos olhando. Estou tentando não sentir admiração pela forma como ela está lidando com tudo, mas sei que não é bem assim. Ela não é o tipo de pessoa que se descontrola e chora, mesmo estando à beira da morte.

— Tem alguém para quem você gostaria que eu ligasse?

Sem parar para pensar, ela responde:

— Oprah Winfrey. Eu sempre quis conhecê-la. Sinto que poderíamos ser amigas. Ela me convidaria para todas as festas legais na mansão de Montecito e lá eu conheceria o meu futuro marido, o príncipe herdeiro de Mônaco. Ou do Marrocos. Não consigo me lembrar quem é o bonitão.

Eu me controlo para não sorrir.

— Pode deixar comigo. Mais alguém?

Ela suspira e se recosta nos travesseiros e meneia a cabeça.

— Não. Minha mãe morreu há alguns anos, e eu só falo com o meu pai nas festas de fim de ano. A nova mulher dele não gosta muito de mim. Mas você já deve saber de tudo isso, sendo onisciente e tudo, mas, se alguma coisa acontecer comigo, conte para a Natalie. Eu não quero preocupá-la dizendo que estou aqui, mas ela vai ficar fora de si se não tiver notícias minhas. Já deve estar fora de si. Ela é muito emotiva. Sensível, sabe?

Ela morde o lábio inferior e franze as sobrancelhas.

— Ela tem sorte de ter você como amiga. Você é muito leal.

Pela cara dela, parece que acabei de informá-la que a vendi para um circo.

— Desculpa, talvez seja o meu miolo mole, mas acho que ouvi você dizer algo legal para mim.

Agora não consigo segurar o sorriso.

— Claro, deve ser seu miolo mole mesmo.

— Foi o que pensei.

Eu me levanto, tiro o paletó e o coloco no encosto da cadeira. Sento-me de novo, pego uma revista de fofoca de celebridades na mesinha de cabeceira e começo a ler.

— Hum. O que você está fazendo?

Eu não ergo o olhar da revista quando respondo:

— O que parece que estou fazendo?

— Você está sentado, lendo, como se fosse ficar.

Respondo secamente:

— Seu poder de observação é surpreendente.

Ficamos em silêncio, mas sei que vai ser por pouco tempo. E estou certo.

— Declan?

— Que é, garota?

— Você não tem coisas importantes de gângster para fazer? Tipo, caçar seus inimigos e tal? Vagar por becos escuros e tudo mais?

— Hum-hum. — Eu viro a página.

— Então...

— Se alguém vai matar você, esse alguém tem que ser eu. Eu não confio nem um pouco naquele médico idiota de quinze anos de idade.

— Você está falando do *neurocirurgião*?

— Tô. Parece que o diploma dele veio de brinde em um pacote de cereal.

Sloane começa a rir. O som é suave e surpreendentemente doce. O que é mais surpreendente ainda é o quanto eu gosto de ouvi-lo.

— Tem certeza de que você só tem quarenta e dois anos? Esse tipo de coisa é da época do meu pai.

Eu baixo a revista e olho para ela.

— Você se lembra da minha idade.

— Eu me lembro de tudo que você disse.

Quando eu levanto as sobrancelhas, seu rosto pálido está corado.

— Ah, para com isso.

— Só se você parar.

Ela suspira irritada e vira de lado, colocando-se de costas para mim. Eu volto a atenção para a revista.

Depois de uma pausa de cinco minutos, durante a qual eu praticamente consigo ouvir a luta interna dela, Sloane se vira e declara:

— Isso tudo é tão estranho. Você sabe disso, né?

Respondo sem levantar os olhos da revista, porque sei que isso a irrita.
— Que parte?
— Todas as partes. A coisa toda. Eu, você, o sequestro, a perseguição de carro, os hematomas, a morte iminente.
— É melhor você não se agitar muito, garota. Não queremos que mais nenhum vaso cerebral se rompa.
— Você está... *debochando* de mim?
Respondo em tom leve:
— Por quê? O seu ego de ferro se magoaria com isso?
Mais cinco minutos de silêncio irritado antes de ela não aguentar e se sentar na cama.
— Declan!
Olho para ela.
— Hum?
— O que você está fazendo?!
Olhando nos olhos dela, eu falo:
— Eu estou te protegendo. Agora é melhor você dormir.
Ela abre a boca, mas a fecha quando, por um milagre, não tem nada para dizer. Ela se recosta nos travesseiros, puxa as cobertas até o nariz e me olha com os olhos arregalados.
É irresistivelmente adorável. Fico me perguntando se ela ensaia esse tipo de coisa na frente de um espelho.
— Declan?
— Pelo amor de Deus, garota. Só pergunta logo. Não precisa chamar o meu nome antes.
Ela resmunga.
— Tantas regras.
Sacudo a revista para não sacudir a Sloane e volto a ler.
— Eu só queria saber se você poderia me contar uma história.
Olho para ela.
A voz dela está vulnerável.
— Para me ajudar a dormir.
Quando eu estreito o olhar com desconfiança, ela completa:
— Por favor?

— Não sei qual é a sua agora, mas não estou a fim de entrar em um dos seus joguinhos.

Depois de um momento, ela sussurra:

— Tá.

Ela se vira para o lado de novo, levando os joelhos até o queixo, como se fosse uma bola. Uma bolinha pequena e patética.

Jogo a revista na mesinha, desejando não ter abandonado a religião anos atrás. Agora seria um bom momento para pedir a Deus para me matar e acabar com o meu sofrimento.

Soltando um suspiro, eu começo:

— Era uma vez... — Olho para a parte de trás da cabeça dela. — ... uma princesa que vivia em um reino muito, muito distante.

Sloane se vira um pouco, ouvindo. Eu continuo:

— Uma princesa feia, dentuça, com pelos faciais e uma corcunda tão grande nas costas que a fazia parecer um camelo.

Ela resmunga.

— Walt Disney, é você?

— Você vai me deixar contar a história ou vai continuar me interrompendo?

Um resmungo insatisfeito é a resposta que recebo.

— Como eu estava dizendo. A pequena princesa camelo era feia, mas sua personalidade era tão interessante que atraía muito as pessoas. Todos tinham muita dificuldade de superar a aparência horrenda, mas, quando conseguiam, descobriam que a princesa tinha um talento mágico para... você está pronta?

Ela rebate:

— Mal consigo conter minha animação.

— Conversar com os animais.

Depois de uma longa pausa, a curiosidade a vence.

— Que tipo de animais?

— Todos eles. Mas principalmente cachorros. A princesinha camelo conseguia fazer qualquer cachorro, fosse ele raivoso ou violento, se apaixonar por ela e realizar todos os seus desejos.

— Ah, já vi aonde isso vai chegar. A princesa vai se apaixonar pela Lassie e criar uma nova raça de bebês, metade camelo, metade cachorro, chamada de camechorros que se transformam em humanos e matam todo mundo. Fim.

— Não, mas se essa ideia fosse transformada em um filme, eu assistiria. Principalmente se os camechorros tiverem tido a pata esquerda geneticamente modificada para se transformar em canhões de laser que conseguiam controlar pelo pensamento. Posso continuar?

Ela solta um suspiro pesado e eu interpreto isso como um sim.

— Certo dia, a princesa feia ia visitar sua boa amiga Neddie, quando de repente, ela foi sequestrada pelo maior, mais lindo e mais forte cão que ela já tinha visto. Ele era o rei de todos os cachorros, o cachorrão, por assim dizer, famoso por sua coragem. E pela sua inteligência, que era muito maior do que a inteligência da pequena princesa camelo. Ela era patética, na verdade, apesar das ilusões dela nesse sentido.

— Você não tem imaginação mesmo. Tem um buraco no lugar onde deveria estar o seu cérebro.

Segurando o riso, eu continuo:

— Então, o corajoso, forte, lindo e guerreiro cachorrão...

Ela resmunga:

— Inacreditável.

— ... prende a princesa camelo no seu castelo. O plano dele era interrogá-la para obter informações sobre seu arqui-inimigo, que era amigo dela. O que ele não sabia, porém, era como camelos são complicados. E fedidos. Em questão de dias, todo o castelo estava fedendo e cheio de grama regurgitada. Tudo cheirava a lixeira em um dia quente de verão. Ah, e cheio de pelo e cocô.

— Encantador. O nome dessa princesa camelo era Slang, por acaso? Slung? Slune?

O tom dela é tão amargo que eu tenho dificuldade de segurar o riso.

— Não, o nome dela era Gárrula.

— *Gárrula*. Porque ela falava muito. Nossa, você não devia ter abandonado sua vocação para a comédia, gângster.

— Sou muito engraçado, né?

— Seria ainda mais com o nariz quebrado.

Uma enfermeira entra.

— Ah, que bom — diz Sloane em tom irônico. — Talvez ela tenha trazido uma injeção para enfiar no seu cu.

Tenho que cobrir a boca para não rir.

A enfermeira se apresenta como Nancy e diz que vai aferir a pressão de Sloane. Depois ela se vira para mim com um sorriso gentil.

— E você deve ser o pai.

Sloane começa a rir e se vira para tripudiar de mim, dizendo:

— Boa! Sim, ele é meu pai. Estamos tendo um momento pai e filha aqui. Ele não é tão jovem e bonito quanto se acha.

O sorriso da enfermeira vacila.

— Eu estava me referindo ao pai do bebê.

Eu congelo. Sinto um nó na garganta. De repente, é difícil de respirar.

Sloane ainda está rindo.

— Muito boa, gângster. Quanto você pagou para ela dizer isso?

Quando ela vê a expressão no meu rosto, o riso morre nos seus lábios.

Com os olhos arregalados, ela olha para a enfermeira. Sloane empalidece e a voz sai estrangulada:

— Espere. Que... *bebê*?

Pelo menos a enfermeira tem o bom senso parecer tímida.

— O médico não disse? Você está grávida.

17

DECLAN

Por um momento o quarto fica tão silencioso que consigo ouvir o monitor cardíaco apitando em um quarto do fim do corredor. Então, Sloane diz:

— Isso é impossível. Eu tomo pílula há dez anos. O exame está errado.

A essa altura, Nancy parece extremamente constrangida. Ela dá um passo para trás em direção à porta.

— Desculpe. Talvez eu tenha me confundido. Eu vou chamar o médico...

— Não.

Embora o meu tom seja extremamente suave, funciona. Nancy para e engole em seco.

Assim como o médico idiota, ela também sabe quem eu sou. As notícias correm rápido quando um novo rei assume o trono.

— Vocês fizeram um exame de gravidez com o sangue que tiraram quando ela foi internada?

A enfermeira olha de mim para Sloane, obviamente tentando entender em que tipo de confusão ela acabou de se meter.

— Exatamente. O médico achou prudente considerando...

— Não — interrompe Sloane, a voz soando alto. — Eu fiquei menstruada no mês passado e tomei minha pílula direitinho desde então. Não deixei de tomar nenhum dia. Eu sou muito cuidadosa. Não tem como eu estar grávida.

— A taxa de eficácia da pílula não é perfeita. E você pode engravidar durante a menstruação.

Sloane retruca:

— E você pode sair do meu quarto com toda essa merda antes de eu socar a sua cara, Nancy.

Eu me levanto. Nancy dá alguns passos para trás. Eu peço que ela pare, e a enfermeira parece prestes a desfalecer.

— Olha, eu sou só a enfermeira. O médico pode lhe dar mais informações.

Eu pergunto:

— Qual a taxa de eficácia desses exames de gravidez?

— Noventa e nove por cento.

Merda.

— E quanto tempo depois é possível detectar uma gravidez após o atraso de uma menstruação?

— É uma questão de dias.

Olho para Sloane, que está com o rosto vermelho e enfurecido.

— Você teve algum atraso?

Ela aperta os lábios.

— Responda à porra da pergunta.

Ela admite de má vontade:

— Era para eu ter FICADO MENSTRUADA alguns dias atrás ou bem agora. Meus dias estão confusos.

Quando eu passo a mão no meu rosto, gemendo, ela insiste:

— Eu não estou grávida! Eu conheço o meu corpo! Nada mudou.

— Normalmente, você só começa a sentir os sintomas depois da quinta ou sexta semana.

O olhar de Sloane poderia derreter a pele do rosto da pobre Nancy.

— É um tempo muito maior do que vai levar para você sentir os sintomas do chute que eu vou dar na sua cara para arrancar todos os seus dentes.

Eu explodo.

— Sloane, cala a boca. Nancy, dá o fora.

Nancy se vira e praticamente sai correndo. Assim que ela se retira, Sloane olha para mim e insiste:

— Eu não estou. *Não* estou, Declan.

— Tá. Só que parece que está.

Agitado, eu começo a andar de um lado para o outro.

— Bem, então eu vou ter que resolver isso.

Quando eu me viro, enfurecido, ela levanta as sobrancelhas.

— Que cara é essa?

Eu rosno.

— Você *não vai* abortar.

Sloane me observa em silêncio por um tempo. Quando ela finalmente fala, a voz está tranquila:

— Eu não disse que ia fazer isso. Mas, se eu fosse fazer, não seria da porra da sua conta.

Perco toda a paciência e grito:

— Claro que é! Você é a porra da minha prisioneira!

Seu cabelo volta a cair sobre o rosto e ela cruza as mãos no colo.

— Estou vendo que você tem uma opinião forte sobre o assunto. Mas eu gostaria de reforçar que, independentemente de como eu tenha vindo parar aqui, não faz sentido você se importar com isso. Afinal de contas, você não é o pai. Não que haja algum pai, porque eu não estou grávida, mas, se estivesse, você não seria ele.

— Meu Deus, você acha que eu sou imbecil? Eu sei que eu não sou a porra do pai!

Ela estreita os olhos.

— Exatamente. Você não é o pai e você vai me mandar de volta para casa e nunca mais vai me ver. Então, por que você está tão alterado?

Tento encontrar alguma coisa que poderia explicar a minha reação emocional descabida com a notícia, e só consigo dizer:

— Eu sou contra o aborto.

— Parabéns. Mesmo assim, esse assunto não é da sua conta.

Eu começo a andar de um lado para o outro de novo. Sloane fica me observando com os olhos afiados de águia.

— Se você está pensando que vai me manter acorrentada na sua casa indefinidamente e me impedir de usar meus direitos reprodutivos, aviso desde já que não vai adiantar.

Eu não estava pensando nisso, mas a declaração dela me deixa curioso.

— Por que não?

— Kieran e Homer nunca permitiriam que você fizesse isso comigo.

Fico boquiaberto.

— O Spider te disse o nome verdadeiro dele?

— Claro. Por que isso é tão surpreendente?

— Ele não diz isso para ninguém. Eu só soube depois de mais de dez anos. E ele só ficou no quarto com você por três minutos.

Ela me olha com ar de espertinha.

— A horrível princesa camelo é boa em convencer os cachorros a fazerem o que ela quer, lembra?

Quando eu a fulmino com o olhar, morrendo de raiva, ela suspira.

— Será que podemos parar de discutir? Estou morrendo de dor de cabeça, meu cérebro deve estar prestes a me matar e eu talvez esteja grávida, mas com certeza não estou. Não tenho mais forças para um combate verbal.

Ela se deita e cobre o rosto com as cobertas.

Continuo andando de um lado para o outro, enquanto tento lidar com aquela bomba nuclear.

Grávida. A mulher que eu sequestrei está esperando um bebê da Bratva.

Puta merda. E eu achei que as coisas estavam ruins antes.

Ainda embaixo das cobertas, Sloane diz:

— Se eu fizer uma pergunta pessoal, você responde?

— Não.

Naturalmente, ela me ignora.

— Você já teve alguma namorada que fez um aborto contra a sua vontade?

Eu me sento na cadeira ao lado da cama e expiro.

— Não.

— Ah. Tá. Desculpe, isso não era da minha conta. É só que o assunto pareceu ser um gatilho para você.

— Se eu disser que é porque eu acredito que toda vida é sagrada, você vai rir de mim.

— Claro que vou rir. E você quer saber por quê?

— Não.

— Porque você ganha a vida matando gente.

Não sei por que eu me dou ao trabalho de responder às perguntas dela, já que ela simplesmente ignora as respostas. Eu resmungo:

— Isso não é tudo que eu faço.

Ela descobre a cabeça e olha para mim com as sobrancelhas franzidas.

— Ah, desculpe. Eu me esqueci de extorsão, chantagem, contrabando de armas, tráfico humano…

— Eu não trafico pessoas.

— … tráfico de drogas, falsificação, fraude tributária, manipulação da bolsa de valores, corrupção de funcionários públicos…

— Onde você pegou essas informações? No Google?

— Você está dizendo que não faz essas coisas?

Eu respondo entre os dentes:

— Você não faz ideia do que eu faço, garota.

— Não me olha com essa cara. E por que *você* está tão nervoso? Sou eu que estou deitada aqui com uma lesão no cérebro e talvez um bebê. — Ela arregala os olhos. — Ai, meu Deus.

Assustado com a expressão no rosto dela, eu pergunto:

— O que foi agora?

— A cetamina que você me deu… — Ela me olha, horrorizada.

Sinto um nó na garganta. Minha voz sai grave:

— Foi uma dose só. Bem baixa.

— Foi o suficiente para me fazer perder a memória. Imagine o que poderia fazer com um feto!

— A perda da memória pode ter sido por causa da queda.

Ela me corrige com sarcasmo:

— Eu não caí, me derrubaram, lembra? E talvez não seja isso.

Quando eu não digo nada, ela cobre os olhos com uma das mãos e chora.

Eu me levanto, tiro a mão do rosto dela e fito os olhos preocupados de Sloane.

— O bebê vai ficar bem — digo com mais convicção do que realmente sinto. — Você é jovem, forte e saudável. Vocês dois vão ficar bem.

A não ser que você morra de um coágulo no cérebro. Mas não acrescento isso, porque seria rude da minha parte.

Ela me fita, em pânico, mas ainda é capaz de demonstrar certo desprezo por mim.

— Declan, se esse bebê que eu não estou esperando não nascer com um QI de gênio, eu vou matar você. E não estou dizendo de forma figurativa.

Ignorando a ameaça contra a minha vida, sobre a qual tenho certeza de que ela está sendo sincera, eu sorrio.

— Combinado.

— Por que você está sorrindo? Eu acabei de dizer que vou te matar.

— Exatamente.

— Eu não estou entendendo.

— Se você quer cortar o meu pescoço, é porque deve estar se sentindo melhor.

Ela contrai os lábios, me observando.

— Eu não cortaria seu pescoço. Seria sangrento demais.

— Tiro?

Ela franze o nariz.

— Confuso demais.

— Ah, estou me lembrando agora. Você planeja uma morte lenta e dolorosa envolvendo uma bactéria carnívora.

Ela concorda com a cabeça.

— E eu ia ficar sentada em um canto assistindo você ser consumido, pedacinho por pedacinho, durante dias. Não, semanas. Meses. — Ela sorri. — Em agonia.

Eu rio.

— Você realmente gosta dessa ideia. É uma monstrinha mesmo. Só tem cara de meiga.

Depois de uma pausa estranha, ela pergunta com voz hesitante:

— Você acha que eu pareço meiga?

— Não. Acho que parece um camelo. Você é horrível.

Ficamos nos olhando nos olhos. Percebo a respiração dela, o rubor subindo pelo rosto e o fato de eu ter me aproximado a ponto do nosso nariz quase se tocar.

Ela diz suavemente:

— Você não acha que eu pareço um camelo.

Preciso umedecer os lábios antes de responder, de tão seca que está minha boca.

— Uma hiena. Um javali. Um cácapo.

— Não conheço esse último.

— É um papagaio gigante que não voa.

— Um papagaio? Então ele é fofo.

Meneio a cabeça devagar, contendo o impulso de me aproximar mais e colar os lábios nos dela. Minha voz sai rouca quando eu respondo:

— Não. É nojento.

Depois de um momento, ela sussurra:

— Mentiroso.

Então me empurra e se vira de costas de novo.

Eu me empertigo e solto o ar devagar, sem fazer barulho. Passo a mão no cabelo, tiro o celular do bolso e mando uma mensagem para Spider.

Estou indo praí. Certifique-se de que ele esteja pronto para falar.

Com um último olhar para Sloane, eu saio do quarto, fazendo um gesto para os homens armados de terno preto que Kieran colocou de cada lado da porta enquanto eu estava lá dentro.

Saio para ter uma conversinha com Stavros.

Fico me perguntando se Sloane me perdoaria caso eu voltasse atrás na minha palavra e o matasse.

Só tem uma maneira de descobrir.

18

SLOANE

No instante em que a porta se fecha, eu aperto o botão para chamar a enfermeira.

Sessenta segundos depois, Nancy entra, parecendo que preferia engolir lâminas afiadas a vir falar comigo.

— Oi, Nancy. Foi mal por ter sido uma escrota mais cedo, eu não estava me sentindo muito bem naquele momento. Além de uma hemorragia intercraniana, eu fui sequestrada.

Ela pisca.

— Hum…

— Você não precisa fazer nada quanto a isso. Não estou pedindo ajuda. Eu sei que não seria nada bom se a máfia irlandesa descobrisse que você chamou a polícia, então, não faça isso, tá? Eu não quero que toda sua família acabe morta por minha causa.

— T-tá.

— Ótimo. Obrigada. Olha só, eu queria saber se você poderia me dizer o que causaria um resultado falso positivo em um exame de gravidez.

Depois de pensar um pouco, ela diz:

— É extremamente raro que um exame de sangue dê um falso positivo.

— Mas, nesses casos, quais seriam as causas?

Ela pensa por um momento.

— Existem várias condições que podem elevar o nível de proteínas no sangue. Se a mulher fez um aborto ou teve uma perda gestacional recente. Gravidez ectópica, quando os óvulos fertilizados se implantam nas tubas uterinas. Alguns medicamentos. Algumas condições de saúde.

— Tipo o quê?

— Eu teria que pesquisar para ter uma lista completa, mas assim, de cabeça... doença renal. Fatores reumatoides. Câncer.

— Que tipo de câncer?

— Ovariano, principalmente.

Ai, meu Deus. Essa foi a causa da morte da minha mãe. O pânico faz meu coração disparar, mas eu respiro fundo.

— E o fato de ter sido exposta a uma droga chamada cetamina?

— É um anestésico. Não afetaria os resultados.

— Mais alguma coisa?

— Não.

— Tudo bem. Obrigada pelas informações. Vamos aproveitar que estou aqui e verificar se tenho algum tumor nos ovários? Quero fazer também todos os exames para saber se tenho uma doença renal ou qualquer outra coisa.

— Por que não fazemos outro exame de gravidez primeiro?

— Eu sei que não estou grávida.

Percebo que ela está achando que estou em negação, mas ela sabiamente não diz nada.

— Tudo bem. Vou pedir todos os exames.

— Obrigada.

Ela fica me olhando por um momento, parecendo preocupada. Depois, aponta para a porta com o polegar por cima do ombro e diz:

— Então...

— O chefe da máfia irlandesa me sequestrou.

— Mas...

Faço um gesto com a mão.

— Tá tudo bem. Não se preocupe com isso. A situação dele é pior do que a minha. Provavelmente vai voltar aqui em uma semana depois que tiver o infarto fulminante que ele está cultivando. Ei, será que você poderia me dar um shake de proteína? Ah, também poderia entrar em contato com o Lakeside Yoga em King's Beach, Tahoe, e informar que Sloane está passando mal e vai ficar afastada do trabalho por um tempo? Se perguntarem quem está falando, diga que é a Riley. Esse é o nome da minha irmã.

Dou um sorriso para ela. Ela pisca mais algumas vezes, parecendo totalmente confusa, antes de se virar e sair.

Eu me deito de novo e me cubro até a cabeça. Fecho os olhos e começo a recitar as afirmações positivas.

Eu não estou grávida.

Eu não estou grávida.

Eu não... Espere. Essa é uma frase negativa, não uma positiva. Preciso manter a positividade.

Tento de novo.

Meu útero está vazio.

Estou sem bebê.

Sou uma mulher não grávida.

A gravidez é inexistente no meu caso.

Eu sou uma idiota completa.

Gemendo, eu descubro o rosto e olho para o teto. Passo um tempo contando as rachaduras até perceber que esse é o cenário perfeito para Declan se livrar de mim.

Ele nem vai precisar me levar de volta para Nova York, onde me sequestrou. Não precisa fazer planos logísticos de viagem, nem evitar quem quer que esteja tentando me resgatar. Ele poderia simplesmente me largar no hospital e ir embora.

Como fez alguns minutos antes.

Logo depois que Nancy anunciou que eu estava grávida.

Meu coração dispara. Minha boca fica seca. Sinto uma sensação estranha na barriga.

Tudo bem. O que é essa sensação? Vamos dar um nome a esse sentimento para diminuir seu poder.

Neste momento, estou me sentindo... estranha.

Vago demais. Tente novamente.

Estou me sentindo... mal.

Poderia ser o coágulo no cérebro? Vamos falar sobre o seu estado emocional, não físico, Sloane.

Eu odeio quando você é grossa comigo.

E eu odeio quando você responde para a sua voz interior como uma louca de pedra. O QUE VOCÊ ESTÁ SENTINDO?

Em voz alta eu explodo:

— Mágoa!

Assim que eu digo, sei que é verdade. E fico incrédula.

Eu enlouqueci de vez. Estou magoada porque o meu sequestrador foi embora quando soube do bebê.

Do bebê que não existe e que com certeza não estou esperando.

Eu salto da cama, corro para a porta e a abro. Não sei o que estou pensando, só estou agindo por instinto, mas, assim que a porta se abre, quatro homens imensos de terno preto aparecem ao lado da porta para criar um muro impenetrável de gângsteres diante de mim.

Um deles é Kieran.

Por que ao vê-lo um alívio percorre todo o meu corpo, eu não quero saber.

Kieran olha para o meu rosto e entra em modo de alerta total. Ele saca a arma e olha para o quarto atrás de mim, todo eriçado, enquanto pergunta:

— Que que houve? Tá tudo bem, moça?

— Tá. Tá tudo bem. Eu só estava com... sede.

Kieran relaxa os ombros e solta o ar. Ele se vira para o homem ao lado dele.

— Vai pegar um copo de água, e seja rápido. — Ele guarda a arma no coldre e se vira para mim, com um sorriso. — Minha nossa, andei às aranhas quando vi sua cara.

Acho que nunca vou entender nada do que ele diz, mas, de alguma forma, sei que ele ficou preocupado comigo e que estava prestes a atirar em qualquer um que pudesse ter invadido meu quarto, e que o Declan não me abandonou no hospital e ainda deixou a própria equipe de proteção para assumir o lugar dele na sua ausência.

Eu me recuso a dar um nome para o que estou sentindo agora. Talvez esse seja o golpe fatal para o meu cérebro.

— Melhor voltar para a cama, moça — aconselha Kieran, fazendo um gesto com a cabeça. — Declan vai arrancar os cabelos se te encontrar pior quando voltar.

Em vez de responder, eu abraço Kieran.

Quando eu me afasto, todo mundo está me olhando com espanto, como se eu tivesse peidado em uma igreja.

Eu digo com toda sinceridade:

— Obrigada, Kieran. Agradeço a todos vocês também. Eu me sinto muito melhor sabendo que vocês estão aqui fora. Eu realmente sou grata por estarem tomando conta de mim. Eu sei que vocês têm um monte de coisas que preferiam estar fazendo...

Eu respiro fundo. Ninguém diz nada. O gângster que Kieran mandou buscar água volta e me entrega um copo de papel.

Olho para a minha mão, surpresa por perceber que está tremendo.

— Melhor entrar, moça — diz Kieran. — Descansa, tá?

— Tá.

Ele dá uma piscadinha. Por algum motivo bizarro, fico emotiva.

Olhando para os meus guarda-costas, digo com voz embargada:

— Só quero que vocês saibam que eu acho que os gângsteres irlandeses são *muito* mais legais que os russos. Menos o Declan. Mas vocês são os melhores.

Eu entro, fecho a porta, tomo minha água e me deito de bruços na cama, respirando fundo no travesseiro até Nancy chegar de novo.

— Se não tiver nenhum problema, eu vou colher mais sangue agora para fazermos todos os exames e, então, podemos voltar para a radiologia e fazer um ultrassom para vermos seu útero e seus ovários.

— Ótimo. Vamos fazer isso.

Eu me sento enquanto ela tira seis frascos de sangue. Parece muito, mas eu não digo nada.

— Quanto tempo até saírem os resultados?

— Para você, uma hora.

Meu exame vai passar na frente de todo mundo. Não tenho dúvidas de que é pelo medo de Declan aniquilar toda a árvore genealógica da família dela.

— Sou muito grata, Nancy. Muito obrigada.

Ela faz uma pausa, olha para mim e lança um olhar furtivo para a porta, antes de perguntar baixinho:

— Tem certeza de que está tudo bem?

— Claro. Ser sequestrada não é a pior coisa que já me aconteceu. São só homens. Não é como se fosse difícil lidar com eles. Conheço chihuahuas mais assustadores.

— Eu não. Esses caras me deixam morta de medo. O chefe... — Ela estremece.

Isso desperta minha terrível curiosidade.

— Você sempre morou aqui em Boston?

Ela assente.

— E a máfia irlandesa é bem forte aqui, né?

— Eles mandam na cidade. Sempre foi assim. Até mesmo os policiais estão na folha de pagamento deles.

Percebo que ela está começando a gostar de mim, então eu faço um som de encorajamento, mostrando que estou ouvindo.

— Tipo, os italianos também. E os russos. E mais um monte de outros, mas os irlandeses são mais fortes aqui do que em qualquer outra cidade dos Estados Unidos. As coisas eram mais estáveis, mas, nos últimos anos, várias guerras de território começaram a estourar. Os chefões das máfias não param de morrer. Assassinaram um essa semana mesmo.

— Eu ouvi falar. Foi o Diego, né?

— Isso.

— Nome estranho para um irlandês.

— Ah, ele não era irlandês. Era americano descendente de mexicanos. A notícia se espalhou rapidamente pelas ruas quando o chefe dele morreu com um tiro e ele tomou a posição. Disseram que era um sinal dos tempos que um latino assumisse o reinado. A máfia se internacionalizando ou algo assim.

Os russos tiveram um ucraniano como último líder, então não acho tão estranho alguém de origem latina assumir a máfia irlandesa.

— E o que aconteceu com o Diego?

— O noticiário diz que o corpo dele foi encontrado em uma caçamba de lixo. Ainda não encontraram a cabeça.

Que horror. Será que ele e Declan eram próximos?

— Eles têm ideia de quem fez isso?

Ela olha para mim.

— Não foi um dos amigos dele, com certeza.

Claro que não. Foi um dos inimigos. Talvez os italianos.

Ou os russos.

Ou Kage.

Não é de se estranhar que Declan olhe para mim com tanto... sei lá o quê. Sou a melhor amiga da Natalie. E eu disse que era amiga do Kage. Além de ter sido namorada do Stavros. Mesmo admitindo que eu não tenha começado a guerra, ele ainda me vê como inimiga.

Uma inimiga que ele está se esforçando muito para proteger.

— A questão é: por quê?

— Oi?

Sobressaltada com meus pensamentos, percebo que falei a última parte em voz alta.

— Nada. Desculpe. Só estou confusa. As coisas estão um pouco complicadas no momento.

Nancy se esquiva do assunto e diz que vai buscar a cadeira de rodas para irmos até a radiologia, que fica no segundo andar.

— Eu estou tão mal assim?

— Não. — Ela faz uma pausa. — Mas... — Ela pigarreia. — Se você cair e se machucar, eu teria que explicar para o sr. O'Donnel como eu deixei isso acontecer. E ele deixou instruções bem específicas de que você precisa ser bem-cuidada. — Mais uma pausa. — Para ser bem sincera, ele disse para o dr. Callahan que, se você morrer, ele morreria também. Então, presumo que o mesmo se aplique a mim.

Declan ameaçou a vida do médico? Não consigo decidir se isso é horrível ou fofo.

— Entendi. Mas não precisa se preocupar. Ele não vai matar ninguém. Ele só gosta de sair fazendo essas ameaças para assustar as pessoas.

Nancy parece em dúvida.

— Não quero contradizer você nem nada, mas ele não conquistou a posição dele com distintivos dos escoteiros.

Ela me deixa pensando naquilo enquanto vai pegar a cadeira de rodas. Quando ela volta, Kieran está todo agitado.

— O que é isso? — resmunga ele, bloqueando a porta com o restante da gangue. Ele lança um olhar desconfiado para a cadeira de rodas, como se estivesse cheia de explosivos.

— Eu vou até a área de radiologia para fazer mais alguns exames.

Ele franze a testa. Claramente, não gosta da ideia.

— Declan não disse nada sobre você sair do quarto.

— Por que você não vem comigo? Pode ser divertido.

— Ou podemos esperar até ele voltar.

Para pedir autorização, é o que ele quer dizer. Até parece.

Eu digo alegremente:

— Ah, eu deixo a decisão com você. Ele disse que queria que eu fizesse todos os exames necessários o mais rápido possível para se certificar de que a hemorragia intracraniana não vai me matar. Mas, se você acha melhor esperar, não tem problema.

Eu aguardo com um sorriso.

Dois minutos depois, nós seis estamos descendo pelo elevador do hospital.

Quando as portas do segundo andar se abrem, Kieran e os outros saem primeiro, com as armas em punho. Eles fazem uma varredura do corredor antes de permitir que eu saia do elevador com a Nancy. Depois cercam minha cadeira de rodas como se fossem agentes protegendo o presidente e fulminando com o olhar qualquer um que se atreva a fazer contato visual.

Odeio admitir, mas adoro a dramaticidade disso tudo. Eu me sinto uma celebridade. Ainda bem que não sou, porque eu seria uma péssima diva. Duas viagens em jatos particulares, uma delas como prisioneira, e acho que nunca mais vou querer pegar um avião comercial.

Dá tudo certo em relação ao ultrassom. Não há tumores nem cistos nos meus ovários, e meu útero está vazio como o Saara. Saio do exame com um sorriso.

Mas ele some assim que entramos no quarto e Nancy me informa o resultado dos exames de sangue.

19

DECLAN

O armazém fica perto das docas. É frio, úmido e tem um cheiro rançoso de água salgada e madeira podre, mas não fica perto de nenhum outro prédio, o que o torna um ótimo lugar para interrogatórios.

Gritos não são ouvidos aqui, e o sangue é facilmente lavado do cimento, indo direto para o mar através dos encanamentos.

— Oi, Stavros.

Ele está amarrado a uma cadeira de metal com um pano preto cobrindo a cabeça. Normalmente, eu o deixaria de joelhos no cimento frio, que é um horror para os ossos, mas ele já estava assim quando cheguei.

A cabeça coberta se levanta. Uma voz com um ligeiro sotaque russo pergunta:

— Quem está aí?

— O novo melhor amigo da Sloane.

Depois de uma pausa curta, ele solta um monte de xingamentos potentes em russo.

Achando graça, eu me viro para Spider, ao meu lado.

— Aposto que ele acha que eu não sei o que está dizendo.

Spider ri.

— Aposto que ele acredita em um monte de coisas que não são verdade. Pessoas burras são assim mesmo.

— O que foi que você fez com ela? Eu te mato se você fez algo com ela!

Os gritos zangados ecoam nas paredes. Ele luta contra as amarras, ofegante.

— Relaxa. Ela ainda está inteira. Mas continue assim, e eu trago um dedo dela para cada vez que você gritar comigo.

Através do capuz, a respiração dele se condensa no ar frio. Ele baixa a voz, mas ainda está tremendo de raiva quando diz:

— Você vai se arrepender disso.

Estou intrigado. Sloane o descreveu como "chato", então não esperava que tivesse tanta energia.

— Por quê? Seu chefe, Kazimir, vai vir te salvar? Você não é tão importante na hierarquia para isso, cara.

— Eu estou falando sobre o sequestro da minha mulher.

Ouvi-lo chamar Sloane assim me deixa nervoso.

— *Sua* mulher? Você está muito errado se acha que ela liga para você.

Ou que ela poderia pertencer a alguém. Nenhum homem realmente seria capaz de ser dono dela. Assim como qualquer espírito indomável, ela não pode ser reivindicada.

Stavros não se deixa afetar pelo meu sarcasmo.

— Você não faz ideia do que ela sente por mim.

— Eu sei que ela te acha tão interessante quanto leite coalhado.

— Ela não diria a verdade para *você*!

— Talvez dissesse. Sob pressão.

A insinuação de que eu a torturei para obter informações não o afeta. Ele meneia a cabeça com veemência.

— Você não a conhece. A Sloane não é igual às outras. Ela não dá nada que não queira dar, não importa o quanto custe para ela.

O excesso de confiança dele está começando a me irritar. Será que Sloane tinha mentido sobre como se sentia em relação a ele?

— Todo mundo tem um limite. Você, por exemplo. Quantos dedos eu vou ter que arrancar antes de você me contar tudo sobre o seu chefe?

A resposta dele é instantânea:

— Nenhum. Eu conto tudo para você. Conto tudo que sei.

Spider fica surpreso.

— Essa é a lealdade que você mostra ao seu rei?

— Eu não estou nem aí para ele. Eu só não quero que a Sloane se machuque. Se ela for solta, eu faço o que vocês quiserem. Posso até espioná-lo se for o caso.

Enojado, Spider cospe no cimento.

— Eu não acredito. Tudo isso pela porra de uma mulher.

Olho friamente para ele e retruco em gaélico:

— Olha quem fala. Você já se esqueceu de como foi fácil para essa mesma mulher testar sua lealdade, *Homer*?

Ele congela e vejo a sombra da culpa nos olhos dele.

— Tira esse capuz dele. E arranja uma cadeira para mim.

Viro-me para Stavros e observo Spider tirar o capuz dele. O russo me vê parado diante dele e me olha da cabeça aos pés.

Fico satisfeito quando ele engole em seco. Spider coloca uma cadeira na minha frente, eu a viro e me sento de pernas abertas, olhando para Stavros, enquanto apoio os braços no espaldar e deixo as mãos soltas.

Em seguida, digo para Spider nos deixar a sós.

Quando o eco dos passos dele desaparece, digo para Stavros:

— Você está apaixonado por ela.

A declaração o pega de surpresa. Dá para perceber que ele está tentando entender o meu jogo. Ele pensa por um momento, e depois reponde simplesmente:

— Estou.

— Tão apaixonado que você trairia Kazimir sem pensar duas vezes.

— Exatamente.

Interessante.

— Há quanto tempo vocês dois estão juntos?

Ele parece confuso. Talvez esperasse que eu já estivesse cortando partes do corpo dele, e não tendo uma conversa civilizada.

— Três meses.

Só isso? Quando levanto as sobrancelhas, ele declara na defensiva:

— Catorze semanas, para ser exato. E dois dias.

Jesus. Tenho certeza de que se eu perguntasse quantas horas e minutos, ele saberia.

Ele explode:

— Só me fala se ela está bem.

Sustentando o olhar, eu respondo em voz baixa:

— Você não está em posição de fazer exigências.

— Por favor. Eu preciso saber. Isso está me matando. Eu estou enlouquecendo.

Os olhos escuros estão suplicantes. Sinto um forte impulso de arrancá-los fora. Em vez disso, eu digo:

— Ela está bem.

Stavros solta o ar, demonstrando todo o alívio que sente. Ele faz uma oração de agradecimento à Virgem Maria em russo. Gostaria de jogar gasolina nesse rapaz e atear fogo.

Meu ego decide tirar um sarro da minha cara e me lembra de que Stavros não é um rapaz. É um homem-feito. E, assim como Sloane, é pelo menos uma década mais novo que eu. Ele é jovem, forte, bonito e está completamente apaixonado pela minha prisioneira.

— O que você tanto ama nela?

— Tudo.

— Cite uma coisa.

Ele está ainda mais confuso pelo meu tom desafiador. Sendo sincero comigo mesmo, também estou.

— Isso é algum tipo de jogo?

— Responda, por favor.

Ele fica me observando atentamente, e sua expressão muda para uma de horror. A voz sai sufocada:

— Você sente alguma coisa por ela.

Eu desdenho:

— Claro. Várias coisas. Irritação. Aborrecimento. Exasperação. A lista é longa. — Quando ele continua olhando para mim com a mesma expressão de medo, decido provocá-lo um pouco. — Admito que os peitos dela são uma delícia. E a bunda... Bem, você sabe.

Meu sorriso sugere que eu já me deleitei com aquela bunda perfeita. Que já a comi. Exatamente como eu esperava, a ideia o faz perder o controle.

— Vai se foder!

— Não, obrigado. Vamos voltar para Sloane.

Ele se agita por um tempo, tentando decidir se deve gritar mais obscenidades na minha cara ou obedecer.

— Eu não vou falar dela.

Eu saco a minha arma, me inclino para a frente e a encosto no joelho dele.

— Que tal agora?

Ele está suando. As veias do pescoço estão salientes. Ele passa a língua nos lábios, respira fundo, meneia a cabeça.

A coragem dele me surpreende. Profundamente. Depois de vinte anos na máfia, eu quase nunca me surpreendo.

— Você está disposto a trair o seu chefe por nada, mas não vai falar comigo sobre a mulher que nem é mais sua namorada?

— Não é por nada. É por ela. Eu não espero que você entenda.

Ele está com medo, quase se cagando, na verdade. Mas não deixa de me desafiar. Está disposto a perder o joelho para defender a honra dela.

Merda. Eu me *recuso* a gostar desse cara.

Eu me aproximo mais e aponto a arma para a virilha dele. Ele solta um grito de terror.

— Vamos tentar de novo. O que você tanto ama nela?

Ele passa alguns momentos hiperventilando e engolindo o excesso de saliva na boca. Dou a ele um tempo para se recompor e espero calmamente até que ele consiga falar.

— Ela é a pessoa mais inteligente que eu já conheci.

Merda. Eu estava esperando algo raso, como um elogio ao corpo dela, só para eu poder arrancar o pau dele. Eu respondo secamente:

— Ela concorda com você. O que mais?

— Ela não tem medo de nada. É gentil e atenciosa. E engraçada. Você não espera que uma garota tão linda seja engraçada, mas ela é.

— Mas é *irritante* também, né? Ela não tira você do sério?

Ele parece chocado com a minha sugestão.

— Não. Ela não é irritante. Ela é uma deusa.

Estou começando a perceber por que Sloane ficou entediada com ele. O ardor dele é cansativo. O rapaz é totalmente sem sal. Ela é tanta areia para o caminhãozinho dele que nem dá para comparar.

Guardo minha arma na cintura de novo e fico observando-o.

Pela expressão em seu rosto, ele acha que estou planejando matá-lo. Seu rosto fica pálido e ele começa a tremer.

— Eu não vou te matar, Stavros.

— Não vai?

— Não. Seria deprimente demais.

— Eu não entendo.

— Você diz isso porque a vida ainda não te roubou todas as alegrias. — Eu me levanto e começo a andar diante da cadeira. — Mas eu não posso te deixar ir embora também. Não quando você teve a brilhante ideia de tentar invadir o meu prédio na sua patética tentativa de resgate. Você também atirou em dois dos meus homens na La Cantina em Tahoe.

— Eu nunca atirei em ninguém.

Eu paro e olho para ele.

— Não atirei. A não ser que você considere peixes.

— Então os meus homens se mataram sozinhos?

— Não. Alexei atirou nos dois que se aproximaram da nossa mesa. Kazimir atirou nos outros dois.

Eu já sabia de Kazimir, mas as informações que eu recebi foram de que Stavros era o atirador na mesa. Mas ele e Alexei, o amigo que já estava morto, eram muito parecidos. Altos, magros, cabelo escuro e as mesmas tatuagens nos dedos. Quase como irmãos.

Ele diz:

— Não me importo se você não acredita. É a verdade. Eu odeio armas, na verdade. Estou mais para um nerd da informática.

— Vamos ver se eu entendi. Você nunca atirou antes, mas decidiu que seria uma ideia maravilhosa vir para Boston tentar resgatar a mulher com quem namorou por poucos meses de um homem que *já* atirou em muita gente. Muita mesmo. Por coisas bem menos idiotas.

— Eu não tive escolha.

— Sempre temos escolha.

— É o coração que manda.

— O que você quer dizer com isso? Você é a marionete dela?

Ele dá um sorriso triste.

— Não. Eu só estou apaixonado. Não importa se vou viver ou morrer, desde que eu esteja com ela.

Eu o fulmino com o olhar.

— Você está tentando *morrer* aqui? Deve ter desejos suicidas, só pode.

— Eu não espero que alguém como você me entenda.

Eu rosno:

— Não banque o espertinho comigo, cara. Eu posso atirar em muitas partes do seu corpo e mantê-lo vivo.

Uma imagem repentina e vívida dele em cima de Sloane, metendo no meio das pernas dela enquanto ela geme e arqueia o corpo sob o dele quase me deixa sem ar. A visão se torna um veneno.

O veneno do mais puro ciúme.

Ele vê a expressão no meu rosto e engole em seco de novo.

Eu começo a andar de um lado para o outro de novo, pensando. Stavros fica sentado em silêncio, aterrorizado, enquanto me observa.

Assim como Sloane, ele não é o que eu esperava. Ele não é um assassino duro e impiedoso. Ele não é leal a nada, a não ser a noções românticas de amor verdadeiro. Ele é um jovem idealista, corajoso e inteligente e, se eu for bem sincero, deve ser uma pessoa bem melhor do que eu.

Uma pessoa que seria um bom pai.

Eu me viro para ele e pergunto:

— Então, você quer se casar com ela?

Ele pisca, surpreso.

— Eu não entendo...

— Responda à porra da pergunta.

— Tá. Sim, eu quero me casar com ela.

— E ter filhos? Você quer ter filhos com ela?

Os olhos dele brilham de emoção e ele responde com voz rouca:

— Quantos ela concordar em ter. Eu sempre quis ser pai. E ela com certeza vai ser uma mãe maravilhosa. Eu desistiria de tudo se ela me pedisse. Da vida. Do dinheiro. De qualquer coisa. A única coisa que importa é ela.

Merda. Não é assim que eu queria que o interrogatório acabasse.

Passo a mão no cabelo, solto o ar com força e fecho os olhos. Quando eu os abro, Stavros está me olhando como se tivesse sido atirado ao mar no meio de uma tempestade intensa, e eu fosse o colete salva-vidas que alguém está prestes a lhe jogar.

O que é verdade.

Tentando não soar tão deprimido quanto eu me sinto, eu digo:

— Tudo bem, cara. É o seu dia de sorte. Vamos fazer um trato.

20

SLOANE

— Espera, Nancy. Vai com calma. Qual é mesmo o nome?

— Deficiência da imunoglobulina A. Para resumir, o nome é IgA. É uma condição herdada geneticamente.

Inspire em quatro tempos. Segure o ar por quatro tempos. Expire em quatro tempos.

— Mas eu não me sinto doente. A não ser por essa droga de coágulo cerebral, eu estou bem. Totalmente saudável. Não tenho sintoma de nenhuma doença.

— A maioria das pessoas com essa condição não tem sintoma.

— Tem cura?

— Não.

Que ótimo. Eu tenho uma doença incurável. Pelo menos uma gravidez acabaria em nove meses.

— Então o que é isso exatamente? Com o que estou lidando aqui?

— A IgA é um anticorpo do seu sistema imunológico. Uma insuficiência desse anticorpo faz com que a pessoa tenha uma maior probabilidade de desenvolver infecções. Essa condição também parece representar algum papel na asma, em alergias e doenças autoimunes.

Confusa, franzo o cenho.

— Eu não costumo ficar doente. Não tenho asma, alergia, nem doença autoimune. Nem qualquer outra doença que eu tenha conhecimento, a não ser a minha preferência incomum por couve.

Ela diz casualmente:

— Ah, apenas uma entre quatro pessoas com deficiência da IgA desenvolve algum problema de saúde. É uma condição silenciosa que não costuma provocar problemas na maioria das pessoas.

Acho que não estou ouvindo direito. Ela não acabou de dizer que eu tenho uma doença incurável?

— Então ela não causa problemas na maioria das pessoas?

— Exatamente.

— Mas quando ela causa, são coisas como... alergias?

— Possivelmente. Ou gripes mais frequentes e coisas assim. E também o que aconteceu no falso positivo de gravidez, essa condição também interfere em alguns exames de sangue.

— É só isso?

— É.

Minha voz fica mais alta.

— Então, essa doença não vai me matar?

Nancy fica chocada.

— Meu Deus. Claro que não.

Exasperada, eu jogo as mãos para o ar.

— Você não acha que deveria ter começado com essa parte?

— Sinto muito, eu achei que tinha.

— Não, Nancy. Você não começou. Você só disse "incurável", "condição genética", isso e aquilo. Eu achei que eu estava com câncer.

— Você não está com câncer. — Ela faz uma pausa. — Pelo menos, não no momento.

— Tudo bem, precisamos muito conversar sobre sua forma de comunicar as coisas.

— Eu só estou tentando ser precisa em termos médicos. Neste momento, você não tem câncer.

— Mas, se um dia eu vier a ter, ele não vai ser causado por esse lance de IgA, né?

— Isso.

Quando não respondo e fico olhando para ela, Nancy se vira e sai do quarto sem falar mais nada.

Eu me deito na cama. Meu sistema nervoso central está acelerado. Entre uma hemorragia intracraniana, o susto da suposta gravidez e a total falta de habilidade de Nancy para me dar a notícia sobre a minha IgA, estou com um excesso de adrenalina inundando todo o meu corpo. Mesmo assim, consigo, de alguma forma, dormir.

Quando acordo, horas depois, o sol está passando pela janela e Declan está sentado na cadeira ao lado da minha cama.

Ele está me olhando com uma intensidade estranha e resoluta.

Bocejando, eu me sento recostada nos travesseiros e aperto os olhos para ele.

— Você está bem?

Ele faz um barulho de descrença e meneia a cabeça.

— O que foi?

— Você que está em um leito hospitalar e ainda me pergunta se *eu* estou bem.

— Ué, é você que está com cara de quem acabou de ouvir que a avó morreu. O que houve?

— Está quase na hora da sua tomografia.

— Valeu a tentativa. Agora me diga o que aconteceu, Declan.

Ele fecha os olhos e apoia a cabeça no encosto da cadeira.

— Não aconteceu nada, garota.

— Então por que você está se escondendo de mim?

— Não estou me escondendo de você. Eu estou aqui do seu lado.

— Não banque o engraçadinho. Você sabe do que estou falando.

Ele solta um suspiro pesado.

— Eu nunca sei do que você está falando. Tudo que eu escuto é um chiado horrível na minha cabeça.

Preocupada, eu olho para ele. Mesmo que ele não queira admitir, sei que tem alguma coisa errada. Ele parece diferente. Deprimido. E não aquela pessoa nervosa e pronta para explodir a qualquer momento.

— Há quanto tempo você está sentado aqui?

— Sei lá. Algumas horas.

— Você conseguiu dormir?

— Não.

— Quer trocar?

Quando ele abre um dos olhos com ar de interrogação, eu aponto para a cama.

— Posso ficar na cadeira por um tempo para você descansar um pouco.

Ele abre o outro olho e levanta a cabeça. Agora as duas íris azul-claras estão olhando para mim com uma animosidade cortante.

Bizarramente, isso faz com que eu me sinta melhor. Dou um sorriso.

— Ah, o seu charme está de volta. É difícil conviver com todas essas personalidades cruéis diferentes em um corpo só? Deve ser tenso aí dentro. Tipo uma prisão superlotada.

— Por que caralhos você está preocupada comigo? *Eu sou a porra do seu sequestrador.*

Ele quer mesmo uma resposta, então eu penso um pouco enquanto ele se ocupa me fulminando com o olhar.

— Hum. Não é porque eu gosto de você. Já estabelecemos que eu não gosto.

Ele retruca com gravidade:

— A recíproca é verdadeira.

— Exatamente. Como você poderia gostar de alguém que parece um camelo e tem cheiro de grama regurgitada? A não ser que você seja um desses caras estranhos que gosta de animais. Tipo, sexualmente.

Olho para ele de um jeito que indica que não descarto a capacidade dele de fazer algo tão bestial. Ele retribui com um olhar tão incandescente que poderia derreter aço.

— Olha só, para você se sentir melhor, vamos dizer que eu só me preocupo com você porque isso é bom para mim. Se você tiver um infarto fulminante ou levar um tiro ou qualquer coisa do tipo, o que vai acontecer comigo?

Sem parar para pensar, ele responde em tom amargo:

— Você assumiria o meu lugar, sem dúvida. Não seria difícil, considerando que você já recrutou metade dos meus homens para o seu lado.

— Ah, fala sério. Kieran e Spider não são metade do seu exército.

— Não, mas tem mais três homens do lado de fora da porta que entraram misteriosamente para o seu fã-clube na minha ausência. Tenho certeza de que seria bem fácil para você converter o resto.

— Do que você está falando?

— Algo sobre um discurso emocionado que você fez sobre os gângsteres irlandeses serem melhores que os russos? E um abraço emocionado em Kieran?

— Ah, isso — digo com humildade.

— É, isso. Eles acharam encantador. E também estão impressionados com a forma como você está lidando com a sua situação.

— Situação, nesse caso, se refere ao meu coágulo cerebral ou a você?

— Eu não sou uma situação.

Dou uma risada.

— Pode acreditar, gângster, você é uma situação com "S" maiúsculo. Você poderia transformar Gandhi em um assassino em série.

Ele olha para mim por um instante, e a voz dele sai calorosa e baixa.

— Você também, garota. Você também.

— Olhe só para nós, encontrando tantas coisas em comum. Logo vamos ter algo para conversar além das suas alterações inexplicáveis de humor.

Um músculo se contrai no rosto dele. Dá para perceber que ele está se esforçando para não sorrir, e provoco:

— Ah, vamos lá, me mostra essas pérolas brilhantes. Seus dentes são literalmente a única coisa boa no seu rosto.

— Meu Deus, estava tão calmo quando você estava dormindo.

— Ei, podemos pedir para Kieran trazer comida pra gente? Eu pedi para a Nancy um *shake* proteico, mas acho que ela esqueceu.

Ele diz secamente:

— Ah, o famoso charme da Sininho não funciona em outras mulheres?

— Não seja ridículo. Claro que funciona. A Nancy só está morrendo de medo de fazer alguma coisa errada e você mandar matá-la por causa disso. — Quando ele não responde, eu acrescento: — Será que tem alguma coisa a ver com a ameaça que você fez ao meu médico? Só estou chutando aqui.

Uma das sobrancelhas escuras de Declan se arqueia de forma perigosa.

— Foi ela ou ele que te contou isso?

— Pfft. Como se eu fosse te dizer isso. Não quero ser a causa de nenhum ataque à minha equipe médica.

— Você me faz parecer um lobo raivoso.

— Eu estava pensando em algo menos másculo. Tipo um esquilo pulguento.

Quando eu rio da cara dele, ele se levanta e olha para mim.

— Sabe do que você precisa?

— Sei. De cem milhões de dólares e de um botão na minha mesinha de cabeceira que te dá um choque toda vez que você faz uma pergunta retórica idiota.

Ele diz em tom sombrio:

— Não. Uns bons tapas.

Minha respiração fica ofegante. Sinto um frio na barriga. Olho para ele, sentindo a boca repentinamente seca, e meu coração dispara.

Declan estende a mão, pega meu queixo com firmeza e passa o polegar pelos meus lábios. Com fogo nos olhos, ele sussurra:

— Você gosta disso.

Consigo dizer um "não" que não convence nenhum de nós dois.

Em uma voz rouca e sexy para cacete, Declan diz:

— Sim, garota. Você gosta disso tanto quanto eu. Você gosta de ser obrigada a abrir mão do controle. Porque isso nunca acontece.

Eu sou o bacon fritando na frigideira. Sou um pote de manteiga derretendo no sol de verão. Sou um incêndio grave prestes a consumir o prédio inteiro.

— Olha para você tremendo — sussurra ele, apertando os dedos no meu rosto. — Olhe esses olhos.

O que quer que ele esteja vendo o fascina.

Estou suando. É quase impossível engolir ou respirar. Sinto-me congelada, paralisada como um animal prestes a ser abatido, surpresa demais para me mover, hipnotizada demais para fugir e me salvar.

Não quero me salvar.

Neste momento, tudo que quero é permitir que ele faça o que bem entender. Permitir que ele me quebre, que seja violento, que acabe comigo.

Nunca me senti assim na minha vida.

Com os olhos azuis brilhando, ele passa a língua nos lábios. Quando se inclina na minha direção, eu quase gemo de alívio. Preciso da boca de Declan sobre a minha como preciso de oxigênio.

— Ah, queiram me desculpar.

O médico está parado na porta olhando nervosamente de mim para Declan. Quando não dizemos nada, ele dá uma tossida discreta.

— Marquei outra tomografia para você, mas posso voltar em um momento mais oportuno.

Quando ele se vira para sair, Declan diz:

— Não. Vamos fazer isso agora.

Com a voz rouca e o maxilar contraído, Declan se empertiga e me lança um olhar ardente. Ele segura o meu queixo por mais um momento antes de deixar a mão cair ao lado do corpo.

Eu quase caio da cama, mas consigo me manter sentada.

— Seja boazinha — ordena em tom de aviso.

Ele me dá as costas e sai do quarto.

O médico olha para mim com as sobrancelhas levantadas. Existe uma grande possibilidade de que eu dê um soco bem no pescoço dele.

Durante a tomografia, só consigo pensar na expressão do rosto de Declan enquanto segurava o meu queixo.

Nunca vi um homem tão faminto.

Tão em guerra consigo mesmo.

~

A tomografia revela uma melhora no coágulo, deixando o Dr. Callahan radiante de alívio. Sou levada de volta para o meu quarto e me oferecem uma refeição que consiste em arroz branco, purê de maçã e gelatina. Digo para a técnica de enfermagem responsável pela comida que ainda tenho dentes e intestino, e a mando levar a bandeja embora.

E fico esperando Declan voltar.

Mas ele não volta.

Durante todo o dia, fico sozinha e recebo apenas visitas ocasionais de Nancy, que vem verificar meus sinais vitais e me fazer um pouco de companhia. Tento me distrair lendo, cochilando e assistindo à TV, mas nada ajuda. Declan se infiltrou na minha cabeça como um tumor.

Na manhã seguinte, faço mais uma tomografia. Os resultados são tão bons que o médico diz que posso voltar para casa.

Casa. Como seu eu soubesse onde isso fica. Meu apartamento em Tahoe? Em Nova York, com Natalie? Na cobertura sem personalidade de solteirão de Declan?

Ele me sequestrou, cortou todas as minhas ligações com a minha vida, deixando-me à deriva em um bote inflável sem remos. Eu não me sinto mais eu. Tenho uma sensação curiosa de que, se uma onda gigante quebrasse em cima de mim, eu afundaria.

Quando o hospital me dá alta naquela noite, é o Kieran que me acompanha. Pergunto sobre o seu chefe, mas ele dá de ombros.

Algo naquele gesto me deixa inquieta. O sentimento fica mais forte quando ele pega uma saída e começa a seguir em uma direção diferente de onde Declan mora, no centro da cidade.

Olhando para o bairro residencial, eu digo:

— Aonde estamos indo?

Quando ele responde, a voz é sombria:

— Alguém vai buscar você.

Eu me viro para ele, com o coração disparado.

— Alguém? Você quer dizer a Natalie? O que está acontecendo?

— Você vai para casa, moça. É só isso que eu sei.

Olho para o perfil tenso de Kieran, e é como se alguém tivesse puxado o meu tapete.

— Então o Declan colocou você para tirar o lixo, né? Você é o sortudo que vai limpar a sujeira dele.

Ele olha para mim e diz com gentileza:

— Não fique triste. Pelo visto, ele não estava nada feliz com isso.

— *Nada feliz*? Ah, que Deus nos livre e nos guarde de o grande chefão não estar feliz. Será que isso sequer acontece? Ele fica feliz alguma vez na vida? Achei que cara de cu fosse o modo padrão de toda a personalidade dele!

Percebo que estou gritando, e tremendo.

Estou com tanta raiva que parece que vou explodir.

Estou sendo descartada. Sem nem um adeus. *Declan está se livrando de mim.*

Kieran é inteligente o suficiente para se manter em silêncio. Pela meia hora seguinte, eu fico espumando de raiva ao lado dele no banco do carona, enquanto ele segue pelos bairros mais afastados da cidade, indo cada vez mais para o interior, até que paramos no acostamento de uma estrada de terra.

Kieran coloca o carro em ponto morto, mas mantém o motor ligado. Sem dizer nada, ele sai e contorna a SUV por trás. Então abre o porta-malas, tira várias bolsas, bate a porta e segue pela estrada escura.

Assim que ele sai da área iluminada dos faróis, um outro par se acende alguns metros à frente. Agora percebo que paramos em uma das extremidades de uma ponte de madeira no fim da estrada de terra. Um riacho corre embaixo da ponte. Há um carro do outro lado.

Minha mão aperta a maçaneta. Meu coração está disparado.

Kieran volta. Ele se acomoda ao meu lado. Sem olhar para mim, ele diz:

— Pode sair.

— O que que tem naquelas bolsas?

— Suas roupas.

As roupas que Declan comprou para mim, ele quer dizer. As roupas que eu pedi para ele, e ele comprou, e eu quase não aproveitei porque tive que ir para o hospital.

Não sei por que ele se deu ao trabalho.

Minha voz está alterada quando digo:

— Eu quero que você diga uma coisa para ele. Diga...

— Você mesma pode dizer — diz Kieran fazendo um gesto para a janela.

Quando olho, vejo uma pessoa alta, de ombros largos e terno preto se materializar nas sombras, saindo pelo meio das árvores que ladeiam a estrada. Um cigarro brilha na escuridão da noite, a luz alaranjada ficando mais forte quando a pessoa o leva aos lábios para uma tragada.

É Declan. Sem nem mesmo ver seu rosto, sei que é ele.

O que é este sentimento?

Não dê nome para ele. Não se atreva.

Abro a porta do carro e saio. Antes de fechar, digo:

— Foi um prazer te conhecer, Kieran. Muito obrigada por cuidar de mim. Diz para o Spider que eu mandei um beijo. Espero que vocês tenham uma ótima vida.

Ele olha para mim e sorri. Diz alguma coisa em gaélico que prefiro acreditar ser um adeus.

Fecho a porta e sigo na direção de Declan. Quando estou a alguns metros, eu paro. Nenhum de nós fala por um momento, até que eu digo:

— Não sabia que você fumava.

— Parei há um tempo. Mas comecei de novo. — A voz está calma, baixa. Tão inescrutável quanto os olhos.

— Então isso é um adeus.

Ele dá uma tragada longa no cigarro.

— É.

— Que ótimo. Mal posso esperar para nunca mais te ver de novo.

Ele solta a fumaça pelo nariz, como um dragão. Então olha para mim, silencioso e calmo como um gato.

Eu odeio gatos.

— Tudo bem. Foi bom conversar, como sempre, gângster. Acho que a gente talvez se esbarre por aí.

Quando eu me viro para ir embora, ele diz:

— Espera.

Ele se aproxima, tira um celular do bolso do paletó e diz, com tom irritado:

— Aqui.

— O que é isso?

— Um celular.

— Você não faz ideia do quanto eu gostaria de apagar esse cigarro no seu olho.

— É o *seu* celular, garota. O que eu te dei e que tem o meu número programado.

Eu o pego, sentindo-me insegura de repente.

— Por que você está me dando isso?

Segue-se uma pausa estranha. Ele desvia o olhar.

— Nunca se sabe quando você vai precisar insultar alguém. Talvez possa ser eu. Considerando o quanto você é boa nisso.

Olho para ele na escuridão. Tem alguma coisa errada na voz dele. Algo que está afetando as batidas do meu coração.

— Quem está me esperando do outro lado da ponte, Declan?

Ele dá uma tragada no cigarro. Então inclina a cabeça e sopra anéis de fumaça perfeitos no ar noturno. O silêncio dele me irrita.

— Responda, merda.

Como se tivesse ouvido uma deixa, o motorista do outro carro abre a porta. Alguém sai e ergue a mão até os olhos, protegendo-os da luz dos faróis do SUV, e eu consigo, pela segunda vez em cinco minutos, usar uma habilidade que eu nem sabia que tinha: identificar pessoas só pelo contorno do corpo.

— Stavros? — sussurro horrorizada. Eu me viro para Declan e pergunto: — Você ligou para o *Stavros* vir me buscar? Ele não é seu *inimigo*?

Olhando-me com expressão inescrutável, ele diz:

— Essa palavra ganhou um sentido mais flexível para mim. E quem melhor do que o pai do seu filho para resgatá-la do seu maior pesadelo?

O pai do seu filho.

Ai, meu Deus. Ele saiu do hospital sem falar com o médico sobre o resultado dos meus outros exames. Ele não sabe sobre a minha IgA.

Ele não sabe que eu não estou grávida.

Eu não consigo me lembrar da última vez que senti tanta raiva. Para ser bem sincera, acho que nunca senti nada parecido.

Eu dou um passo em direção a ele, tremendo por inteiro.

— Seu arrogante, idiota. Você acha que sabe o que é melhor para todo mundo, mas não sabe nem o que é melhor para você.

Sua testa está franzida. Na verdade, está com uma carranca.

— Do que você está falando?

— Estou falando sobre você ter tanta certeza da sua infalibilidade que fica cego. Mas aqui está uma coisa para você pensar. Eu não vejo Stavros desde o início de janeiro. Estamos quase em março agora. O que o faz pensar que eu não estive com ninguém depois dele?

Ele fica imóvel, parece nem estar respirando. Abre a boca. Fica me olhando enquanto a expressão de choque aparece no seu rosto.

Digo com voz suave:

— Antes de sair dando uma de casamenteiro, é melhor ter certeza de quem é o pai do bebê, gângster. Vejo você por aí.

Eu me viro e corro o mais rápido que consigo, dizendo para mim mesma enquanto sigo em direção à Stavros que as lágrimas nos meus olhos e a dor no meu coração se devem a um imenso alívio, que não têm nada a ver com o homem que estou deixando para trás.

21

SLOANE

Na ida até o terminal de jatos particulares no aeroporto, Stavros continua em silêncio, mas pega a minha mão.

Eu deixo. Porque acho que depois que a raiva passou, fiquei me sentindo dormente.

A dormência é melhor do que a raiva. A dormência não exige respostas. A dormência é um alívio bem-vindo depois de tantas emoções intensas.

A dormência é a minha nova melhor amiga.

Assim que entramos no jato e as escadas de metal são recolhidas, Stavros me puxa para um abraço apertado. Ele sussurra o apelido que costumava me fazer subir pelas paredes: *mamochka*. Depois, cai de joelhos e enterra o rosto entre as minhas coxas.

Não é um lance sexual. Ele só está se escondendo.

Olhando para o cabelo escuro, pergunto baixinho:

— O que você prometeu para ele?

— Nada.

Ele não olha para mim ao responder. É assim que eu sei que ele está mentindo.

Levo a mão ao cabelo dele e puxo. Finalmente, ele olha para mim, mordendo o lábio. A mão dele aperta a parte de trás da minha coxa. Ele parece um garotinho de dez anos de idade.

— Seja o que for, Kage vai descobrir. E quando isso acontecer, ele vai te matar.

— Não importa. Eu te salvei. Isso é tudo que importa para mim. Você está segura.

Devo ter dado um sorriso triste, porque Stavros franze a testa e eu sussurro:

— Meu garotinho. E por que você acha que eu precisava ser salva?

A resposta é raivosa:

— Ele te pegou. Ele te *pegou.*

— Eu sei o que ele fez.

A raiva desaparece. Os olhos ficam suplicantes, enquanto ele engole em seco, o pomo-de-adão quicando.

— Eu achei que se eu... que se você... que talvez nós...

Eu suspiro e acaricio o cabelo dele.

— Ah, Stavi.

Isso é tudo que eu digo antes de ele esconder o rosto entre as minhas pernas de novo.

— Vamos lá — digo passando a mão no cabelo dele. — Levanta. Temos que conversar.

A voz dele assume um tom petulante.

— Não quero conversar. Já sei o que você vai dizer.

— Stavi...

— Não!

Eu odiava quando ele ficava assim, teimoso como uma criança quando lhe negam o brinquedo favorito. Também odeio a única coisa que o faz ceder.

— Se você for bonzinho, vou deixar.

Ele fica parado. A voz sai abafada.

— Vai mesmo?

— Vou. Agora levanta.

Em um movimento rápido ele está de pé, olhando para mim com corações nos olhos.

Mas não é com o coração que ele está me fitando, mas sim com outro órgão bem mais para baixo.

Eu aponto para o assento mais próximo.

— Senta.

Ele obedece sem hesitar. Eu me sento de frente para ele, em um dos assentos de couro cor de creme. Os motores do jato são ligados.

— Aperta o cinto.

Ele coloca o cinto de segurança e fica me olhando.

— Diga o que foi que você prometeu para ele.

— Não posso.

— Quando Kage descobrir, eu vou ser a única que vai poder te ajudar.

— Ele não vai descobrir.

Ele olha desejoso para os meus sapatos. Preciso me obrigar a não suspirar.

— Stavi, olha para mim.

Ele leva um instante para afastar o olhar dos meus pés.

Mantenho a expressão dura e a voz muito séria.

— Desembucha.

Nervoso, ele passa a língua nos lábios.

— Eu... eu... — Ele faz uma pausa, e a resposta sai em uma explosão. — Eu disse a ele que eu usaria uma escuta sempre que estivesse com Kazimir e que ele poderia grampear meu celular e meu e-mail para monitorar todas as comunicações.

Estou tão horrorizada que não consigo falar por um minuto.

Nesse ínterim, Stavros começa a falar:

— Desculpe. Sinto muito. Eu sei que eu não deveria, mas eu estava tão preocupado com você. E ele disse que não deixaria você sair viva se eu não aceitasse os termos. E eu fui obrigado. *Obrigado*!

Ergo a mão para que ele pare com aquela ladainha. Stavros fica em silêncio, ofegante e agarrando o braço do assento até os nós dos dedos ficarem brancos.

Uma escuta. Um trato. Esses dois detalhes são muito importantes. Parecem algo oficial. Termos que um promotor usaria. Ou a polícia.

Então, um outro pensamento vem à minha mente. Com nervosismo, olho para a camisa social branca que Stavros está usando.

Ele nega com a cabeça.

Aliviada por não estar sendo gravada, eu me recosto na cadeira e solto o ar com força. Estou na dúvida se devo dizer para Stavros que Declan ia me soltar sem a ajuda dele, mas acho melhor não. Quanto menos eu falar sobre ele, melhor.

Além disso, Stavros está distraído com meus pés de novo.

Tiro o sapato, fico de pé e o entrego para ele. Depois, eu me tranco no banheiro para não ter que ouvir enquanto ele cheira, geme e se masturba até gozar com o nariz enfiado no meu sapato.

Eu me demoro no banheiro, lavo as mãos, jogo água no rosto. Quando saio dez minutos depois, Stavros está com o rosto encostado em uma das janelas, pálido e olhando para algo na pista lá embaixo.

— O que houve?

— É *ele* — diz Stavros com voz estrangulada. — O irlandês.

Meu coração quase sai pela boca. Corro até a janela mais próxima e olho para fora. E não há dúvidas: é Declan que está na pista ao lado da porta do avião.

Ele está com um lança-foguetes em um dos ombros.

Stavros grita:

— *Ele vai nos matar!*

— Não vai, não. Ele só gosta de fazer uma entrada triunfal. Diga para o piloto desligar os motores.

Stavros está hiperventilando, mas vai até a cabine, enquanto o celular que Declan me deu vibra. Eu me afasto da janela e o pego no bolso de trás da minha calça. Embora eu talvez esteja tendo um ataque cardíaco, faço a minha voz parecer entediada quando atendo.

— Gino's Pizza, qual vai ser o seu pedido?

Do outro lado da linha, escuto um rosnado de um urso enfurecido.

— Eu não vou fazer a porra de um pedido. Eu vou te dar a porra de uma ordem. Você vai sair desse avião antes que eu exploda seu namoradinho pelos ares.

— Ninguém mais fala assim, gângster. Não sei se você sabe, mas já estamos no século XXI.

— Você tem cinco segundos. Quatro, três.

— Desculpe, com qual personalidade eu estou falando agora? Porque com certeza não é aquela de quem me despedi há meia hora.

— Há meia hora, eu não sabia que você não estava grávida.

Faço uma pausa.

— Você ligou para o médico?

— Liguei. Eu sabia que alguma coisa estava errada quando você disse que eu estava cego. Você não tem uma cara de blefe tão boa quanto acha.

— O que quer dizer com isso?

— Que você estava chateada por eu estar te mandando embora.

— Você só pode estar doidão.

— Devo estar, por vir atrás de você de novo. Agora sai da porra desse avião antes que eu faça alguma coisa de que vou me arrepender depois.

Fico parada ali, com as mãos tremendo, pernas bambas e o coração quase saindo pela boca. Não sei exatamente se é raiva, adrenalina ou a porra de uma euforia. Só que não estou a fim de receber ordens dele.

Então eu digo em um tom deliberadamente frio:

— Não.

E desligo. Vou até a janela e mostro o dedo do meio para ele.

Vejo a fúria em seus olhos mesmo com toda a distância. Ele está muito puto da vida.

Exatamente como eu.

Eu me afasto da janela e começo a andar de um lado para o outro no corredor, até Stavros aparecer em pânico segurando o celular contra a orelha e falando freneticamente.

— Não... ela não vai... eu não posso... ela *não vai* me ouvir! Eu não sei *como* abrir a porta!

Claro que Declan tinha o número de Stavros. Claro que tinha.

Eu digo bem alto:

— Ele não vai atirar com aquela coisa. Desligue logo e vamos embora.

— Eu estou tentando salvar sua vida.

Não isso de novo.

Vou até Stavros, tiro o celular das mãos dele, coloco no meu ouvido e explodo:

— Seu trato com o Stavi está cancelado. Ele não vai espionar ninguém para você. E você vai manter a promessa de não o machucar.

A risada de Declan é sombria e satisfeita de um jeito perverso:

— Eu devia ter desconfiado que você o faria abrir o bico.

— Claro que devia. Você continua me subestimando.

— Um erro que não vou cometer novamente. Agora sai da porra desse avião. Agora. Ou a minha promessa de não machucar seu cachorrinho "Stavi" vai perder a validade.

Dessa vez, é ele quem desliga.

Estou tremendo de raiva enquanto penso no que devo fazer, e concluo que não tem jeito. Se eu não fizer o que ele está mandando, não tenho dúvidas de que ele vai machucar Stavros. Agora que ele sabe que o russo não é o pai do meu bebê inexistente, não há mais motivos para mantê-lo vivo.

O filho da puta fez um xeque-mate.

Devolvo o celular para Stavros e o oriento a pedir para o piloto abrir a porta e baixar a escada.

Ele fica horrorizado com a sugestão.

— Não! Eu não posso fazer isso!

— Você pode e vai fazer. Não estou pedindo.

Ele faz um gesto agitado para as janelas.

— Ele é um animal.

— Eu sei, mas é racional. Eu pareço machucada?

Depois de um momento, ele responde com relutância:

— Não.

— Isso é porque eu sei como lidar com ele.

Ele me lança um olhar estranho.

— Acho que você não sabe. Eu nunca vi você assim.

— Assim como?

— Emotiva.

É irritante que ele esteja certo. Quando passo por ele, seguindo para a cabine do piloto para falar eu mesma com ele, Stavros me pega pelo braço para implorar:

— Você não entende! Ele fez todas essas perguntas sobre você. Sobre nós. Ele queria saber de tudo. Acho que ele está obcecado por você.

— Ele só está obcecado por ele mesmo. Agora me solta.

— *Mamochka*, por favor!

Eu me viro e seguro o rosto dele com as duas mãos.

— Chega!

Ele fica diante de mim com a cabeça baixa e fecha os olhos.

Ficamos em silêncio por um tempo até eu dizer:

— Eu amo o que você fez por mim. Você foi muito corajoso. Agora eu vou fazer o mesmo por você. E você vai deixar.

Ele respira fundo. Depois assente, relutante.

— Bom. Agora, ouça. Quando tudo isso acabar, eu vou te ajudar a procurar a garota de que você precisa, tá bom? Nós dois sabemos que não sou eu. A sua cara metade está por aí, e eu vou me certificar de que ela seja boa o suficiente para você. Nesse meio-tempo, você não vai fazer tratos com mais ninguém para espionar Kazimir. E, se alguém pedir para você fazer isso, você tem que me contar. Estamos entendidos?

Ele assente de novo.

— Tudo bem. Agora me dá um abraço.

Ele faz isso e suspira.

Dou tapinhas nas costas dele, perguntando-me onde eu vou encontrar uma garota que queira brincar de mãe com um homem com um fetiche enorme em sapatos femininos e um vício em compartilhar vídeos ao vivo dele só de cueca jogando World of Warcraft.

Então, me lembro que ele é super rico, e sei que vai ter um monte de candidatas.

O piloto abre a porta da cabine. A escada se desdobra. Eu me despeço de Stavros com um beijo na testa e desço. Fervilhando de raiva, Declan espera por mim lá embaixo, com o lança-foguetes aos seus pés.

Assim que coloco os pés na pista, ele me joga sobre o ombro e corre até a SUV que nos aguarda.

22

SLOANE

Sou atirada no banco de trás como uma mala. Declan se inclina sobre mim e ordena:

— Fique aqui.

Ele bate a porta, contorna o carro e entra, berrando para Kieran, que está no volante, seguir logo.

— Oi, Kieran. Quanto tempo... — digo com toda a calma, ignorando Declan, que parece um vulcão em erupção ao meu lado.

Kieran controla o riso.

— Oi, moça. — Ele engata a marcha e nós partimos.

Então, eu ouço um som metálico alarmante. Olho para o lado bem a tempo de ver Declan pegando um par de algemas no bolso de trás do banco do motorista. Em uma explosão de pânico, tento abrir a maçaneta, mas a porta está trancada.

— Essas travas de segurança para criança são um saco, né? Que pena que o carro que usamos em Nova York não tinha. Mas não vou mais cometer esse erro.

— Seu filho da puta arrogante.

Com um sorriso perigoso, ele segura as algemas com a ponta do dedo.

— Me dá seus pulsos.

— Vai pro inferno.

— Já estou no inferno desde o dia em que te conheci. Agora, me obedeça.

— Não.

— Essa é a última vez que vou pedir com delicadeza.

Minha risada soa louca e assustada.

— Você acha que está pedindo com delicadeza? Você não tem um pingo de educação e muito menos de inteligência.

Conto seis segundos de silêncio. Então, Declan diz:

— Eu só tenho uma palavra para você: "Stavi."

Eu cerro os punhos.

Ele estende a mão, esperando.

— Você vai pagar por isso, te juro.

O sorriso perigoso se alarga ainda mais.

Umedeço os lábios, faço uma respiração para me acalmar, que não ajuda em nada, e estendo a mão esquerda.

Sem afastar o olhar do meu, ele fecha o metal frio em volta do meu pulso. Um tremor involuntário passa pelo meu corpo. O sorriso dele fica perigosamente ardente.

Ele fecha a algema no meu outro pulso, prendendo as minhas duas mãos.

Eu me esforço para manter a voz calma.

— Nunca vi você tão feliz, gângster.

— E eu nunca te vi tão nervosa. Que coisa horrível acha que vou fazer com você?

Ele está tentando me intimidar. Eu me recuso a dar a satisfação de uma resposta e permaneço em silêncio.

Ele me puxa para si, pega meu cabelo e aproxima os lábios do meu ouvido. A voz está rouca quando declara:

— Seja o que for, você está certa.

Calma, coração. Esse não é o momento para explodir. Esse recado é para vocês também, ovários.

— Estar na sua presença já é ruim o suficiente.

Ele dá um cheiro no meu pescoço, provocando arrepios pelas minhas costas.

— Por que você não falou nada sobre o resultado dos exames?

— Eu estava ocupada demais tentando saber se você estava bem, o que, pensando bem, foi uma das coisas mais idiotas que já fiz. Ou que já pensei. Ou que já ouvi.

— E por que você estava preocupada comigo, diabinha? Fala a verdade.

Meu Deus, a voz dele é sexy. O corpo dele é sexy. O ar está quente, assim como a minha pele e a minha calcinha. A conflagração que está rolando nas minhas roupas íntimas poderia transformar toda a Costa Leste em uma pilha de cinzas fumegantes.

Respondo com voz rouca:

— Porque eu te odeio e quero estar presente quando um dos seus inimigos acertar o seu coração.

— Já acertaram, garota — murmura ele, os lábios se movendo contra a minha pele. — Já acertaram.

Ele puxa minha cabeça para trás e me beija.

E isso é o que basta para eu me perder totalmente.

Todo o espírito de luta me abandona. A vontade de resistir a Declan se dissolve em um estalar de dedos. Eu me apoio nele e me permito ser beijada profundamente, sem me preocupar com os sons de prazer que estou emitindo, nem que Kieran esteja vendo tudo aquilo, nem com mais nada.

Eu simplesmente me rendo.

À boca.

Ao beijo.

A Declan.

Quando paramos de nos beijar e eu volto para a Terra, estou aconchegada no colo dele como uma gatinha, minhas pernas em volta das coxas musculosas e meus braços algemados apoiados nos ombros largos. Os braços dele me envolvem com força.

Estou ofegante. Trêmula. Acho que nunca me senti tão viva.

— Tão doce — diz ele, com a respiração entrecortada. — Quero mais dessa doçura. E quero agora.

— Tá legal — sussurro.

Ele me beija de novo. E eu mergulho cada vez mais fundo, completamente perdida entre as ondas preguiçosas e deliciosas de calor, tão densas e açucaradas quanto algodão-doce. Ele geme na minha boca, e eu estremeço.

Ele segura o meu queixo e mordisca meus lábios. Quando choramingo, desliza a mão imensa pelo meu pescoço e quase a fecha completamente ali.

Eu não sei se ofeguei, gemi ou me movi nos braços dele. Não sei bem o que fiz, mas o que quer que tenha sido, o deixa ainda mais excitado, mais voraz e dez vezes mais intenso.

— Olha para mim.

Abro os olhos e vejo o fogo no olhar dele.

— Você é a minha prisioneira.

Concordo com a cabeça, meio confusa. Ele quer alguma coisa, mas não sei o quê. Não consigo pensar. Nem consigo respirar direito. É como se uma mistura de Red Bull e heroína estivesse circulando por minhas veias.

— Você vai ficar comigo e fazer o que eu mandar dessa vez. E vai ser boazinha. Obediente.

Isso me faz sorrir. Eu gosto quando ele começa a delirar.

— Diga que sim.

— Sim. Por esta noite.

— A gente discute sobre a duração depois. Por que você só está usando um sapato?

— É uma longa história.

Os lábios dele cobrem os meus de novo, buscando, sugando, exigindo. Ele me beija como se estivesse no corredor da morte, prestes a ser executado, e eu fosse sua última refeição. Nunca fui tão saboreada. Tão devorada.

E nunca senti tanto tesão. Acho que se ele soprasse no meu mamilo, eu gozaria.

Mas ele nem chega perto dos meus seios. Ele só me beija sem parar, durante todo o trajeto até a cidade. De vez em quando, ele para e murmura alguma coisa em gaélico, a boca pressionada contra o meu ouvido para que só eu possa ouvir. Quando chegamos à garagem do prédio, estou louca de desejo.

Ele me joga sobre o ombro de novo a caminho do elevador.

Com qualquer outro homem, ser tratada como um saco de batatas me deixaria louca da vida. Nunca aceitaria isso. Eu chutaria a cara do indivíduo e o faria lamber os meus pés.

Mas tem algo de incrivelmente sexy no jeito que a mão enorme de Declan segura possessivamente as minhas coxas, e em como é fácil para ele carregar o meu peso, e na maneira como ele não pede permissão para me tocar. Ele simplesmente faz. Como se eu não tivesse escolha. Como se ele fosse dar todas as ordens a partir de agora. Goste eu ou não.

E Deus me livre, mas eu gosto.

Muito.

As portas do elevador se abrem, e ele entra no apartamento. As luzes automáticas se acendem, iluminando nosso caminho pelo corredor até o quarto principal. Nenhum de nós fala nada.

Ele me pega e me joga na cama. Eu quico, sem ar, e o fito com olhos arregalados. Meu coração está disparado, e minhas mãos estão algemadas acima da cabeça.

Ele olha para mim com o maxilar contraído e olhos semicerrados enquanto desfaz o nó da gravata.

— Você precisa de comida e de um banho.

Eu demoro um pouco para recuperar o fôlego.

— Não é bem o que eu esperava que você fosse dizer.

— Eu vou te dar banho. E vou te dar comida. E depois vou te comer, nessa ordem. Não. Pode fechar a boca. Não quero ouvir nem um pio.

Tremendo, mordo o lábio e olho para ele. Ele sorri.

Primeiro, ele joga a gravata no chão. Depois, tira o paletó e o deixa de lado. Então desabotoa a camisa branca, os dedos fortes trabalhando até chegar ao último botão. Ele tira a camisa e fica segurando-a enquanto me esforço para recuperar o ar.

O homem é uma obra de arte.

Uma obra de arte sexy para cacete, tatuada e musculosa.

Se eu soubesse que ele era assim por baixo do terno Armani sob medida, talvez eu tivesse sido mais legal antes. Tenho sorte de não estar em pé, porque eu com certeza teria derretido e formado uma poça aos pés dele.

— Você está babando? — pergunta ele, abrindo o sorriso.

Ele está saboreando meu desejo e minha surpresa, mas eu o ignoro.

Seu corpo é todo tatuado, desde os ombros até os braços, peito e abdômen de tanquinho. Tem rosas, caveiras e asas de anjo, crucifixos e raios de sol passando por entre nuvens. Vejo mais algumas referências bíblicas, incluindo um versículo, tatuado em uma fonte grossa e serifada bem acima do coração: “Minha é a vingança.”

Seus músculos são bem definidos, como se ele só comesse proteína e malhasse doze horas por dia. Os ombros são largos, os dorsais se afinam até a cintura, formando um V perfeito, e por que só estou notando agora que até as *mãos* dele são lindas?

Alguém deveria esculpir esse cara. Esse tipo de beleza masculina deveria ser exibida em um museu.

Por favor, Deus, que ele tenha um pau grande. Nem fino, nem torto, nem pequeno. Por favor, me faça esse favor e eu volto a frequentar a igreja.

Paro de rezar quando Declan se inclina e apoia as mãos no colchão, uma de cada lado da minha cabeça.

— Minha vez.

Ele enfia um dedo na gola da minha blusa. A expressão fica pensativa.

— Acabei de lembrar... Você não pediu sutiã naquela lista de roupas que você me deu.

— Pedi, sim. Você só não comprou.

— Devo ter esquecido. Fale de novo e eu vou te dar uns bons tapas.

Ele olha no fundo dos meus olhos enquanto eu passo por um momento de crise existencial, tentando decidir se eu devo obedecê-lo e ficar quieta ou começar a cantar o hino nacional. O que vai me fazer gozar primeiro?

Ele sorri de novo.

— Ah, imagino que seja uma decisão difícil. Eu espero.

Retribuo o sorriso.

— Não foi tão difícil.

Ele dá um sorriso, me vira de bruços e começa a dar tapas na minha bunda, com força, fazendo a minha pele arder por baixo da calça jeans. Quando ele termina, estamos ambos ofegantes.

Mas sou eu que começo a implorar.

— Mais. Por favor. Sem a calça agora. Por favor.

— Obrigado por pedir com tanta educação, mas, da próxima vez, não se esqueça de acrescentar "meu senhor".

Eu o fulmino com o olhar por sobre o meu ombro.

— Você está viajando.

— Não. Eu sou seu sequestrador. E esse é o meu jogo, que você concordou em jogar, lembra?

Sem esperar resposta, ele me vira de novo, segura os dois lados da minha camisa e a puxa, fazendo os botões voarem para todos os lados. Eu ofego, surpresa.

Nada acontece por um tempo porque Declan está ocupado demais olhando para mim.

É uma tortura ficar deitada ali, indefesa, sem saber o que ele está pensando enquanto me avalia em silêncio. Estou nua da cintura para cima, minha blusa rasgada, meus braços acima da cabeça e o peito ofegante.

O ar parece frio na minha pele despida. Meu rosto está quente. Sinto que não estou conseguindo respirar direito.

Quando ele finalmente me toca, estou tão tensa que me sobressalto.

— Calma — murmura ele, deslizando a mão pela curva da minha cintura.

Ele se inclina sobre mim, um joelho apoiado na cama, os olhos famintos. Ele desliza a mão pelas minhas costelas e sob meus seios, antes de envolvê-los e apertá-los.

Arqueio o corpo em direção às mãos dele. Fecho os olhos. Quando sinto os lábios dele se fechando sobre o meu mamilo duro, solto um gemido suave. Uma onda de calor entre as minhas pernas me faz pressionar as coxas uma contra a outra.

— Isso, garota — sussurra ele contra a minha pele. — Quero você bem docinha. Me dê tudo o que você tem para dar.

Ele vai de um mamilo para o outro, beijando, sugando, cultuando-os com a boca. Quando acho que não vou aguentar nem mais um minuto sem começar a implorar, ele começa a beijar o caminho que desce pela minha barriga até o umbigo. Ele passa a língua em volta e então a mergulha no orifício, enfiando-a e tirando-a enquanto abre o botão da minha calça.

Quando eu choramingo, ele ri.

Ele abre o zíper tão devagar que quase grito. Então roça o nariz na pele acima da calcinha, me lambendo e me mordiscando ali, enquanto belisca meus mamilos de forma ritmada. Logo em seguida, agarra a costura da calcinha com os dentes e a puxa, fazendo o tecido roçar no meu clitóris intumescido.

Arqueio as costas e mergulho os dedos no cabelo dele, gemendo.

Ele se levanta e posiciona meus braços acima da minha cabeça novamente, segurando meus pulsos algemados com uma das mãos. Seus olhos azuis estão pegando fogo.

— Mãos acima da cabeça. Não se mova a não ser que eu dê permissão.

— Acho que estou sacando um padrão aqui — digo, ofegante.

— Sim. E acho que você acabou de ganhar mais um tapa.

— Ah, que droga.

— E mais outro. — Ele sorri. — Mas eu não vou deixar você gozar em nenhum deles.

Meus olhos se arregalam de horror. O sorriso dele se transforma em uma risada baixa e satisfeita.

Ele puxa a calça jeans e a joga longe, como se nunca mais quisesse vê-la de novo. E fica olhando para mim, deitada ali, trêmula. Ele lambe os lábios.

Quero sentir sua língua no meio das minhas pernas, quero senti-lo dentro de mim. Minha pele queima, meu coração dispara, e nunca senti tanto medo na vida, porque as coisas nunca funcionaram assim para mim.

Não sou a garota que sente frio na barriga. Não sou a garota que elogia ou implora. Eu sou a que vai embora assim que as coisas começam a complicar, que continua sempre adiante sem olhar para trás, como um tubarão que precisa continuar nadando a vida toda, senão morre.

Eu sou a que não se rende. A que não sente. A que não se apega.

Nunca.

Para piorar as coisas, Declan percebe que estou em conflito.

Ele se deita em cima de mim, acomodando o peso entre as minhas pernas abertas. Então, pega a minha cabeça com as mãos e olha no fundo dos meus olhos.

— Você está segura comigo — diz com voz rouca. — Pode baixar a guarda. Eu protejo você.

Isso dói como uma faca enfiada no meu coração.

Viro a cabeça, arquejo e fecho os olhos.

Ele leva os lábios ao meu ouvido e sussurra:

— Não adianta tentar se esconder de mim. Eu estou te vendo. Vejo todas as coisas estranhas e maravilhosas que você é, minha pequena leoa.

Minha voz sai embargada de emoção quando digo:

— Eu não sou pequena. E muito menos sua.

— Ah, mas você é. Mesmo que só por essa noite. Vamos lidar com todo o resto amanhã de manhã.

Ele me beija, com intensidade e exigência, como se quisesse deixar sua marca.

Quando meu peito está prestes a explodir, ele se afasta, me pega no colo e me leva para o banheiro.

23

DECLAN

Eu a coloco no chuveiro, digo para ficar onde está e pego uma tesoura em uma das gavetas da pia, então a uso para cortar o que sobrou da camisa dela em volta dos pulsos e das algemas. Depois deixo a tesoura de lado, tiro sua calcinha e abro o chuveiro.

Tiro a roupa.

A expressão em seu rosto é selvagem enquanto ela me observa tirar minhas roupas, a pulsação acelerada dela visível no pescoço. Eu diria que está prestes a fugir a qualquer segundo.

Mas ela permanece parada e em silêncio. Linda e presa. Minha linda Vênus acorrentada.

Meu pau está tão duro para ela.

Ela o analisa com olhos vorazes.

— Graças a Deus.

— Pelo quê?

— Deixa pra lá.

Eu a puxo contra o meu peito e a beijo, envolvendo o pescoço dela com uma das mãos e agarrando o cabelo dela com a outra. O tremor de prazer que percorre o corpo dela me enche de tesão.

Eu digo:

— Tenho algumas regras.

A risada dela é rouca e debochada, mas é interrompida quando dou um tapa em sua bunda nua.

— As regras — recomeço, saboreando o gemido baixo e involuntário que escapa dos seus lábios depois do tapa. — Primeira: obediência total ou você vai ser punida. E não de um jeito bom.

Os olhos dela são cortantes como um facão, uma serra elétrica ou uma espada afiada erguida no campo de batalha. Eu não esperaria menos dela.

— Segunda: honestidade total. Se eu perguntar se você gosta de alguma coisa que estou fazendo, espero uma resposta sincera. Se não gostar, ou se sentir desconfortável e insegura, você precisa me dizer. Isso não tem a ver só comigo, mas com nós dois. Precisa ser bom para os dois, ou não me excita. Não quero que você faça nada de que não gosta.

A fúria nos olhos dela esfria, sendo substituída por um tipo fofo de hesitação, como se não conseguisse decidir se estou dizendo ou não a verdade, mas esperasse que sim.

Minha voz fica mais suave:

— Terceira: confiança total.

Ela engole em seco, o pânico substituindo o olhar de hesitação.

— Eu sei que é a parte mais difícil para você. Você odeia que te digam o que fazer, mas odeia ainda mais se sentir vulnerável, não é?

Depois de um instante, ela concorda com a cabeça.

Sloane parece realmente assustada agora, e essa é a primeira vez que eu a vejo assim. Ela foi sequestrada, o carro que estávamos foi alvejado por dezenas de tiros, ela recebeu a notícia de que poderia morrer com um coágulo cerebral... e nada disso pareceu afetá-la. Mas peço que ela abra o coração, mesmo que por uma noite, e ela reage como um lobo encurralado.

Eu a envolvo em um abraço apertado.

— Eu sou assim também. Sou exatamente assim. E é por isso que você tem a minha palavra de que vou conquistar essa confiança e nunca vou traí-la.

— Você não pode prometer isso. Você não pode dizer "nunca" e continuar sendo sincero.

Afasto uma mecha de cabelo do rosto dela e digo:

— Eu posso e estou. Mas, se você não conseguir confiar em mim, eu entendo. Isso tudo pode terminar agora, é só você querer.

Baixo a cabeça e dou um beijo suave nos lábios dela.

— É você que está no controle aqui, garota. Vamos só fingir o contrário por um tempo.

Ela observa o meu rosto, buscando algum sinal de desonestidade.

— Confiança, né?

— É.

— E honestidade?

— É.

— Tudo bem. Você começa. Acha mesmo que eu pareço um camelo?

— Não. Eu acho que você parece o Rockfeller Center no Natal, o Japão na época que as cerejeiras florescem, e os milhares tons de verde vívido nos pântanos selvagens da Irlanda do Norte, tudo misturado em uma coisa só.

Ela entreabre os lábios. Os olhos brilham. A garganta se contrai quando ela engole. Ela responde com voz emocionada:

— Finalmente, você está falando algo coerente.

Ela fica na ponta dos pés para me beijar.

Tudo o que sou se une a ela nesse beijo.

Tudo dentro de mim se expande e se abre, deixando-me maior do que antes, mas também mais exposto. Sou milhares de acres de terra virgem, e ela é o arado que revira a terra e espalha novas sementes no solo árido.

Meu coração e meu corpo doem. Eu a guio até embaixo do chuveiro e a viro de costas para a água. Pego o xampu e coloco um pouco na mão.

— Inclina a cabeça para trás e apoia as mãos no meu peito.

Ela obedece sem hesitar, colocando a palma das mãos no meu peitoral e fechando os olhos enquanto deixa a água escorrer pelo cabelo.

Quando está totalmente molhado, eu empurro o chuveiro para o outro lado e começo a passar o xampu, massageando o couro cabeludo. Ela se apoia em mim, suspirando.

Aproximo meu rosto e sussurro no ouvido dela:

— Boa menina.

Ela solta um gemido de frustração. Eu sei o que ela quer.

— Você pode falar.

— Obrigada. Meu Deus, não sei por que eu disse isso. Eu *nunca* fui a submissa. Isso é tão esquisito.

Com os olhos fixos no rosto de Sloane, desço uma das mãos até o meio das pernas dela e deslizo os dedos ensaboados pelas dobras. Quando ela ofega, eu pergunto:

— Tão esquisito que você quer que eu pare?

— Se você parar, eu te mato.

— Foi o que pensei. Agora fica quieta. Para de pensar um pouco e se permita sentir tudo isso.

Esfrego o clitóris dela com o polegar em um movimento constante enquanto a beijo. Ela estremece e enterra as unhas no meu peito. Quando eu o belisco, ela emite um som desesperado no fundo da garganta.

Quero tanto pegá-la, pressioná-la contra a parede ladrilhada e comê-la com força. Mas consigo me controlar e volto a enxaguar seu cabelo.

Quando eu finalmente meter meu pau nela, quero que esteja tão excitada que goze na hora em ondas instantâneas de prazer que a farão tremer enquanto grita o meu nome.

Não sei quanto tempo tenho até ela decidir que esse joguinho que estamos jogando é demais e se feche completamente.

Pego o sabonete e a viro, apoiando as costas dela em mim, enquanto começo a lavar o seu corpo. Pescoço, colo, seios, barriga. Braços, axilas, quadris. Com um braço em volta da cintura, lavo a bunda dela, enquanto beijo seu pescoço e afundo os dedos na carne. Ela inclina a cabeça para trás, se apoiando no meu ombro, e ofega.

— Minha doce menina — rosno contra o pescoço dela. — Minha linda prisioneira. Você vai me deixar fazer tudo que eu quiser com esse corpo maravilhoso. Eu vou saborear e provocar você e depois vou te comer. E vou te dar uns tapas e deixar minha marca em você. Vou fazer você ficar de joelhos e enfiar o meu pau no fundo da sua garganta. Eu vou te amarrar e vou te vendar e provavelmente vou te amordaçar com a minha gravata. E vou fazer você gozar, várias vezes. E você não vai se arrepender de ter se submetido a mim. Está pronta?

A respiração dela está ofegante e acelerada. Os mamilos estão duros. Ela é um fio desencapado nos meus braços, estalando de eletricidade, com cada terminação nervosa acesa e ligada em mim. Sinto a luta que ela trava internamente, sinto que ela está se esforçando para se soltar e se render a mim porque eu pedi isso a ela. Sinto o sangue ferver.

Ela sussurra:

— Estou. Mas, por favor, tenha cuidado. Acho que você pode acabar comigo se não for cuidadoso.

Ela solta o ar e relaxa o corpo contra o meu, em rendição.

Uma onda poderosa de excitação faz meu coração disparar em um galope desenfreado. Envolvo o pescoço dela com uma das mãos.

— Você é perfeita. Nada é mais perfeito do que você agora. Quero sua boca.

Ela vira a cabeça e permite que eu a beije com voracidade, até deixá-la trêmula.

Tomo uma chuveirada rápida e enxáguo nós dois. Então, eu a faço se apoiar no banco de ladrilho que ocupa uma das laterais do boxe e dou alguns tapas nela.

Minha mão a segura firmemente pela nuca enquanto eu dou um tapa depois do outro até a pele ficar vermelha, parando várias vezes para acariciar as dobras encharcadas e passar a ponta dos dedos no clitóris inchado.

Ela aceita tudo em silêncio, a cabeça baixa e as pernas trêmulas até finalmente soltar um gemido longo e baixo.

Ela está perto do orgasmo. Meu pau está latejando de desejo, preciso dela.

Ofegante, eu digo:

— Acho que vou reconsiderar a ordem dos eventos. Você está com muita fome?

A resposta dela é um choramingo.

Pego o chuveirinho da parede e direciono o jato potente para o meio das pernas dela, agarro o maxilar dela com a mão e a viro para mim.

— Chupa.

A cabeça do meu pau encosta nos lábios dela, que abre a boca sem hesitar. Empurro o quadril para a frente, deslizando para o calor úmido. Ela começa a chupar.

Estou no paraíso.

A cada estocada do meu quadril, ela abre mais a garganta e engole todo o meu pau. Quando eu o tiro, ela serpenteia a língua pela cabeça e lambe a pontinha. Eu assisto enquanto ela me chupa, o prazer fazendo meu pau pulsar, a pressão crescendo nas minhas bolas até ela gemer de novo e seu corpo estremecer por inteiro.

Afasto o jato do meio das pernas dela. Ofegante, eu digo:

— Não goza ainda. Você tem que esperar.

Ela olha para mim com um olhar vago e sem foco, lambendo os lábios.

Nunca vi nada tão lindo.

Fecho o chuveiro, pego uma toalha, a levanto do chão e a enxugo. Ela fica em silêncio até eu terminar. Depois, fica piscando enquanto eu me enxugo devagar. Ela parece estar em transe.

Eu a pego no colo e a levo para a cama.

— Braços acima da cabeça. Abra as pernas.

Ela obedece na hora.

Puta merda, isso me deixa ainda mais duro.

De pé, na beirada da cama, olho para seu corpo nu e começo a massagear meu pau. Ela permanece imóvel enquanto me ajoelho no meio das pernas abertas.

Quando afundo o rosto entre elas, Sloane arqueia as costas e solta um gemido alto. Estendo a mão e aperto um dos mamilos duros, enquanto chupo o clitóris com suavidade, e ela sussurra o meu nome.

O jeito como ela responde faz com que eu me sinta um rei, um animal, um adolescente apaixonado, tudo de uma vez. A sensação é viciante.

Eu quero mais.

Começo a fodê-la com o dedo enquanto lambo toda a excitação maravilhosa até que ela esteja se retorcendo contra o meu rosto e quase soluçando com o esforço de não gozar.

— Que boa menina você é.

Eu abro a gaveta da mesinha de cabeceira, pego um preservativo e rasgo o pacote. Encapo meu pau latejante com mãos trêmulas.

Eu a viro de costas e dou mais uns tapinhas em sua bunda.

Ela estremece, gemendo a cada golpe da palma da minha mão, os quadris se ondulando até começar a suplicar:

— Por favor! Por favor, Declan... Meu Deus... Eu estou *tão perto.*

— Você sabe o que precisa dizer.

— O quê? Não, eu não sei.

Minha voz está sombria.

— Claro que sabe. Você sabe como deve me chamar. Vamos.

Ela fica em silêncio. Saindo do corpo e voltando para a mente.

Desafiando-me.

Levo à mão ao clitóris dela, beliscando e acariciando o ponto inchado.

— *Diga!*

Ela respira fundo, segura o ar por um segundo e o solta todo de uma vez, abandonando toda a resistência. Ela explode:

— Meu senhor, por favor, me deixe gozar.

Meu Deus, a onda de adrenalina que inunda meu corpo poderia me matar.

Eu a viro para mim, pego meu pau e esfrego na boceta encharcada. Olhando nos olhos dela, pergunto baixo:

— Você é de quem?

— Sua.

A resposta sai em um sussurro, mas eu escuto, assim como meu pau, que parece ter levado um choque das bolas até a cabeça.

Agarro os seus quadris e meto bem fundo nela.

Gememos ao mesmo tempo. Então Sloane começa a ondular o corpo freneticamente sob o meu, fodendo o meu pau, desesperada para encontrar o alívio que só eu posso lhe dar. Deito pesadamente sobre ela, agarrando-a pelo cabelo com uma das mãos e fechando a outra em volta de seu pescoço.

No ouvido dela, eu murmuro com voz rouca:

— Não se esqueça, minha linda prisioneira. Você é minha. *Agora, goze.*

O corpo dela todo estremece. Ela grita e arqueia o corpo contra o meu enquanto eu continuo metendo nela, e sinto a boceta dela apertar o meu pau. Ela repete o meu nome. Mordisco um dos mamilos arrepiados, e dessa vez ela grita.

Meu corpo reage como se tivesse sido atingido por um raio.

Sinto um calor incandescente e o ar estala de energia, uma sensação de perigo que me deixa maravilhado. Embora tenhamos concordado que esse lance entre nós é uma negociação de curto prazo, ele possui o poder primitivo e incontrolável da natureza, um fulgor branco cegante que é tanto lindo quanto perigoso.

Uma força poderosa o suficiente para acabar com uma vida.

Beijo os seios dela para acalmar meu gemido de sofrimento. Sei que ela vai conseguir sair dessa tempestade violenta sem nenhum arranhão, mas duvido que eu vá ter a mesma sorte.

Sendo sincero comigo mesmo, eu sabia disso desde o início.

Dou um beijo violento em Sloane enquanto gozo, mergulhando no abismo do mais absoluto prazer, caindo nas ondas que quebram contra as rochas afiadas lá embaixo, onde eu me desfaço em um milhão de pedaços, e cada um deles é dela.

24

SLOANE

Demora um tempo para eu me recuperar.

Quando recobro a consciência, Declan ainda está em cima de mim, dentro de mim, e falando em gaélico, a voz rouca e gutural perto do meu ouvido.

Estamos ambos ofegantes, tremendo e cobertos de suor. Minhas pernas trêmulas ainda envolvem a cintura dele, e a mão grande e áspera está em volta do meu pescoço.

Parece que acabamos de sobreviver a um bombardeio.

Ele dá beijinhos no meu rosto. No canto da boca. No queixo. No pescoço e nos ombros. Apoiando-se nos cotovelos, ele mergulha as mãos no meu cabelo molhado, segura minha cabeça e olha nos meus olhos.

— Oi.

Sentindo-me estranhamente tímida, eu murmuro:

— Oi.

Ele sempre foi tão bonito assim? Os olhos azuis sempre tiveram esse brilho carinhoso? Não consigo me lembrar. O tempo parece se dividir entre antes deste momento e depois, como se tivéssemos quebrado as leis da física e chegado aqui, depois de um naufrágio, seguindo na nossa própria bolha até uma ilha onde nada existia antes de nós.

Onde ninguém existia, além de nós dois.

A voz dele é rouca quando diz:

— Eu não queria que isso acontecesse.

Minha risada sai fraca.

— Ah, me engana que eu gosto.

— Estou dizendo que eu tinha planejado te dar comida antes.

— Tá tudo bem. Você não teve como resistir. Eu sei que sou irresistível.

Ele solta uma risada rouca e adorável que me dá um quentinho no coração. Ele sai de dentro de mim e se deita de costas na cama, me puxa junto dele, encaixa minha cabeça na curva entre o ombro e o pescoço e envolve meu corpo em um abraço apertado.

O suspiro dele é profundo e cheio de satisfação.

Pergunto, hesitante:

— Tudo bem se eu falar agora? Hum... Meu senhor?

Ele beija minha testa carinhosamente.

— Você é a mulher mais incrível que já existiu.

— Que bom que você finalmente abriu esses olhos, gângster.

Ele estende a mão e dá um tapa na minha bunda.

— Ah, sim. Esqueci de completar: *meu senhor*.

— Assim está melhor.

Ele está tentando parecer aborrecido, mas detecto o prazer na voz dele. Ouço o calor e a suavidade subjacente. Isso derrete algo gelado no meio do meu coração.

— Sim, você pode falar agora. Tente não me cortar com essa língua afiada.

— Vou me esforçar. — Escondo o rosto no pescoço dele e fecho os olhos. — Ainda estamos fazendo aquele lance de honestidade? Porque eu acho que tenho algo que eu gostaria de dizer.

Ouvindo a emoção na minha voz, ele fica imóvel sob o meu corpo, esperando pacientemente até eu ter coragem para começar:

— Eu não sou nenhuma virgem. Tenho certeza de que isso é óbvio. Eu já transei com vários homens.

— Não precisa me dizer com quantos. Eu nunca vou perguntar.

— Eu não ia dizer.

Ele solta o ar com alívio.

— Graças a Deus.

— Posso continuar?

— Pode. Eu acho.

— Não fique tão tenso. Eu estou prestes a fazer um elogio.

— Ah, nesse caso, pode continuar, por favor.

Meus braços estão em volta do pescoço dele, e ainda estou presa pelas algemas. Então, em vez de dar um soquinho no peito dele, eu me esforço para puxar uma mecha de cabelo.

— Bem, como eu estava dizendo… — Pigarreio. — Hum… nossa. Que difícil. Tudo bem. Lá vai: Você já esteve no Grand Canyon?

Segue-se uma pausa surpresa.

— Você está prestes a comparar o meu pau com o de uma mula?

— Do que você está falando?

— Eu sei que eles usam mulas para transportar os turistas pelas trilhas do Grand Canyon. E é de conhecimento geral que mulas são bem-dotadas.

— Se você parar de tentar elogiar o tamanho do seu pau por um segundo, eu vou concluir o meu raciocínio.

Ele pressiona a boca contra a minha cabeça e me aperta. Eu sei que ele está tentando não rir, o idiota.

— Então... *como eu estava dizendo*, o Grand Canyon é um lugar enorme. Uma vastidão que você não consegue imaginar até estar na beira de um dos penhascos rochosos olhando para a imensidão de terra avermelhada. Não é apenas grande em profundidade, é também amplo, tão amplo que não dá para ver o outro lado, tem tipo uns quatrocentos quilômetros de extensão ou algo assim. Um rio serpenteia pelo fundo e há formações rochosas por toda parte e, nas paredes dos cânions, várias camadas sedimentares individuais expõem quase dois bilhões de anos da história terrestre. A região foi ocupada por povos originários durante milhares de anos, e muitas tribos a consideram um lugar sagrado. Porque parece sagrado. Sagrado e imponente, como um templo natural esculpido na terra.

"Esse tipo de coisa tem uma atmosfera própria. Rajadas de vento quente surgem do nada, soprando o cabelo e jogando areia nos olhos. Também dá para ver neblina, tempestades de raios e trovões e temperaturas abaixo de zero, e até mesmo neve, tudo depende se você está perto do pico ou na base do cânion e da época do ano em que você visita o local. Existem pelo menos centenas de espécies diferentes de animais, além de várias zonas ecológicas, e está tudo ali, contido naquele espaço no meio daquela vasta expansão de nada. É inesperado. Selvagem e estranho. E tão lindo que causa um aperto no peito."

Quando não continuo, Declan diz:

— Acho que não estou entendendo aonde você quer chegar.

Solto o ar devagar para reunir coragem.

— É assim que estou me sentindo agora. Como se eu estivesse em pé parada na beira do Grand Canyon, contemplando toda aquela beleza estonteante com os olhos vidrados e a boca aberta de tão maravilhada.

Silêncio.

Longo e pesado, interrompido apenas pelo som das batidas do meu coração ecoando nos meus ouvidos.

Quando estou prestes a tentar retroceder e corrigir o terrível erro que acabei de cometer com uma risada aguda e um comentário de *estou brincando!*, Declan inverte a posição de novo, joga uma das pernas pesadas sobre as minhas e me beija com tanta paixão que minha mente apaga por um instante.

Ele se afasta com a respiração acelerada.

— Por que você não está me beijando também?

— Estou tentando entender o que está acontecendo.

— O que está acontecendo é que você está partindo a porra do meu coração. Agora *me beija.*

Eu beijo, principalmente porque ainda estou no modo obediente e não há como saber quanto tempo ainda nos resta até que isso tudo acabe.

Quando me afasto para respirar, Declan olha para mim como se estivesse sentindo uma dor excruciante. Não é exatamente reconfortante.

— Talvez você pudesse me dizer algo legal agora, assim eu paro de me sentir a maior idiota do mundo.

— Você não é idiota, garota. Eu que sou.

— Você quase conseguiu. Mas acho melhor tentar de novo.

Ele apoia a cabeça no meu ombro e esconde o rosto na curva do meu pescoço.

— Ai, meu Deus. Você nem consegue pensar em uma coisa legal para me dizer depois que eu coloquei o meu coração para fora? Deixa eu sair daqui. Eu vou embora.

Sentindo-me totalmente humilhada, eu me retorço toda numa tentativa de me levantar, mas estou esmagada sob o peso dele.

Ele agarra meu queixo e segura minha cabeça enquanto diz com voz rouca no meu ouvido:

— O que você acabou de me dizer foi a coisa mais linda que já escutei em toda a minha vida. Porra, simplesmente a coisa mais incrível. E eu sei que vou pensar nisso pelo resto dos meus dias, mesmo depois de você já ter seguido em frente. Você é jovem e linda e aposto que dezenas de homens ainda vão se apaixonar loucamente por você...

— Centenas. No mínimo.

— ... e eu não vou passar de uma lembrança distante. Mas tenha certeza de que ainda vou estar tentando esquecer o seu rosto, o seu gosto e sua voz doce daqui a cinquenta anos, porque eu sei que nada mais vai se comparar a você. Nada nem ninguém vai chegar aos seus pés.

Meu coração transborda de emoção. Inspiro o ar devagar, absorvendo cada palavra que ele me disse. Quando eu falo, minha voz sai trêmula:

— Eu não sei se você ainda tem cinquenta anos de vida, velhote.

— Não se eu tiver que passar muito mais tempo do seu lado, diabinha.

Ele pega o meu rosto nas mãos e me beija profundamente, deixando que eu sinta tudo que ele está sentindo. Ele rola de novo e se deita de costas, e me aninho em seus braços fortes com o meu rosto no peito dele, ouvindo as batidas do seu coração.

Ficamos assim por um longo tempo, até que não consigo mais segurar o que estou sentindo.

— Preciso dizer mais uma coisa.

Ele geme.

— Não sei se consigo lidar agora.

— Você é mais forte do que acha. Então, aqui vai. Eu nunca vou te esquecer. E nunca vou chamar nenhum outro homem de "meu senhor". Mesmo se alguém pedir... o que acho que não vai acontecer, porque eu sou assustadora demais. Essa expressão sempre vai ficar reservada para você e apenas você. De nada.

Ele solta o ar em uma lufada forte e repentina.

— Puta merda. Não sei se rio, se te beijo ou se pulo da janela mais próxima.

— Você pode decidir depois. Por ora, por que não me dá alguma coisa para comer? Eu seria capaz de matar por uma salada.

— Nenhuma pessoa em sã consciência tem desejo de comer salada.

— E quem disse que eu sou sã? Claramente não sou. Estou deitada aqui com um gângster idoso que me sequestrou e que acha romântico me chamar de camelo.

— Quantas vezes você usou o dicionário para procurar sinônimos para "velho"?

— Nenhuma. Eu só acordei no avião logo depois que você me sequestrou, fiquei olhando para sua cara e fiz uma lista mental.

— Engraçadinha. Quarenta e dois não é velho.

— Não mesmo. Se você for uma tartaruga. Ou uma sequoia gigante. Ou uma daquelas esponjas-de-vidro, sabe? As do mar da China Oriental que podem chegar a dez mil anos. Mas, para humanos, você já está meio morto.

Ele ri.

— A gente acabou de fazer amor, e você está me dizendo que eu estou meio morto? E ainda me acusa de não ser romântico.

Fazer amor.

Não fodemos nem transamos nem qualquer outra opção menos encantadora. Fizemos amor.

Eu não vou dar um nome para essa emoção. Duvido que exista algum para ela.

Declan tira as minhas algemas para me vestir com uma de suas camisas brancas de botão, então prende as algemas de novo e coloca uma calça jeans preta. Descalço e sem camisa, ele me leva até a cozinha, me coloca em um banco diante da enorme ilha de mármore e beija minha testa.

Depois ele abre a geladeira e começa a procurar algo para me alimentar. Fico observando, maravilhada com a escultura que são as costas dele.

— Quantas vezes por semana você malha?

— Todo dia. Gosta de presunto? — Ele levanta a bandeja do mercado.

— É sabor de salada?

— Não.

— Então não.

Ele me olha por sobre o ombro.

— Você é vegetariana?

— O que você ficou sabendo com a investigação sobre a minha vida?

— Muitas coisas, mas nenhuma delas tem a ver com sua dieta. Vegana?

— Não. Eu só gosto muito de legumes e verduras. Eu comia muita besteira, mas fiz uma reeducação alimentar e me sinto muito melhor agora. Você não comprou um monte de coisas verdes para mim logo que eu cheguei?

Declan olha novamente para a geladeira, guarda o presunto na gaveta da qual tirou e abre outra. Olhando para ela, ele suspira.

— Comprei. Mas eu estava esperando que tivessem dado um sumiço nisso enquanto você estava no hospital.

— Eu poderia preparar algo, se você quiser. Juro que vai ficar gostoso.

Quando ele me olha por cima do ombro de novo, a expressão é de dúvida.

— Tá legal. Talvez não seja bom. Comestível, pelo menos. Posso salpicar um monte de M&M's e batata frita por cima. Isso vai deixar você feliz?

— Eu não como nada disso. Só tenho essas coisas aqui por causa do Kieran. Ele adora um doce. E um salgado. E coisas fritas. Ele ama basicamente tudo que o médico recomenda não comer.

— Não é de se estranhar que ele tenha olhado para a bandeja que levou para mim como se estivesse prestes a vomitar.

Declan ri.

— Não o impediu de tentar me convencer a soltá-la na cozinha para preparar um monte de comida de coelho para ele.

— Esse é o meu poder. Falando nos rapazes, cadê eles?

Ele se vira com um monte de sacos de verduras e legumes, deixa a porta se fechar e coloca tudo no balcão diante de mim. Ele pega uma tábua de corte e uma faca na gaveta.

— Lá embaixo.

— O que que tem lá embaixo?

Ele faz uma pausa com a faca no ar sobre um pepino.

— A entrada do prédio.

Certo. Kieran é guarda-costas. Ele está de serviço.

— Ele costuma voltar para casa?

— Os homens trabalham em turnos. Eu não os mantenho acorrentados comigo. — Com um sorriso sarcástico, ele começa a picar o pepino.

— Ah, entendi a piadinha. Espertinho você, gângster.

— Sou mesmo. — O sorriso dele desaparece, deixando uma expressão de insatisfação no lugar. Ele baixa a voz. — A não ser quando se trata de você.

Respondo com voz suave:

— É, eu sei como se sente.

Nossos olhares se encontram. Tem algo tão puro no olhar dele. Puro e descontente.

— No que você está pensando agora?

— Estou pensando... — Ele faz uma pausa longa o suficiente para olhar para a faca na mão dele, como se não soubesse como ela foi parar ali. Ele volta a fatiar o pepino. — É bom ter uma mulher em casa. Não que eu tenha me esquecido de que você na verdade é uma *Dearg-due*, mas vou te chamar de "mulher" porque é mais simples.

— O que é uma *Dearg-due*? Aposto que é uma coisa super fofa.

— É uma diabinha irlandesa que seduz os homens e drena todo o sangue deles.

— Sangue? Eca. Eu prefiro roubar a vontade de viver deles.

Quando ele olha para mim, estou sorrindo.

— Agora é a sua vez.

Quando ele não morde a isca e não me insulta, sei que tem alguma coisa errada. Eu recapitulo na minha cabeça o que ele disse um minuto antes, sobre ter uma mulher em casa.

Ele quer dizer que não costuma trazer mulheres aqui? Embora eu implique dizendo que ele é velho, isso tudo é bobagem. Esse homem é um dos mais sexy que já conheci. Lindo, viril e gostoso. E bem-dotado, ainda por cima. Não tem como não ter uma fila de mulheres atrás dele.

Que nó horrível é esse na minha garganta?

Não me diga que é ciúme. Eu nunca vou ser capaz de me olhar no espelho de novo.

— A gente ainda está fazendo o lance da honestidade?

— Você sabe que sim. Mas, se você estiver prestes a fazer outro grande discurso sobre o Grand Canyon, avise para que eu possa largar a faca.

Não quero me matar por acidente quando cair em cima dela, soluçando. — Ele volta a fatiar.

— Haha. Você não faz o tipo que chora de soluçar. Aposto que, se você tentasse chorar, só ia parecer estar constipado. Você sabe. Como sempre.

Agora ele está tentando não rir, o que faz com que eu me sinta melhor. Eu não gosto quando ele está infeliz.

Cara, se arrependimento matasse...

— Tudo bem. Falando sério agora. — Respiro fundo e olho para as minhas mãos. — Eu sei que eu vivo dizendo que eu não gosto de você, e eu não deveria gostar, mas gosto. Tipo, quando você não está sendo um cuzão.

Ele não diz nada. Não me atrevo a olhar para ele. Só respiro fundo e continuo:

— Estou dizendo isso porque não costumo gostar de homens. Espera, isso soou errado. Eu não odeio homens. Acho que são uma distração agradável. Se o resto da minha vida é o prato principal, os homens são a sobremesa. Prazerosos, mas pouco memoráveis. Essa é uma escolha deliberada, com base em umas coisas bem ruins que aconteceram comigo, e que me ajudou por muito tempo. E me protegeu. Até eu conhecer você.

Quando ergo o olhar, ele está me fitando, totalmente imóvel e com uma expressão de intensa concentração. Aquele músculo no maxilar se contrai. Ele está segurando a faca como se estivesse prestes a fincá-la no peito de alguém.

Sustentando o olhar, digo baixinho:

— Acho que você e eu somos iguais. Nós dois temos segredos, e eles nos tornaram quem somos agora. É por isso que tudo é tão diferente para mim, e perigoso. Então eu vou te fazer um pedido, mesmo sabendo que pode soar ridículo para você, mas quero que me prometa que não vai me manter aqui por muito tempo.

A voz de Declan sai brusca:

— Por que não?

— Porque você parece areia movediça, e eu já estou afundando.

Ele solta a faca.

— Achei que eu parecia o Grand Canyon.

— Você parece as duas coisas. O que é ainda pior. Você é o Grand Canyon cheio de areia movediça.

Depois de um momento tenso, ele diz:

— Então agora você sabe como eu me sinto. Só que o meu Grand Canyon está cheio de veneno com tubarões devoradores de homens.

Minhas mãos estão tremendo. Estou prestes a cair daquele banco. Umedeço os lábios e sussurro:

— Então talvez seja melhor você me deixar ir embora agora. Provavelmente é o melhor para nós dois.

Com os olhos azuis brilhando, ele diz com um sussurro rouco:

— Eu não vou deixar você ir a lugar algum.

Sinto meu estômago revirar e uma palpitação no peito quando vejo a expressão no rosto dele. Estou em uma armadilha. Em pânico. Dominada por uma vontade repentina e forte de fugir, como um ratinho que sabe que tem um gato faminto atrás dele.

Então, eu faço a única coisa que passa pela minha cabeça.

Eu salto do banco e corro.

25

SLOANE

Declan me alcança antes que eu chegue muito longe.

Ele me agarra por trás e caímos no tapete da sala. Ele fica por cima de mim.

E me beija, com voracidade e violência, sua boca se fundindo à minha.

O medo que sinto é opressor. Ele só está me beijando, não está me matando, mas parece que estou lutando para salvar a minha vida.

Sinto que estou me afogando.

Eu ofego, desviando a cabeça e me retorcendo embaixo dele.

— Sai de cima de mim!

— Você está se esquecendo de quem manda aqui — rosna ele, puxando minha cabeça para trás para expor meu pescoço, que ele morde e ri quando grito de frustração.

— Você disse que eu estava no controle.

— Eu menti. Você tem que se render, prisioneira.

— Vai para o inferno.

— Renda-se.

— Não! Para de dizer isso!

Meus braços algemados estão entre nós dois. Ele leva a mão até a corrente curta que liga as algemas e puxa meus braços acima da minha cabeça, então coloca todo o corpo sobre o meu, esmagando-me.

Dessa vez, quando ele me beija, sinto o gosto da vitória nos lábios dele. Vitória e algo mais sombrio.

Ele se afasta, ofegante.

— Não fuja de mim. Você é muito mais corajosa do que isso.

Não sou, não. Sempre achei que eu fosse durona, mas ele acabou de provar que não passo de uma grande covarde. Estou com tanto medo de que ele veja mais do que eu quero transparecer que nem consigo olhar para ele.

Ele sussurra no meu ouvido:

— Agora é tarde. Você não pode mais se esconder de mim.

— Esqueça tudo que eu disse! Eu estava mentindo!

Isso o deixa louco da vida.

Com um rosnado que é mais do que assustador, ele agarra meu queixo e me obriga a olhar para ele.

— Porra nenhuma. Você estava dizendo a verdade, talvez pela primeira vez em muito tempo. Não é?

Quando não respondo, ele insiste:

— *Não é?*

Tremendo dos pés à cabeça, fecho os olhos e sussurro:

— Para com isso. Por favor. Isso foi um erro.

— Porra nenhuma, garota. Aposto que essa foi a primeira coisa verdadeira que nós dois já tivemos.

Ele me beija novamente. Quando tento me afastar, ele não permite. Ele não me deixa mover os meus braços, nem escapar do beijo, nem me contorcer sob o peso dele. Ele não tenta me dar ordens dessa vez, ele simplesmente me *obriga* a me render.

Tento lutar, mas ele é forte demais. Ou talvez eu seja fraca demais. Seja como for, em alguns instantes, esgoto minhas forças. Fico deitada imóvel embaixo dele, esforçando-me para respirar pelo nariz como se eu tivesse sido derrubada de um penhasco e arrastada para o alto-mar.

Ele abre o zíper da calça. O pau duro escapa dos jeans. Ele o segura e o esfrega em mim, sentindo que estou molhada.

— Abra os olhos.

Quando eu obedeço, vejo que ele está me observando com uma intensidade pungente. Sua expressão é dura e linda.

— Sim ou não. Eu já fiz muita coisa ruim, mas não sou um estuprador.

Ainda assim, ele poderia. Facilmente. Ele poderia simplesmente meter o pau em mim e ignorar meus pedidos, não há ninguém para impedi-lo.

O fato de ele não fazer isso só piora as coisas.

— Meu gângster cavalheiro — sussurro, derrotada, enquanto abro as pernas.

Ele mete com uma estocada e está dentro de mim. Começo a gemer.

Declan se inclina e mordisca meu mamilo com força através do tecido da camisa. E ele me come como se estivesse possuído, como se estivesse faminto.

Não estamos fazendo amor dessa vez. É algo primitivo, animalesco e bruto. Ele geme enquanto mete em mim, emitindo sons guturais e roucos, tomando posse de mim. E eu estou permitindo isso.

Gostaria de não amar tanto o que está acontecendo. Tenho medo de que esse tipo de submissão seja viciante.

Ele sai de dentro de mim, me coloca de joelhos e me come por trás, os dedos fortes enterrando-se na minha carne e as bolas pesadas chocando-se na minha pele.

Ele puxa o meu cabelo.

Bate na minha bunda.

Leva a mão ao meio das minhas pernas e escorrega os dedos sobre o meu clitóris enquanto mete em mim sem parar.

O tapete está rolando meus joelhos, eu gemo e grito, delirando de prazer.

Ele diz com voz rouca:

— Goze no pau do seu dono. Minha linda prisioneira, seja boazinha e goze para mim.

As palavras dele parecem ter um poder mágico. Em questão de segundos, sinto-me contrair em volta da ereção, empinando a bunda e gritando o nome dele.

Se alguém me dissesse um mês atrás que um homem me algemaria e me faria gozar ao comando dele, usando palavras como "dono" e "prisioneira" para se referir ao nosso relacionamento, eu teria me mijado de rir.

Mas aqui estamos nós.

E, puta merda, esse lugar é maravilhoso.

Com as mãos nos meus quadris, Declan se senta nos calcanhares, puxando-me de forma que minhas costas fiquem contra o peito dele.

Ele rasga a frente da camisa e começa a acariciar meus seios com uma das mãos, enquanto a outra me segura pela barriga. Eu me encosto nele, fecho os olhos e suspiro.

— Eu quero que você goze de novo — diz ele com voz rouca, enquanto aperta meu mamilo. — Assim.

Ele dá um tapa entre as minhas pernas.

Eu me sobressalto. Arregalo os olhos.

— Mais forte ou mais fraco? — rosna ele, mordendo meu pescoço.

Minha pulsação está a mil. Minhas coxas tremem. Não sei onde estou.

— Mais forte e mais rápido.

O gemido que ele emite é suave e cheio de prazer. Acho que eu disse exatamente o que ele queria ouvir.

O tapa que ele me dá agora dói, mas também provoca uma onda de prazer por todo o meu corpo. Ele repete, várias vezes, me segurando com um braço em volta da minha cintura, até eu começar a tremer e sentir minha excitação escorrer pelas minhas coxas.

— Você está gozando?

— Quase — ofego. — Estou quase...

— Quero sua boca.

Inclino a cabeça para trás e sou recompensada com um beijo profundo e excitante. Os dedos de Declan deslizam pelas minhas dobras, cobrindo cada pedacinho em volta de onde ele está enterrado dentro de mim. Quando ele roça no meu clitóris sensível, gemo na boca dele.

— Pronta? — sussurra ele.

— Sim, meu senhor. Obrigada, meu senhor.

A exalação dele é ofegante.

— Puta merda, mulher. Puta merda.

Ele dá então um último tapa no meu sexo latejante, e eu gozo.

Soluçando e estremecendo nos braços dele, eu gozo com tanta intensidade que fico desnorteada, enquanto ele sussurra elogios no meu ouvido, palavras que queimam como brasa sob a pele.

Ele estremece em seguida, enquanto continua metendo em mim e gemendo. Sinto quando seu pau lateja dentro de mim e um calor se espalha pelo meu corpo quando a mão dele se fecha em volta do meu pescoço.

Ele ejacula dentro de mim com um urro.

Quando caímos exaustos no tapete, ele me pega nos braços, e eu me pergunto quando esse conto de fadas sombrio vai acabar.

Porque vai acabar. Tem que acabar. A única questão é: quem vai estar de pé quando as paredes do castelo desmoronarem? A princesa? Ou o cavaleiro soturno?

Ou talvez nenhum dos dois.

~

De volta à cozinha, nenhum dos dois fala nada. Declan termina de preparar a salada, coloca tudo em uma tigela grande, pega um garfo e me leva até a mesa de jantar.

Ele se senta em uma das cadeiras e me puxa gentilmente para o chão.

Chocada, eu olho para ele.

— Não vou ficar de joelhos aos seus pés.

Com um brilho nos olhos, ele diz:

— Estranho, porque acho que é exatamente o que você vai fazer.

Ele espera que eu tome uma decisão. Fico pensando por alguns instantes, decidindo e observando de uma distância segura enquanto o meu ego faz um auê.

Ele diz com gentileza:

— Eu só quero te alimentar.

— Como o dono de um cachorro que joga restos embaixo da mesa?

— Não, garota. Como um homem alimentando sua amante. Se você não curte, é só se levantar.

Ele pega a salada com o garfo e leva à minha boca, segurando meu queixo com a outra mão enquanto me observa com um olhar febril.

Ah, esse olhar. Ele me faz estremecer. Nunca nenhum homem me olhou com tanto desejo. O fogo dele é tão intenso que poderia nos transformar em cinzas.

Eu sussurro:

— Esse jogo é muito perigoso.

— Você não sabe da missa a metade.

Sinto os segredos dele atrás das palavras. As assombrações que o perseguem. Em que merda estou me metendo?

— Prometa para mim que você…

— Tá. Eu prometo.

— Você nem sabe o que vou pedir.

— Não importa. Peça qualquer coisa. Para ter cuidado com você, para ser honesto com você, para trazer a cabeça de alguém em uma bandeja de prata. Eu vou dizer sim. Não é só você que está acorrentada aqui. Agora abra essa boquinha linda e deixa eu te alimentar. Você vai precisar de energia. Eu vou querer te comer de novo.

Ele cutuca meus lábios com o garfo.

Olhando para ele, em uma combinação estranha de terror, fascínio e assombro, abro a boca e permito que ele me dê comida.

Observando-me mastigar, ele acaricia o meu rosto.

— Você está vermelha.

— A humilhação faz isso comigo.

— Você não está sendo humilhada. Você está sendo idolatrada. Só é orgulhosa demais para entender a diferença.

— Quando um homem me idolatra, é ele que costuma estar de joelhos.

— Eu não sou como seus outros homens. Essa não é a sua situação normal. Nenhuma das suas antigas regras se aplicam.

Baixo o olhar. E ele permite por um tempo, até ficar impaciente.

— Fale comigo.

— Eu não gosto de pensar em mim como alguém irracional.

Ele sabe exatamente o que eu estou dizendo.

— Você pode ser feminista e ainda assim querer ser dominada por um homem na cama.

— Gloria Steinem ficaria tão decepcionada comigo.

— Gloria Steinem se casou, garota. A mulher que cunhou a frase "Uma mulher sem um homem é como um peixe sem uma bicicleta" no fim das contas quis um marido. É biológico. Evolucionário. Até mesmo a mulher mais forte precisa de um homem.

Franzo o nariz.

— Que nojo.

Ele ri.

— O oposto disso também é verdade. Até mesmo o homem mais forte precisa de uma mulher. Fomos feitos um para o outro.

— E como os gays se encaixam nessa filosofia de gênero?

— Eles também são feitos uns para os outros. Não é uma questão da placa A se encaixa na abertura B. É uma questão de quem você é como ser humano. Um encaixe. Yin para yang, luz para a escuridão. É quando julgamos e resistimos que encontramos problemas. Abra a boca.

Ele está cutucando meus lábios com mais uma garfada de salada. Estou engajada demais na conversa para protestar. Depois de engolir, eu pergunto:

— Como é possível você ser um homem das cavernas e quase um liberal ao mesmo tempo?

— Talvez eu seja. É tão difícil assim de imaginar?

— Diz o homem que me fez sair do avião com um lança-foguetes. Onde foi que você conseguiu aquilo?

— Eu mantenho um arsenal de armas na mala de todas as SUVs. Nunca se sabe quando você pode precisar de uma metralhadora ou de uma granada.

Respondo secamente:

— Claro. Que bobagem a minha. A pessoa precisa estar preparada para tudo. Você é um verdadeiro escoteiro.

Ele dá mais uma risada.

— Acredite você ou não, eu era. Na versão irlandesa, pelo menos. Eu era escoteiro até me alistar para o serviço militar.

Surpresa com aquelas informações, levanto as sobrancelhas.

— Você serviu no Exército?

Ele faz uma pausa para comer um pouco de salada. Parece algo deliberado. Uma tática de evasão. Depois de engolir, ele responde apenas:

— Servi.

Ele não está me olhando nos olhos.

— Declan. — Um olhar cauteloso encontra o meu. — Você não precisa me falar nada se não quiser. Não precisamos compartilhar nossas histórias tristes. Talvez até seja mais seguro assim.

— Mais seguro?

Fico desconcertada com seu olhar penetrante, parece que ele sabe que estou tentando me proteger dele de todas as formas.

— Eu quis dizer "mais inteligente".

Examinando a minha expressão, ele passa o polegar nos meus lábios.

— Não precisa se esconder. Eu não estava mentindo quando disse que você está segura comigo.

— Tudo bem, mas só se você não se esconder de mim.

Ele acaricia o meu rosto por mais um instante.

— A diferença é que você não disse que eu estou seguro com você. O que é bom, porque nós dois sabemos que não estou.

— Então todo esse lance de confiança é uma via de mão única? De mim para você?

Ele franze as sobrancelhas.

— Você quer que eu confie em você?

— Você conseguiria?

Nossos olhares se encontram. O ar entre nós fica carregado.

A voz dele é baixa e rouca quando responde:

— Se você se entregasse por completo e fosse totalmente sincera, se eu soubesse que você seria leal a mim do jeito que é com a sua amiga, Natalie... então, sim. Eu poderia confiar em você. Mas, se eu confiasse, seria com tudo, inclusive com a minha vida. Eu não tenho meio-termo. Não guardaria nada. E isso me faria expor coisas feias, coisas que talvez fizessem você desejar nunca ter me conhecido.

"Então, antes de pedir a minha confiança, você precisa pensar com cuidado. Porque se eu a der para você, significa que sou seu. E que você é minha. Para sempre. Não há como sair disso, mesmo se você me pedisse. Mesmo que não aguentasse e quisesse fugir."

Ele baixa o tom da voz e olha para mim.

— Porque eu levo os votos "até que a morte nos separe" de forma literal.

Não sei como chegamos a esse ponto. Em um momento, estamos conversando sobre feminismo e, no outro, caímos em votos de casamento e pactos de morte.

— Tudo bem. Uau. Isso é demais.

— Mas você não está fugindo.

Há um desafio no tom dele, assim como no olhar. Uma expressão que diz que eu devo decidir aqui e agora o que vai ser.

Meu coração está acelerado. Umedeço os lábios.

— Não. Eu não estou fugindo. Mas também não estou prometendo que não vou querer fugir.

Ele sorri.

— Isso é suficiente, por ora. Se mudar de ideia, me avise.

— E você vai me deixar partir quando eu pedir?

— Se — corrige ele — você me pedir.

— Você parece ter muita certeza. Eu tenho uma vida, sabe?

Ele olha para mim por um tempo e come mais uma garfada de salada, me avaliando. Quando engole, me fita, e vejo algo que nunca tinha visto antes nos olhos dele.

Sofrimento.

— Eu sou muito mais velho que você, como você vive dizendo. Eu já viajei por mais estradas, muitas delas sombrias. Aprendi que não importa o quanto você acha que se conhece, ainda é capaz de se surpreender. Você não consegue controlar o que te move. A única coisa que você controla é a escolha de se render ou não a isso.

"Acho que, no fundo, você sabe que pode confiar em mim. A única coisa que está te deixando em cima do muro é se está disposta a confiar em si mesma. Porque, até agora, você não tinha conhecido nenhum homem capaz de lidar com você. Que conseguisse te ver atrás da torre de marfim que construiu para proteger o seu coração. Mas eu te vejo. E eu sei que você está morrendo de medo de me deixar entrar.

"Eu não posso te convencer a fazer isso. Esse é um salto que você precisa dar sozinha. E uma coisa eu posso dizer com toda certeza: vai ser complicado. Você, eu, e o que isso significa para todo o resto. Vai ser complicado. Mas vale a pena, pelo menos na minha opinião. Porque esse seu gângster moribundo já viu muita coisa na vida, mas nada tão bom quanto isso."

Fico parada, engolindo em seco. Ele diz:

— Agora vamos acabar de comer essa comida de coelho horrível e voltar para a cama.

— Tá.

Ele olha para mim com uma sobrancelha arqueada.

— Quer dizer... Como você quiser, meu senhor.

Quando ele se inclina e me dá um beijo carinhoso, percebo exatamente a confusão em que acabei de me meter, e como ele estava certo sobre a torre de marfim que construí para proteger meu coração.

Um coração seguro não sofre de anseios.

26

SLOANE

Declan tira as algemas antes de irmos dormir. Também tira a camisa que colocou em mim, tira a roupa, me coloca deitada em cima dele e nos cobre, antes de dar um beijo na minha testa e me mandar dormir.

— Como você vai conseguir dormir comigo em cima de você? Eu não sou pesada?

— É. Camelos pesam uma tonelada.

— Haha.

— Para de se preocupar comigo e faça o que estou mandando.

Ficamos deitados aqui no escuro, minha cabeça no peito dele, ouvindo a respiração um do outro até que um turbilhão de pensamentos me faz suspirar.

— Acho que não estou cansada.

— Tenho certeza de que você tem algum tipo de truque de respiração ridículo que vai te ajudar.

— Eu geralmente faço um fluxo de visualização quando tenho dificuldade para dormir, mas tem uma coisa que está me deixando nervosa, então já sei que não vai funcionar.

Declan estava acariciando as minhas costas, mas para.

— E o que é?

— Não conversamos sobre ISTs. E não usamos camisinha da última vez.

Ele responde imediatamente:

— Meus exames estão em dia.

— Bom. Os meus também.

— Posso repetir os exames se você não acredita em mim.

— Não, eu confio em você.

A declaração paira no ar como um balão de festa cheio de doces cercado por um monte de criancinhas de cinco anos de idade segurando tacos. Fecho os olhos, me amaldiçoando.

Declan responde baixinho:

— Obrigado.

Pelo menos ele não está se gabando.

Depois de uma expiração forte, ele muda de assunto:

— O que é visualização de fluxo?

— É uma prática de relaxamento. Quando estou estressada, me imagino sentada sob um grande carvalho às margens de um rio no interior. O tempo está agradável e há uma brisa gostosa. Estou usando uma fantasia superlegal de rainha das fadas de *Senhor dos Anéis* e meu cabelo está lindo.

Declan ri. Eu o ignoro.

— Qualquer preocupação que surja na minha mente, eu simplesmente a coloco em uma folha, que cai no riacho e segue na correnteza até desaparecer. Dinheiro? Coloco em uma folha que desaparece. Meu futuro? Coloco as palavras em uma folha. Minha chefe no trabalho? Mais uma folha. Em miniatura. É divertido olhar para ela, com cinco centímetros de altura, batendo o pé e gritando até desaparecer. Às vezes, eu faço um peixão saltar da água e engoli-la.

Depois de um tempo pensativo, Declan pergunta:

— E quais são suas preocupações com o futuro?

Respondo sem pensar:

— O normal. Câncer. Falência. Morrer sozinha.

Ele parece perturbado.

— É uma lista pesada para quem nem chegou aos trinta ainda. Você deveria se preocupar com o que vai fazer no próximo fim de semana. Não se vai morrer sozinha.

— Todo mundo morre sozinho, eu só quero fazer isso com dignidade. Mas não há nada de digno em ficar tão doente a ponto de não ser mais capaz de limpar a própria bunda, ou estar tão doente que não consegue dizer para a enfermeira que você está sofrendo tanto que não quer viver nem por mais um minuto.

Declan me deita de costas e se apoia no cotovelo enquanto me olha. Mesmo no quarto escuro, vejo o brilho suave dos olhos azuis.

— Você está falando da sua mãe.

— Como você sabe? — Quando ele não responde, eu concluo: — Ah, é. A investigação...

— Isso.

— Deve ter sido bem detalhada.

— Foi.

Analiso o rosto dele. Na penumbra, ele parece muito sério e intenso. Hesitante e sem saber se ele vai me dizer a verdade, eu pergunto:

— Você contratou um detetive particular ou algo do tipo?

— Não. Foi pela ASN.

— O que é isso?

— A Agência de Segurança Nacional.

Quando eu fico olhando para ele com as sobrancelhas franzidas, ele elabora:

— É a agência de inteligência do Departamento de Defesa dos Estados Unidos.

— Espere um pouco. Você quer dizer as pessoas que nos espionam? Que gravam nossas conversas e e-mails e coisas assim para o governo?

— Exatamente. Mas eu tenho certeza de que eles vão falar que não fazem nada disso.

— Eu li um artigo sobre eles há um tempo. Eles são como um grande Big Brother!

— Não, garota, eles são bem piores. Eles fazem o Big Brother parecer o Ronald McDonald.

— Ai, meu Deus. E eles têm informações sobre mim?

— Eles têm informações sobre todo mundo. Não. Não tente se sentar. Fique deitadinha aí.

— Você quer que eu fique deitada aqui depois de descobrir que o governo está me espionando?

— Você não é especial. Eles espionam a vida de todo mundo.

Olho para ele, horrorizada.

— Então, você conhece alguém que trabalha lá que lhe deu todas essas informações?

— Isso. Eu sei o valor da sua fatura do cartão de crédito, seu histórico de saúde, o seu histórico escolar, informações da sua carteira de motorista. Sei que você não tem antecedente criminal, mas que já conseguiu se livrar de uma situação envolvendo álcool e direção. Sei todos os lugares em que você já morou e para onde viajou durante toda sua vida. Sei o que você compra nos anúncios do Instagram, seu saldo bancário e basicamente todo o resto.

Ele faz uma pausa.

— Inclusive seus resultados negativos para ISTs dos exames que você fez na sua última consulta ao ginecologista, no mês passado.

Cubro os olhos com as mãos.

— Uau. Esse lance de honestidade e confiança é uma bela merda.

— A gente ainda nem começou de verdade.

— Estou me sentindo mal.

— Eu avisei.

— Acho melhor você parar de falar agora.

Ele pega meu pulso e mantém meu braço colado ao corpo.

— Vamos voltar para as suas preocupações.

— Não precisa. Vamos fingir que já passou.

Ignorando o que eu disse, ele diz:

— Eu te dou dinheiro, se você precisar.

Viro a cabeça no travesseiro e olho para ele.

— Como é?

— Você ouviu o que eu disse.

— Eu também ouvi você dizer que sabe quanto tenho nas minhas contas.

— Eu sei.

— Então você sabe que eu tenho economizado.

Na pausa que se segue, sinto que ele está tentando falar algo de uma forma que não seja ofensiva, e fracassa totalmente.

— Considerando a quantia da qual estamos falando, acho que você está economizando para um cruzeiro de fim de semana para Tijuana. Em uma dessas empresas de turismo bem baratas. Em uma viagem em que todos terminam com diarreia depois de beber água contaminada.

— Isso não foi muito legal de se falar.

— Peço desculpas.

— Nem todo mundo é rico.

— Não. Você, especialmente, não é.

Ofendida, eu o fulmino com o olhar.

— Não leve para o lado pessoal. Isso não tem a ver com o seu caráter. Só estou dizendo que você não tem muito dinheiro, e que eu ficaria muito feliz em corrigir isso.

— Eu prefiro não falar mais em dinheiro.

— Estou vendo que esse é um assunto delicado para você. Vamos continuar. Para o que você está economizando?

— Para comprar uma arma laser que vai picar você em mil pedacinhos de gângster.

Ele se esforça para não cair na risada, enquanto eu fico deitada ali, tentando assassiná-lo com a força do pensamento.

— Sério. Me conte.

— Por quê? Para você debochar mais das minhas finanças?

— Não, para eu ficar impressionado com o quanto o seu plano é maneiro.

Digo de má vontade.

— É maneiro mesmo.

— Não tenho dúvidas. Então me conta.

Solto um suspiro pesado. Viro a cabeça e olho para o teto. Depois de uma breve ponderação, eu cedo:

— Vou abrir meu próprio estúdio de ioga. Mas para crianças. Meninas, para ser exata. O nome vai ser "Postura da Rainha", e vamos entregar coroas no início de todas as aulas, empoderando as meninas e ensinando-as a sentir orgulho do próprio corpo, em vez de vergonha. Não vai ter nenhuma balança. Nem espelhos. Não vai ter nenhuma mãe idiota no fundo da sala, assistindo e retorcendo as mãos, achando que as pequenas Abby e Eva estão gordinhas demais.

"Mas vai ter muitos abraços e encorajamento. Muitas afirmações positivas e muitas ferramentas que elas vão poder usar para ajudá-las a sobreviver em um mundo que só valoriza as aparências. Existem muitas formas de ensinar às menininhas a extinguirem a chama interior e a saírem dos holofotes, para que elas possam parecer menores para as pessoas que têm medo de como são grandiosas de verdade. Ou poderiam ser, se alguém acreditasse nelas."

O meu pequeno discurso é recebido com o mais absoluto silêncio.

Eu me recuso a ser a primeira a falar. Permaneço deitada, com o coração na boca, esperando que ele diga alguma coisa. Depois de um tempo, finalmente, escuto:

— Isso é lindo, Sloane. Muito lindo mesmo.

A admiração que detecto no tom baixo provoca um aperto no meu peito e sinto um nó na garganta.

— Obrigada.

Ele me puxa até eu ficar colada nele. O braço que me envolve parece possessivo.

Sussurro contra o peito dele:

— Você prometeu fazer qualquer coisa que eu pedisse. Estava falando sério?

— Estava.

— Eu só tenho um pedido.

— Que é?

— Por favor, não machuque o Stavros. Aconteça o que acontecer, deixe ele de fora. Ele não merece que algo de ruim aconteça por minha causa.

O peito de Declan infla com uma inspiração lenta. A voz sai rouca:

— Você o protege demais.

— Ele é meu amigo.

— Ele é um ex-amante.

— Ele precisa de alguém que tome conta dele.

— A gente está falando de um homem rico, não de uma criança.

— Ah, fala sério. Você o conheceu. Sabe do que estou falando.

Depois de uma pausa, Declan concorda de má vontade.

— Sei.

— Então você promete?

Embora eu não consiga ver o rosto dele, sinto que está confuso.

— Se você se importa tanto assim com ele, por que não estão juntos? Ele está apaixonado por você.

— Não. Ele está apaixonado pelos meus sapatos.

— Não faço ideia do que isso significa.

— Significa que ele ama o que eu dou para ele, não a mim. Ele nem me conhece. Ele vai ficar perdidamente apaixonado pela próxima garota que conseguir atender às necessidades dele, pode acreditar. A questão é que eu nunca me perdoaria se algo de ruim acontecesse com ele por causa de uma coisa que eu fiz. Ou deixei de fazer. Algo relacionado com a gente.

Quando Declan não responde nada, eu insisto:

— Por favor, Declan. Isso é muito importante para mim.

— Você se preocupa assim com todos os caras com quem já saiu?

— Não. Você está com ciúme?

— Não dele.

Parece que ele está tentando esconder alguma coisa.

— Do que, então?

Depois de um instante, ele responde com relutância:

— Ele não precisou obrigar você a nada. Você o escolheu.

Dá para perceber que ele não queria admitir isso, e sinto um aperto no coração. Digo com gentileza:

— Você não me obrigou a nada.

— Eu te sequestrei. Eu te peguei contra a sua vontade.

— Não vamos nos prender a como tudo isso começou. As coisas poderiam ser bem piores. Não é como se tivéssemos nos conhecido na prisão.

Ele fica pensativo. Quando o silêncio se estende por tempo demais, eu digo:

— Desembucha logo.

— A forma como sua mente funciona sempre me impressiona. Ou melhor, me deixa confuso. Eu nunca conheci ninguém tão capaz de aceitar as coisas sem um pingo de negação.

— Nem sempre fui tão pragmática assim. A vida me deu uma boa rasteira quando eu ainda era criança. Mas isso foi bom para mim, porque despertou a guerreira que há dentro de mim. Se eu nunca tivesse sido derrubada, não teria descoberto a força necessária para me levantar de novo. E continuar levantando a cada nova rasteira, tendo certeza do que eu era capaz.

Ele sussurra:

— Do sofrimento emergiram os espíritos mais fortes.

— E as personalidades mais sólidas estão marcadas com cicatrizes.

O suspiro longo parece deprimido.

— Merda.

— O que houve?

— Você conhece Khalil Gibran.

— Eu amo. Você já leu *O profeta*?

— É só o meu livro favorito.

— Por que isso te deixa deprimido?

A voz dele soa irritada:

— Porque você é uma porra de garota de 28 anos que eu *sequestrei*. Uma garota que é a melhor amiga da namorada do meu pior inimigo, uma garota que se preocupa com a porra de um ex-amante, que também é meu inimigo. Uma garota que nasceu mais de uma década depois de mim em um país diferente do meu, que viveu uma vida completamente diferente da minha, e que, de alguma forma misteriosa, conhece a porra de antigos filósofos estoicos e poetas libaneses obscuros, e que, ainda por cima, quer preparar comidas saudáveis para os seus sequestradores e ensinar técnicas para aliviar o estresse. Você não faz o menor *sentido*.

Interrompo o silêncio carregado de raiva que se segue com a pergunta:

— Para você, não é?

Um rosnado é a única resposta que recebo.

— Se isso faz com que se sinta melhor, você também não faz sentido para mim. Você é velho e nervoso demais, além de ser mandão além da conta. E você está certo. Sequestro é uma péssima maneira de começar um relacionamento. É uma loucura total. Estamos condenados, e eu tenho consciência disso. Mas sabe de uma coisa?

— Não. O quê?

— Eu não estou nem aí para nada disso, porque quando você olha para mim, sinto que posso voar.

O corpo dele fica completamente imóvel. Ele solta a respiração bem devagar.

— Achei que você tivesse medo de mim. Disso.

— Eu tenho. Eu odeio sentir esse medo. Eu quero ser que nem uma gata, indiferente e desinteressada. Mas a realidade é que não sou, e isso é horrível. Também poderia ser incrível. Sei lá, espero que a gente não precise falar sobre isso, porque esse tipo de conversa também é horrível. Mas eu não quero viver uma daquelas situações em que um desentendimento bobo poderia ser resolvido com uma simples conversa, porque eu odeio essa merda. É idiota. Você não acha?

— Acho.

— Tá. Então tudo se resume a isto: nós dois achamos que isso é impossível, mas também incrível. Nós dois achamos que é fantástico, mas uma merda. Nós dois temos grandes questões de confiança e amigos que vão odiar tudo isso, além de histórias pessoais bem problemáticas que provavelmente vão causar todo tipo de questões a partir daqui, mas, por ora, é o que temos.

— Temos alguma coisa?

— Claro que temos.

— Simples assim?

— É. Eu acabei de decidir. Aquela palestrinha sobre torres de marfim e estradas escuras me tocou de verdade. Mas você precisa me prometer não machucar Stavros. Isso não é negociável.

Ele agarra o meu queixo e me faz olhar nos olhos dele, lindos, de um azul cintilante. A voz está grossa quando afirma:

— Eu prometo.

— Obrigada.

— Mas eu tenho uma pergunta.

— O quê?

— Se você não é minha prisioneira, o que você é?

Penso por um instante.

— Eu não curto muito rótulos, mas, se você precisa de um, pode me chamar de sua rainha.

O beijo dele é bruto e profundo. Ele rola para cima de mim, deixando-me sentir o seu peso quente, e me beija até quase me deixar sem fôlego. Ele se afasta, ofegante, o pau duro entre nós.

— As coisas vão ser complicadas, baby. Você está pronta para isso?

Baby. Ah, o que essa palavra faz comigo. Como ilumina tudo dentro de mim. Abro um sorriso.

— Quanto mais complicado, melhor. Pelo menos não vou ficar entediada.

Ele rosna.

— Com certeza não vai. — Ele cobre a minha boca com a dele.

E me come com tanta paixão e possessão que não tenho como me deixar enganar: quando ele disse que eu era dele, ele estava sendo literal. Adormeço suada e saciada nos braços dele.

Quando acordo de manhã, estou dolorida e faminta. Declan não está no quarto, mas percebo que fiquei menstruada e manchei os lençóis de sangue.

Estranhamente, a mancha tem o formato de um coração.

Espero que não seja um mau sinal.

27

DECLAN

— Você ficou louco?

— Não.

— Claro que enlouqueceu. Perdeu completamente a cabeça. Ela é uma civil, porra!

— Eu sei o que ela é. Fala baixo. Você está chamando atenção.

Uma mãe, que está colocando os filhos na minivan estacionada perto de nós, lança um olhar. Ela fita Grayson no banco da frente, as mãos segurando o volante com força, os antebraços mostrando as tatuagens sob as mangas dobradas, e pede para a filha de rabo de cavalo se apressar para entrar no carro.

Deve estar achando que somos pedófilos.

A realidade é muito pior.

Pelos últimos dez anos, no mesmo dia, na mesma hora, toda semana, Grayson e eu temos uma reunião em algum lugar da cidade no carro dele. Hoje, nossa reunião é no terceiro piso de um estacionamento perto de um cinema.

Os encontros sempre acontecem num Chevy Impala bege. Eu fico no banco de trás, e ele, no da frente. Grayson nunca se vira para olhar para mim quando entro no carro, e não nos despedimos quando eu saio.

Às vezes, eu tenho a sensação deprimente de que ainda vamos estar na mesma situação quando formos velhinhos, daqui a trinta anos.

Mas eu duvido que eu vá viver mais dois. Essa vida que eu levo não é feita para a longevidade.

Se bem que eu pensei a mesma coisa vinte anos atrás, assim que comecei, quando o meu Grayson era, à época, um supervisor grisalho chamado Howard, que costumava contar histórias sem sentido das Olimpíadas de 1984. Ele morreu de cirrose.

Uma forma horrível de partir. Eu prefiro levar um tiro.

Em um tom mais baixo e mais controlado, Grayson diz:

— Eu nunca teria aprovado a ideia de sequestrá-la, mas você não me consultou.

— Foi ideia do Diego. Ele não te contou porque sabia que você não aprovaria, e eu concordei.

— Que ótimo. Resolveu ser rebelde agora?

— Não precisa ser dramático. A sua permissão não é necessária.

— Mas o meu conhecimento, sim. Vocês precisam me manter informados, Dec.

— Eu não preciso fazer nada, Gray, e você sabe muito bem disso.

Ele me olha pelo retrovisor, os olhos escuros ficando ainda mais escuros de raiva.

Nosso temperamento é uma das poucas coisas que temos em comum. Ele é ainda mais propenso a explosões de raiva do que eu.

Sendo filho único da terceira geração de policiais, Grayson sempre soube que ia entrar para a polícia. É um lance de família. Mas desconfio de que ele desejava ter seguido os passos do pai e entrando para a polícia de Boston, em vez de para o FBI, só para não ter de lidar comigo.

Eu estou fazendo com que envelheça mais rápido do que o normal.

— Então, qual é o plano? Você vai interrogá-la e mandá-la de volta para Kazimir? E o que você acha que vai acontecer com ela quando ele descobrir que foi interrogada sobre ele? Porque eu posso te garantir que não vai ser nada bom.

— Não vou mandá-la de volta para lugar algum. Ela vai ficar comigo.

O silêncio dele transmite sua descrença. Pelo retrovisor, o vejo piscar, tentando decidir se ouviu direito.

— Você vai transformar essa pobre garota na sua *escrava*?

A palavra desperta imagens de Sloane nua, de joelhos e algemada com o meu pau na boca. Sinto um calor na virilha. Preciso reproduzir essa fantasia em casa, hoje à noite.

Digo com voz calma:

— Nossa, você tem uma opinião ótima sobre mim.

— Eu te conheço. Minha opinião é baseada em fatos.

— Então você vai ficar decepcionado ao ouvir que eu não vou transformá-la em minha escrava. Ela é só minha. Ponto.

Ele pisca mais algumas vezes, tão confuso que parece que estou falando grego.

— Qual é a jogada?

— Não tem nenhuma jogada.

— Sempre tem uma jogada. Você não tem namoradas. Você não tem vida pessoal. Você só tem o trabalho, que é exatamente o que sempre quis. E é por isso que você é tão bom nisso. Você é livre e desimpedido. Não tem distrações. É *solitário*.

— As pessoas mudam.

— Você tá de sacanagem com a porra da minha cara? É sério isso?

Respondo entre os dentes:

— Isso já está ficando cansativo. Ouça com atenção o que eu estou dizendo. Eu vou ficar com ela. Ela é minha. Registre a informação, espalhe a notícia e faça todo mundo aceitar isso.

— Eita. Muita calma nessa hora. Você está me dizendo que quer transformá-la em uma informante?

— Potencialmente. Ela com certeza tem as características necessárias.

Ele está incrédulo.

— Você está disposto a colocar sua identidade em risco por causa de uma vagabunda?

— Repita isso e vai estar morto em dez segundos.

Ficamos nos encarando pelo espelho, dois pares de olhos raivosos. Um azul, outro castanho. Ambos teimosos.

Depois de alguns segundos, ele diz:

— Essa é a primeira vez que você me ameaça.

— E, se você a desrespeitar de novo, a ameaça vai ser seguida por um tiro.

Ele meneia a cabeça, sem acreditar.

— Meu Deus. Eu perguntaria se a boceta dela é de ouro, mas não quero levar um tiro.

Eu rosno:

— Você está ultrapassando os limites e é a última vez que vou deixar passar.

Ele ergue as mãos, se rendendo.

— Tá. Vou passar a informação. Mas é melhor você parar para pensar no que *ela* quer. Porque eu posso garantir que, se eu pudesse voltar atrás, eu não aceitaria esse emprego.

— Eu te amo também.

Ele resmunga:

— Para de encher meu saco, cara.

— Você trouxe a lista?

Grayson enfia a mão no bolso da camisa. Ele gosta de usar camisas xadrez preto e vermelho, porque fica com cara de lenhador. E fica mesmo, sou obrigado a admitir, com antebraços musculosos e costas largas de alguém que usa o machado como ferramenta de trabalho.

Sem se virar, ele me entrega a folha dobrada por sobre o ombro.

— Tente ficar na sua. Não consigo explicar muitos corpos de uma vez.

— Você sabe que eu vou.

Ele debocha.

— Eu sei que você vai fazer o que der na porra da sua telha. É isso que eu sei.

Algo no tom dele me faz parar e olhar para ele com mais atenção.

Ele precisa cortar o cabelo e fazer a barba. Grayson nunca foi exatamente arrumadinho, mas agora parece que ele está dormindo há um mês no sofá de alguém. A barba ultrapassou o limite do lenhador, transformando-o em um daqueles eremitas das montanhas que caçam ursos como diversão.

— Como vai a esposa, Gray?

O olhar chocado encontra o meu no espelho.

— Você está me fazendo uma pergunta pessoal?

— Você está mais babaca do que o normal. Está tudo bem em casa?

Ele faz uma cara feia.

— Por que eu teria um problema em casa?

— Porque eu sou mais inteligente que você. O que houve?

Ele olha pela janela e solta um suspiro pelo nariz.

— Ela me trocou pela porra de um treinador de tênis.

— Sinto muito. Você quer que eu acabe com a raça dele?

— Meu Deus, não me faça cair em tentação.

— A proposta está de pé. Pode pensar no assunto.

— Claro que não. — Ele faz uma pausa. — A não ser que eu mude de ideia. O que não vai acontecer.

— Entendido. Mas quando você voltar a si, é só me mandar o nome e o endereço e eu cuido de tudo.

Ele parece comovido.

— Valeu, Declan. Essa é a coisa mais legal e mais bizarra que alguém já me disse. Quase compensa o fato de você ter me ameaçado de morte por insultar sua nova namorada.

— Não precisa agradecer.

Abro a porta e saio. Ligo para Kieran enquanto sigo até o elevador. Ele atende no segundo toque.

— Alô, chefe.

— A entrega já chegou?

— Já.

— Você levou lá para cima?

— Levei. Ela atendeu a porta usando uma daquelas roupinhas de ginástica. Dessa vez era um macacão com uma grande abertura na barriga. Quase tive um ataque do coração.

Aperto os dentes, irritado com o fato de Kieran ter visto Sloane com roupa de ioga. Embora, sendo do jeito que é, ela provavelmente estava fazendo todas aquelas poses ridículas em frente às janelas do quarto para toda Boston ver.

— E como ela estava?

— Como assim?

— Ela estava feliz? Triste? Qual era o humor?

Quase consigo vê-lo encolher os ombros pelo seu tom de voz.

— O de sempre. Uma mistura de Mulher Maravilha e Lucy Ricardo.

— Lucy Ricardo?

— A esposa excêntrica daquele seriado antigo de comédia? *I Love Lucy*.

Não vou contar para Sloane que ele disse isso. Ela levaria isso como um grande elogio e passaria a tratar Kieran como seu leal escudeiro.

Me esqueci. Ela já o trata assim.

— Volto daqui a algumas horas. Tenho algumas pendências para resolver antes da mudança.

— Entendido. Está tudo pronto. Tudo bem se eu comer os muffins que a moça fez para mim? Achei melhor perguntar primeiro.

— Ela fez *muffins* para você?

— Fez. Para mim e para o Spider. Não faço ideia do que ela colocou neles, mas eles têm um tom esquisito de verde e uns caroços. Parece que ela pegou terra e colocou um pouco de grama.

Eu deveria ter desconfiado de que ela iria direto para a cozinha para preparar aquela merda de comida que ela come quando deixei a porta do quarto destrancada hoje cedo. Talvez eu devesse ter passado um cadeado.

— Parece esquisito.

— Com certeza. Mas ela disse que é rico em fibra e que vai me fazer bem. Então eu acho que eu deveria provar.

Fibra. Meu Deus. Sorrindo, eu respondo:

— Claro, pode comer. Mas não adianta chorar quando tiver cagado a privada toda.

Desligo a ligação, pego o elevador, desço dois andares e entro no Escalade que estacionei perto da saída do estacionamento. Atravesso a cidade até a Igreja Old North, o lugar no qual as lanternas penduradas no campanário alertaram os patriotas de Boston de que os britânicos estavam chegando pelo mar no início da Revolução Americana. Estaciono em uma das vagas, entro pela portinha na lateral da capela e atravesso a nave, passando por fileiras de bancos vazios até chegar ao confessionário.

Abro a porta e me sento no banco estreito, antes de fechá-la novamente.

— Abençoe-me, padre, pois eu pequei. Já faz sei lá quantos anos desde a minha última confissão.

Ouço um suspiro exasperado pela grade de madeira entalhada à minha esquerda.

— Pelo amor de Deus, garoto. Não precisa debochar do sacramento.

Assim como eu, o padre O'Toole ainda tem o sotaque irlandês de quando pisou pela primeira vez em Boston, algumas décadas antes. Certas coisas são difíceis de deixar para trás.

— Como vai, padreco?

— Não me venha com essa merda de padreco — diz ele de mau humor. — É padre O'Toole para você, garoto, não importa o quanto você se ache rico e poderoso. E eu estou exatamente igual a última vez que você perguntou. Um pecador vivendo além do que deveria.

— Não somos todos?

— Alguns mais do que os outros. E aí, tem você.

Sorrio diante do tom sério.

— Pois é. E tem eu. Continua rezando todas as noites pela minha salvação?

Ele ri.

— Esse navio já zarpou há muito tempo, filho, como nós dois sabemos. Os únicos O'Donnells que estão nas minhas orações hoje em dia são sua mãe e seu pai, que Deus tenha piedade da alma deles.

Ele faz uma pausa. A voz fica mais grave:

— Ela estaria muito orgulhosa de você, sabe? Mesmo que sua alma esteja condenada por toda a eternidade por causa do sangue que derramou.

— Você tinha que acrescentar isso, né?

— Sou um padre. Apontar os pecados faz parte do meu trabalho.

— Sempre quis perguntar. Por que eu vou ser condenado se eu só mato pessoas ruins? Era para isso ser considerado um serviço público.

— Ah. Puro ego, é isso. Deus não precisa de ajuda para fazer justiça, meu caro.

— Eu discordo.

— Claro que discorda. O que você tem para mim?

— Um nome. Que eu preciso que você passe para a frente.

— Para quem?

— Para quem quer que seja o seu contato na igreja ortodoxa russa.

— Ah, os russos de novo. Malditos comunistas.

— Eles são mais capitalistas do que comunistas hoje em dia.

— Qual é o nome?

— Mikhail Antonov.

A pausa é pensativa.

— Por que esse nome me parece familiar?

— Ele é o chefe da Bratva local.

Silêncio. Depois disso, ele entende o que eu planejo e avisa:

— Acho que você está tentando dar um passo maior do que a perna, garoto.

— Eu sei.

— Vai chamar atenção.

— Exatamente.

— E vai ser caro.

— Sempre é. — Abro a porta do confessionário. — Obrigado, padre.

— Deixe sua doação no lugar de sempre, filho.

— Claro.

Abotoo o paletó e saio da igreja do mesmo jeito que entrei: condenado. Depois, sigo para o endereço residencial do segundo nome na lista de Grayson. Esse é muito mais pessoal do que o que dei ao padre O'Toole, e quero cuidar disso eu mesmo.

"Olho por olho" é um conceito brutal, mas muito eficaz no meu ramo.

28

SLOANE

Estou colocando os pratos na lava-louça quando uma voz atrás de mim diz:

— Pelo visto você já está se sentindo em casa.

Eu me viro e vejo Declan no canto da cozinha. Ele ficou fora o dia todo e não deixou nenhum recado. Não me mandou mensagem para dizer aonde estava indo nem quando estaria de volta. Estou irritada comigo mesma por desejar que ele tivesse feito isso.

Ou será que isso é normal? Eu não sei. Nunca visitei a Emociolândia antes. Até agora, é tudo muito confuso.

Gostaria de ter um mapa.

— Você deixou a porta do quarto destrancada, então achei que podia sair. Eu estava errada?

Puxando a gravata, ele observa todo o meu corpo. Estou de legging e top de ginástica, e meus pés estão descalços. Mas, pelo olhar faminto que vejo no rosto dele, eu poderia muito bem estar totalmente nua.

— Você não estava errada — diz ele com voz rouca. — Mas é melhor não ficar muito à vontade aqui. Nós vamos nos mudar.

Isso me surpreende.

— Vamos nos mudar? Por quê? Para onde?

Ele se aproxima, tirando a gravata. Quando ele a coloca na bancada e desabotoa os dois botões de cima da camisa social branca, eu me distraio da bomba que ele acabou de lançar.

Assustada, pergunto:

— É sangue no seu colarinho?

— É.

— É seu?

— Não.

A expressão dele está fechada. Ou talvez seja só calma. Não sei dizer.

— Você está bem?

— Melhor agora. Venha aqui.

Ele estende a mão e espera que eu vá até ele. Caminho em sua direção me perguntando de quem é o sangue, aliviada por não ser dele.

Quando estou bem perto, ele me agarra e me puxa para um abraço apertado. Então afunda o rosto no meu pescoço e inspira profundamente.

Ficando na ponta dos pés, eu o abraço pelos ombros e sussurro:

— Obrigada pelas rosas.

— De nada.

— E pela pulseira de diamantes. É linda de morrer.

— Não tão linda quanto você. Por que não está usando?

— Achei que você gostaria de colocá-la em mim.

Isso o agrada. Ele murmura:

— Boa menina. Talvez eu deva comprar um colar de diamantes também.

Ele passa a mão na minha bunda e a aperta, enquanto beija meu pescoço e mordisca e chupa minha pele. Quando estremeço, ele me empurra até a bancada e me beija na boca, com tanta voracidade que fico sem ar.

A ereção dele não deixa dúvidas do que vai acontecer.

Quando ele levanta meu top e se inclina para chupar o meu mamilo, eu digo:

— Fiquei menstruada.

— Que bom para você.

Ele tira o top pela minha cabeça e o joga de lado, pega meu seio com a mão grande e áspera e volta a chupar o mamilo.

Gemo de prazer, arqueando o corpo em sua boca voraz.

— É que estou com absorvente interno.

— Entendi. Agora fique quieta.

Ao que tudo indica, ele não se importa com o absorvente interno, mas não curto muito transar quando estou menstruada. Nas poucas vezes que tentei, fez tanta sujeira que não consegui me concentrar em nada além de como eu tiraria o sangue dos lençóis.

— Vou ficar quieta depois de dizer uma coisa. Eu não me sinto sexy quando estou menstruada.

Ele para e olha para mim.

— Desculpe. Só estou sendo honesta.

— Não precisa se desculpar. Obrigada por me dizer isso. Estenda suas mãos. — Ele dá um passo para trás, esperando.

Minha pulsação acelera. Não sei o que ele está planejando, mas percebo que não está a fim de ser questionado.

Estendo as mãos diante de mim, nem um pouco surpresa ao notar que estão trêmulas. A quantidade de adrenalina nas minhas veias agora poderia me eletrocutar.

Declan pega a gravata na bancada, enrola nos meus pulsos e finaliza com um nó. Depois, ele me empurra até eu me ajoelhar diante dele.

Ele abre o zíper da calça, pega o pau duro com uma das mãos e puxa meu cabelo pela nuca com a outra.

Os olhos febris estão em mim, e ele rosna:

— Essa boquinha não saiu da minha cabeça o dia todo, baby. Estou obcecado. Quero que me chupe. Se você for boazinha e engolir tudo, vou fazer você gozar. Se não, você vai ser punida.

Fico excitada ao ouvir o tom dominador das palavras sedutoras.

Isso aqui é o paraíso. Morri e fui para o paraíso.

Segurando o pau nas mãos atadas, serpenteio a língua em volta da cabeça intumescida, deliciando-me com o gosto ligeiramente salgado da pele. Fecho os olhos e o engulo inteiro, estremecendo de prazer quando ouço um gemido baixo.

Ele segura minha cabeça com as duas mãos e flexiona a pelve, escorregando mais fundo pela minha garganta. Abro a boca, aceitando a penetração completa.

— Puta merda — sussurra ele, ofegante. — Minha doce garota. Você é maravilhosa.

Engulo todo o comprimento dele com a boca, e ele geme de novo.

Em um ritmo lento e constante, começo a fazer movimentos com a boca, chupando e lambendo a glande e massageando a rigidez do resto. Chupo, lambo e massageio, movimentando a cabeça e sentindo os mamilos duros de tanto tesão. Acho que consigo gozar só com a fricção leve da minha calcinha no meu clitóris.

Ele ordena em voz baixa:

— Para de apertar as coxas. Você só vai gozar quando eu permitir.

Choramingo de desejo, fazendo com que ele puxe mais o meu cabelo.

Ele fode minha boca até estar ofegante, emitindo gemidos baixos que parecem começar no peito. Ele envolve meu pescoço com as duas mãos.

— Ah, eu estou quase lá, baby. Você está pronta?

Quando solto um som baixo de concordância, as estocadas ficam mais rápidas e profundas, até que ele começa a gemer cada vez mais alto, com a cabeça para trás e os olhos fechados.

Ele goza com um grito, derramando-se na minha boca em jatos curtos, que engulo enquanto olho para ele atordoada de desejo.

Sei que sou eu que estou ajoelhada, mas me sinto poderosa agora. Ele precisava tanto disso que não tirou o paletó nem abriu o cinto.

Ele fica parado por alguns instantes, com a respiração ofegante, até que abre os olhos e os fixa em mim, enquanto acabo de limpá-lo com a língua.

— Fiz como você queria, meu senhor?

Declan sorri.

Ele me ergue pelas axilas, me vira para a ilha de mármore e me empurra contra a superfície. Sinto quanto ele puxa minha legging e minha calcinha até o meio das coxas.

Colocando-se ao meu lado, ele desliza a mão esquerda pelo meio das minhas pernas e começa a apertar meu clitóris pulsante entre o polegar e o indicador.

Arfo de prazer.

Mantendo a mão esquerda no meio das minhas pernas, ele leva a direita para a minha bunda, o maxilar contraído, enquanto a admira.

O tapa na minha bunda é forte e inesperado. Sentindo a pele arder, eu ofego. O calor se espalha pela minha pele nua. Ele continua movendo os dedos pelo meu clitóris, olhando para mim com olhos semicerrados, um músculo contraído no maxilar.

Pergunto sem ar:

— Você está zangado comigo?

— Não.

Outro tapa. Ainda mais forte. Eu me sobressalto e gemo. Ele aumenta a pressão no meu clitóris e minhas pernas começam a tremer.

— Eu estou sendo punida?

— Não.

Mas um tapa, um golpe ardente e único que me faz gritar. A essa altura, estou ofegante e confusa.

— Você vai me deixar gozar?

— Vou. Assim que você parar de falar.

Mordo o lábio e fecho os olhos, encostando o rosto na superfície fria de mármore. Estou enlouquecendo de excitação, tremendo dos pés à cabeça, rebolando os quadris contra os dedos dele, enquanto ele continua estimulando meu clitóris.

— Boa menina — diz ele, com voz rouca, antes de começar uma sessão de tapas rápidos contra a pele sensível da minha bunda, alternando entre as nádegas enquanto a mão esquerda continua no meio das minhas pernas.

Eu me esforço para não emitir nenhum som, mas não consigo controlar a respiração. Aperto os olhos com força enquanto sinto o prazer aumentando. Ondas de calor se espalham pelo meu corpo, que ficam cada vez mais intensas a cada tapa ardente e a cada movimento dos dedos. Mordo o lábio inferior em uma tentativa de segurar um gemido.

Quando não aguento mais, o nome dele sai em um soluço e ele ordena:

— Goze.

Ele continua me batendo durante o meu orgasmo.

Minhas pernas cedem, enquanto eu grito e estremeço, impotente. Ele está rosnando alguma coisa em gaélico que parece sexual, mas não consigo me concentrar em nada além do prazer que está explodindo dentro de mim. O prazer carnal que ele orquestrou usando apenas as mãos.

Quando finalmente volto a mim, sinto-me fraca e trêmula e emocionalmente destruída.

Declan tira a mão do meio das minhas pernas e lambe os dedos, enquanto acaricia minha bunda com a outra. Ele se inclina e beija meu rosto, tirando o cabelo do meu rosto.

— A quem você pertence?

— A você.

— Quem é o seu mestre?

— Você.

A voz dele se suaviza.

— E quem acha que você é o anjo mais precioso do mundo?

Engulo em seco e tento controlar as lágrimas. A voz dele é tão calorosa e carregada de sentimentos que, de repente, não consigo mais me segurar. Com um tremor na voz, sussurro:

— Vo-você.

Os lábios dele roçam no meu ouvido.

— Isso, baby. E eu sou completamente seu agora. Então, é melhor você cuidar bem desse monstro que você escravizou.

Ele me toma nos braços, passando minhas mãos atadas por cima da sua cabeça e apertando meu corpo contra o dele.

Ficamos assim, agarrados um ao outro, os dois ofegantes. Não sei por que sinto uma dor tão forte no peito, mas ela se torna um pouco mais suportável quando tenho a certeza de que ele sente o mesmo.

Ele me beija.

É um beijo lento, quente e profundo. Eu me apoio nele, delirando ainda com o orgasmo e com a emoção, e permito que ele tire tudo de que precisa dos meus lábios.

Em algum nível semiconsciente, nós dois sabemos que, apesar de eu chamá-lo de mestre, não é ele quem manda aqui, e nunca foi.

Em vez de me sentir orgulhosa, como eu me sentiria com qualquer outro homem, saber disso me dá um grande senso de humildade e gratidão.

Faço um juramento silencioso de que nunca vou magoá-lo, mesmo se eu me vir diante de uma escolha entre machucá-lo ou me machucar.

Quando ele finalmente se afasta, eu digo:

— Estou preocupada com você.

— Não fique.

— Você parece chateado.

— Dia difícil no escritório.

Detecto um leve tom de sarcasmo. Instintivamente, sei que ele está falando do sangue no colarinho e no que quer que tenha acontecido para provocar aquilo.

— Você quer falar a respeito?

Ele olha para mim, acariciando meu cabelo. A expressão no rosto dele demonstra um ligeiro ar de divertimento.

— Você quer saber mesmo?

— Se isso vai fazer com que se sinta melhor, quero.

Ele meneia a cabeça devagar e me dá um beijo suave.

— Só de ouvir você falar assim já faz com que eu me sinta melhor. Agora, vamos vestir você. Precisamos sair daqui a meia hora.

Ele se inclina e puxa minha calcinha e minha legging. Eu permito enquanto me apoio no ombro dele. Quando ele termina de me ajeitar, dá um beijo suave em cada seio, pega meu rosto com as duas mãos e me beija de novo.

Olhando no fundo dos meus olhos, ele diz:

— Não quero que você fique atendendo a porta seminua.

— Ah, você falou com Kieran?

— Falei. Dava pra notar que ele estava de pau duro pela voz dele. Você não é mais criança, nunca vou dizer como você deve se vestir, mas eu sou ciumento e não compartilho. E também não sou o Stavros. Se fosse eu ao seu lado naquela noite no La Cantina e outro homem desse um tapa na sua bunda quando estivéssemos passando, ele estaria morto num piscar de olhos. Não por causa do meu ego, mas porque qualquer um que te desrespeite vai pagar o preço. E, se alguém te desrespeitar na minha frente, o preço vai ser especialmente alto.

Ele parece intenso e mortalmente sério.

A prova do quanto a nossa situação é confusa é que sinto um profundo romantismo nas palavras dele.

— Entendi — respondo com um sorriso. — Prometo que vou colocar um robe antes de atender à porta de novo se estiver usando minha roupa de ginástica. Mas você também deve manter em mente que eu costumo causar confusão aonde quer que eu vá, e talvez deva controlar um pouco o seu lado Tarzan protetor. Vai ser melhor para a sua pressão.

Ele contrai os lábios.

— Pois é. Você com certeza é uma encrenqueira.

Eu provoco:

— O que você já sabia muito bem antes de começar tudo isso.

— Foi a saia de tule da Sininho que te entregou.

O sorriso repentino é incrivelmente bonito. Esse homem é tão lindo que chega a doer.

— Posso perguntar por que estamos nos mudando?

— Todos os gângsteres e os irmãos deles já sabem onde eu moro agora. Não é seguro. Se fosse só eu, demoraria um pouco mais para me mudar, mas agora tenho que cuidar da minha carga preciosa, e não quero colocá-la em risco.

— Ah, que fofo. Se você me chamar de "carga" de novo, vai ver quanto tempo vai demorar antes de eu quebrar o seu nariz. Qualquer coisa, pergunta para o Kieran, tenho certeza de que ele sabe.

Entretido com o meu tom ácido, ele solta o ar pelo nariz e dá um tapa na minha bunda, rindo.

— Pegue um casaco e coloque os sapatos.

Pisco para ele e estendo as mãos.

— Vou colocar uma camisa também, mas só se você me desamarrar, meu senhor.

Ele resmunga:

— Espertinha, você.

Ele tira o nó da gravata e me dá um beijo rápido e intenso antes de se virar e se afastar com a gravata na mão. Declan pega o controle remoto na mesinha de centro da sala, liga a TV e coloca no noticiário.

Quando me viro para deixar a cozinha e ir para o quarto me vestir, um repórter conta em tons sombrios que encontraram outro corpo sem cabeça em uma caçamba de lixo da cidade. Dessa vez se trata de um homem que a polícia acredita ser o chefe local da gangue MS-13.

Eu paro, enquanto os pelos do meu braço se eriçam.

MS-13 foi a gangue que nos perseguiu quando saímos do aeroporto. A gangue que Declan disse que nos mataria se nos pegasse.

Também foi a gangue responsável pela morte de Diego, o chefe dele, que foi largado sem cabeça num lixão.

Sinto os pelos do resto do meu corpo se eriçarem também quando penso nas palavras tatuadas no peito de Declan:

"Minha é a vingança."

Talvez não seja apenas parte da passagem bíblica.

Talvez seja a declaração de uma missão.

Quando olho para a sala, Declan está imóvel, assistindo ao noticiário, com um sorriso sombrio e satisfeito nos lábios.

29

SLOANE

Deixamos o arranha-céu no meio de uma caravana de doze SUVs pretas.

Na saída da garagem, metade dos carros segue para a esquerda. A outra metade vira à direita. No quarteirão seguinte, acontece a mesma coisa, até estarmos acompanhados apenas por dois carros enquanto avançamos pela cidade a toda velocidade.

É uma técnica de evasão. Eu entendo. Também sinto o ar pesado dentro do carro. Tanto Declan, ao meu lado, quanto Kieran, no volante, estão tensos até dizer chega. Sei que estão atentos a qualquer um que possa surgir em um ataque surpresa ou nos seguir até o nosso destino.

O que não entendo é por que estou tão preocupada também.

Não comigo, mas com Declan. Com o que pode acontecer com ele. Ele poderia ser preso. Levar um tiro. Ser capturado e torturado por uma gangue rival. E eu ficaria de mãos atadas, sem poder fazer nada a respeito.

E eu odeio me sentir impotente.

Odeio me sentir nervosa também.

Na verdade, estou descobrindo um monte de coisas que odeio nesse novo cenário de "me preocupar", a maioria das quais tem a ver com as mudanças em mim.

Como posso ser fodona se estou sempre preocupada com alguém?

Declan nota minha ansiedade e aperta minha mão.

— Já estamos quase chegando.

— Falta muito?

— Vamos pegar um helicóptero no aeroporto. De lá, temos um voo de uma hora.

— Para onde?

— Martha's Vineyard.

Ele me observa atentamente enquanto digiro a informação. Ele aperta meus dedos.

— Desde quando você tem uma casa em Martha's Vineyard?

— Desde alguns dias atrás.

Arqueio as sobrancelhas, surpresa.

— Dias?

O tom dele é seco ao responder:

— Eu não sabia quantos dos seus ex-amantes tentariam invadir o meu prédio.

— Você é bem rápido, né?

— Quando estou motivado, eu faço as coisas na velocidade da luz — sussurra ele, olhando nos meus olhos.

— E você está motivado?

— Você sabe que estou.

— Por mim?

— Não banque a modesta.

— Mas eu fico linda quando sou modesta.

Ele estende a mão e acaricia o meu rosto.

— Você está preocupada?

— Claro que estou.

— Com o quê?

— Que você morra, considerando sua idade avançada, e que eu precise achar um corretor de imóveis de última hora para me livrar dessa casinha de veraneio que você comprou.

Sabendo que eu não quero admitir que estou preocupada com o que poderia acontecer com ele, Declan ri.

— Não é uma casinha de veraneio.

— Como assim?

— É uma construção de quase mil metros quadrados em um terreno de mais de vinte mil metros quadrados.

Fico boquiaberta, mas não emito nenhum som.

Ele sorri diante do meu choque.

— Na frente da praia. Com o próprio heliporto. Os Obama têm uma casa bem perto, inclusive.

Embasbacada, digo baixinho:

— Ai, meu Deus. Vamos poder organizar festas e conversar sobre a paz mundial.

— Duvido muito.

— Por quê?

— Você vota no partido Libertário. Eles provavelmente vão achar que você é louca.

Cubro o rosto com as mãos.

— Cara, essa investigação da minha vida não deixou passar nada.

Ele diz suavemente:

— Sim. E revelou uma pessoa fascinante. Uma mulher que vive de acordo com as próprias regras.

Afasto as mãos do rosto e olho para ele.

— Está dizendo que sou excêntrica?

— Estou dizendo que, acima de qualquer coisa, você é uma mulher única.

— Não, acima de qualquer coisa, sou mais inteligente que você, lembra?

— E louquinha por mim.

O fogo nos olhos dele me deixa desconcertada, então desvio o olhar.

— Ou talvez eu só seja louca mesmo.

Declan beija meu rosto corado. No meu ouvido, ele sussurra:

— Você não quer que eu me machuque. O que significa que você é louca por mim. Pode admitir. Quero ouvir as palavras saindo da sua boca.

— Se você for ficar se gabando, vou ter que te lembrar que eu também me preocupo com Stavros.

— Como alguém se preocupa com o bichinho de estimação da família. Ele não passa de um porquinho-da-índia para você. Já eu sou…

— Um monstro egocêntrico? — Dou um sorriso. — Concordo.

Ele coloca a mão em volta do meu pescoço e diz com uma voz rouca:

— Um monstro que quer que você diga como se sente.

Olho para Kieran no banco do motorista.

— Agora?

— Agora. Aquele seu discurso sobre o Grand Canyon me fez querer mais.

— Não consigo repetir. Foi uma coisa extemporânea.

— Meu Deus, adoro quando você usa palavras difíceis.

— Não precisa ser babaca.

— Só pense em uma palavra que resume o que você se sente por mim. Só uma palavra, baby.

Sinto a respiração quente de Declan na minha pele. A mão dele envolve o meu pescoço. A voz soa baixa e rouca. Tudo isso me enche de tesão, como se ele tivesse ligado meu corpo na tomada.

Fecho os olhos e procuro a palavra perfeita para descrever como me sinto em relação a ele.

— Embriagada.

Ele toma os meus lábios em um beijo faminto. O carro dá um solavanco, nos interrompendo, mas continuamos próximos e com o olhar fixo um no outro.

— Você não é a única.

— Eu sei.

— Você já passou por isso?

— Por Martha's Vineyard? Não.

— Não se faz de desentendida. Você sabe o que estou perguntando.

Os olhos dele brilham com muita intensidade. Sinto-me exposta. Nua. Desorientada, como se estivesse caindo por um buraco profundo e escuro.

— Você sabe que não.

— Diga.

— Você realmente gosta de ir direto ao ponto nos momentos mais estranhos, não é? A gente nem está sozinho.

— Diga.

Dá para perceber que ele não vai ficar satisfeito até que eu o obedeça. Então, aproximo os lábios do ouvido dele e digo:

— Não. Eu nunca passei por isso, nem me senti assim em relação a ninguém. Jamais perdi meu rumo, nem senti vontade de me entregar a alguém dessa maneira. Nunca confiei em nenhum homem, inclusive meu pai. Então, se você partir o meu coração, gângster, fique sabendo que vai ser o primeiro e o último a fazer isso. Ninguém antes de você chegou perto o suficiente para sequer arranhá-lo, e duvido que alguém vá ser capaz de catar os caquinhos estilhaçados se você me deixar.

Ele solta o ar com força e pega o meu rosto nas mãos. Os olhos azuis estão exultantes e brilhantes.

Declan declara:

— Eu nunca vou te deixar. Porque a gente vai se casar.

— Puta merda.

— Isso é um sim?

— Não.

— Melhor transformar isso em um sim.

— Eu não tenho vocação para ser esposa.

— Eu não perguntei.

— Entendo. Então você vai me obrigar a casar com você?

— Por que você está ficando zangada?

— Porque sua arrogância consegue superar o tamanho do universo.

— É o próximo passo lógico.

— Claro, se estivéssemos juntos há mais de quatro segundos.

— Eu não tenho muito tempo de vida, Sloane. Eu não posso me dar ao luxo de ir mais devagar.

Isso muda completamente o tom da conversa. Chocada, pergunto:

— Você está doente?

— Não. Eu sou o novo chefe de um império internacional do crime. Acabei de ter uma redução drástica na minha expectativa de vida. Meu predecessor não ficou nem um ano na posição. Quanto tempo mais você acha que eu tenho?

Sinto uma onda fria e forte de pânico.

— Mais do que isso, se tiver cuidado.

— Eu não sou cuidadoso. Não é a minha natureza. Eu tenho sorte de ter durado tanto tempo, na verdade. Mas a minha hora já está chegando.

Não consigo decidir se devo ficar horrorizada ou se devo bater na minha cabeça. O que ele está dizendo faz total sentido, e é claro que eu já parei para pensar nisso, mas ouvi-lo dizer isso em voz alta logo depois de jogar a bomba de um pedido de casamento é demais para mim.

Eu me empertigo, afastando as mãos dele do meu rosto.

— Deixa eu ver se entendi direito. Você acha que seria uma boa ideia que eu me case com você, deixando de fora todas as questões hilárias de como nos conhecemos e o *vasto* tempo que se passou desde que isso aconteceu, sabendo muito bem que, em alguns poucos meses ou anos, eu vou ficar viúva?

Ele franze o cenho e contrai os lábios, entrando no modo raivoso em um estalar de dedos.

— Você seria minha única herdeira. Tudo o que eu tenho ficaria para você...

Eu o interrompo com uma risada sarcástica.

— Ah, estamos falando de dinheiro de novo! Você parece ter a impressão de que as mulheres só se importam com dinheiro, o que é bastante ofensivo. Mas eu posso garantir a você que *eu não estou nem aí* para a sua grana. Eu não quero saber quanto dinheiro você tem, nem quanto ficaria para mim se você morrer.

Meu sarcasmo é a gota d'água para que ele perca a paciência.

— Eu sei que você não está nem aí para a porra do dinheiro! Mas talvez facilite as coisas quando eu não estiver mais aqui.

Meu coração está disparado. Minhas mãos, trêmulas. Quero muito dar um soco no nariz dele. Consigo manter a voz firme, apesar do meu estado de agitação.

— A única coisa que tornaria as coisas mais fáceis é se você não fosse quem você é. Mas isso é impossível. Então, não vamos considerar futuros hipotéticos que nunca vão acontecer.

Com as narinas dilatadas e os lábios contraídos, Declan parece um touro com um vaqueiro nas costas, pronto para sair saltando loucamente quando a porteira do rodeio se abrir.

— E não adianta ficar me olhando com essa cara. Se quiser me deixar na próxima esquina, está tudo bem.

Acontece que aquela foi a pior coisa que eu poderia ter dito. Ele me fulmina com o olhar e me puxa pela nunca, enquanto rosna:

— Eu não vou te deixar em lugar nenhum, sua diaba.

Levo as mãos ao peito dele e tento empurrá-lo, mas não adianta. É o mesmo que tentar mover uma montanha.

— Eu odeio quando me chama assim.

— Não odeia, não. Você ama. E você odeia amar. Pode ir se acostumando a ser vista e a estar com um homem que não vai permitir que você se esconda, nem vai se acovardar quando você usar essa sua língua afiada.

Então ele me beija com força.

Estou começando a me acostumar com a ideia de que essa vai ser uma relação que apelidamos carinhosamente de volátil.

Eu me afasto. Ele permite, por ora. Cruzo os braços e fico olhando para a frente, tentando retomar o controle do fôlego.

Ele sugere em tom sombrio:

— Por que não tenta seus exercícios de respiração? Ouvi dizer que são ótimos em situações de estresse.

Pelo canto do olho, vejo Kieran olhar para mim pelo espelho retrovisor. Ele está certo em se preocupar com o chefe. Eu estou prestes a arrancar os olhos dele.

Permanecemos em silêncio pelo restante do caminho até o aeroporto. Um silêncio ardente, pesado e apreensivo. O lado esquerdo do meu rosto está queimando sob o olhar pungente de Declan.

Os pneus do carro cantam ao pararmos no heliporto. Sou tirada do carro por um Declan tenso, que me guia pela pista até um grande helicóptero preto que parece ter sido feito para transportar tropas militares. Ele abre a porta do passageiro, me coloca no banco, prende o cinto de segurança e me beija. Com força.

Depois, diz com irritação:

— Não seja fria comigo. Por favor. Pode ficar com raiva de mim, se quiser, mas não me ignore. Eu não vou conseguir raciocinar se você não se comunicar comigo.

Eu sou muito boba mesmo. Virei uma manteiga derretida.

— Tudo bem — respondo, fitando os olhos atentos dele. — Mas não é porque não estou te dando gelo que eu aceitei essa situação.

Ele me beija de novo. Dessa vez com mais suavidade.

— Eu sei — murmura ele contra a minha boca. — Eu não esperaria menos de você.

Declan fecha a porta e contorna o helicóptero, assumindo o assento do piloto.

Ele prende o cinto de segurança e começa a mexer em vários botões. Então gesticula para uns fones de ouvido verdes no painel.

— Coloque isso.

— Não me diga que *você* vai pilotar essa coisa.

— Claro que vou.

Claro que vai. Por que ainda me surpreendo?

Olhando para mim, ele sorri.

— Eu te disse que eu era militar.

— Mas você não disse que era o Tom Cruise em *Top Gun*.

— Não? Devo ter me esquecido de comentar.

Ele coloca os fones e aperta um botão que aciona os motores. Acima de nós, as lâminas pretas começam um giro lento que rapidamente ganha velocidade.

Fico observando, admirada, enquanto ele passa pelas verificações de segurança antes do voo. Eu já achava que ele era bem másculo antes, mas *isso*...

Bem, isso ganha a guerra dos machos. Meus ovários estão gritando de alegria como um monte de criancinhas no parquinho depois de se entupir de doce.

Levantamos voo, subindo ao céu do crepúsculo com um rugido e uma lufada de vento que espalha folhas na pista e um monte de poeira. Lá em cima, os rotores giram com um trovejar alto: *tump-tump-tump*, combinando com as batidas do meu coração. Quando fito Declan, ele está olhando fixamente para a frente, concentrado na rota do voo.

Ele está sorrindo.

A dor nas minhas bochechas significa que estou sorrindo também.

Ele lança um olhar para mim.

— Diga o que você está pensando, baby.

— Estou pensando que nós somos um casal de lunáticos.

Ele dá uma risada.

— É. Mas a minha loucura combina com a sua. É por isso que funciona.

Olho para a pulseira de diamantes que ele colocou no meu pulso antes de sairmos. Ela brilha, refletindo raios coloridos pelas janelas.

Por um momento, minha visão é ofuscada. Os raios diminuem e encaro o horizonte, que se estende por toda a cidade até a baía azul. O Atlântico é uma faixa ondulante azul-escura mais além.

Gostaria que a Nat estivesse aqui para ver tudo isso.

Sinto tanta saudade da minha melhor amiga que chega a doer. Uma dor que piora quando penso que ela mora em Nova York agora. Que não vamos mais ter noites só nossas no Downrigger do lago, rindo enquanto tomamos coquetéis e comemos *enchilladas* de camarão. Não vamos mais ter saídas espontâneas para ir ao shopping tomar um café ou ir ao cinema.

Não vai haver mais nada disso, porque ela está apaixonada por Kage.

O que não seria um problema antes, mas Kage e Declan são inimigos mortais. O que significa que, se eu ficar com Declan...

Não vai existir mais Nat e eu.

Do nada, esse pensamento me atinge com a força de uma bomba, direto no peito. Eu mal consigo respirar.

Se eu realmente decidir ficar com Declan, não será apenas uma "questão" que teremos que resolver. Nem Kage, nem Declan vão permitir que Nat e eu nos encontremos como antes. Minha amizade com a Nat vai acabar.

Na verdade, talvez eu nunca mais a veja de novo.

Impossível, não vou permitir que isso aconteça. Não mesmo. Vamos dar um jeito.

Olho para o Declan, tão calmo e confiante enquanto pilota o helicóptero, e me lembro do sorriso estranho quando o repórter da TV estava falando sobre o corpo encontrado na caçamba de lixo. Eu me lembro da tatuagem de vingança no peito dele. Eu me lembro da alegria dele quando me perguntou quem era o meu dono e eu respondi "Você". A alegria e o triunfo.

Como se ele tivesse vencido.

Porque ele venceu.

Esse homem que se chama de monstro me sequestrou e se apossou de mim. Ele me levou para sua cama. Ele me salvou de uma gangue rival, me protegeu enquanto eu estava no hospital, me deu uma escolha entre o sim e o não, me deu coisas das quais eu nem sabia que precisava.

Ele me fez a promessa de que faria qualquer coisa que eu pedisse.

Eu disse que a única coisa que eu queria era que ele não machucasse Stavros, mas agora estou pensando que haverá mais itens na lista.

Começando com a promessa de que ele nunca enfrente Kage.

E preciso pedir que a Nat faça com que Kage prometa a mesma coisa.

No meio de uma guerra, ainda por cima.

Eu me pergunto se Declan sabia de tudo isso quando disse que as coisas seriam complicadas.

30

SLOANE

— Então, o que você acha?

Estou no meio da suíte principal (que é maior do que o meu apartamento inteiro), observando pelas janelas que vão do chão ao teto as dunas de areia e o mar agitado. Está escuro lá fora, mas a lua cheia banha a praia com uma luz espectral que se reflete na água. As ondas quebram na praia com sons abafados.

Digo baixinho:

— Acho que é a casa mais bonita que já vi na vida.

Declan se aproxima silenciosamente por trás de mim e me envolve em um abraço. Ele beija meu pescoço, a barba dele fazendo cócegas. Com a voz rouca, ele diz:

— Estou feliz que você gostou.

Minha risada é fraca.

— Tipo, é um pouco pequena. E quem consegue dormir com todo esse barulho do mar? Isso não é nem um pouco relaxante.

Ele ri.

— Tudo do que você precisa já está aqui. Roupas. Maquiagem. Comida de coelho. Mas se quiser mais alguma coisa, é só falar.

Fecho os olhos e respiro fundo para me acalmar. Cada minuto que passo com esse homem desafia meu equilíbrio.

— Obrigada. Estou… impressionada.

Ele puxa minha cabeça para trás e cobre a minha boca com a dele, em um beijo faminto, enquanto seu braço me imobiliza com força. Quando estremeço, ele aprofunda mais o beijo. Eu me apoio nele com um suspiro, e ele fecha a mão em volta do meu pescoço.

— Eu vou te dar tudo, baby. Tudo que você quiser desse mundo.

A voz dele é quente e rouca. Ele me vira para ele, agarra minha bunda e me puxa contra o peito. Então me beija de novo, dessa vez com mais intensidade, e, ao me guiar até a cama, sinto sua ereção pressionar o meu quadril.

Eu me afasto do beijo, rindo.

— A gente transou há duas horas.

— Eu vou te amarrar e fazer você gozar na minha cara. Você está reclamando?

— Na sua cara? Você sabe que eu estou com um absorvente interno, né?

— Não é um problema para a minha língua.

Excitada com o desejo na voz dele, respondo:

— Isso é muito obsceno, meu senhor. E muito sensual.

— Eu amo o seu gosto. Não vai ser um absorvente de algodão que vai me impedir de te provar.

Paramos na beirada da cama. Declan tira o casaco que estou usando e o joga de lado. Minha camisa tem o mesmo destino. Ao terminar de me despir, ele me coloca sentada no lindo edredom branco.

Diferentemente do seu apartamento de solteiro, esta casa é toda decorada em tons de branco e champanhe, com toques de azul e rosa nas obras de arte e peças de decoração. Todos os móveis e acabamentos são em um tom sutil de dourado. É uma casa bem praiana e feminina.

A antiga proprietária deve ter ganhado uns milhões de dólares com a venda.

Declan pega o meu queixo com firmeza. Olhando para ele com o coração disparado, passo a língua nos lábios. Meus mamilos enrijecem. O calor pulsa no meio das minhas pernas.

Ele não fala enquanto abre o cinto com a mão livre, puxando-o pelas presilhas até tirá-lo completamente da calça.

— Diga de novo.

A voz dele está diferente. Reconheço o tom dominante. Sei o que ele quer.

— Meu senhor.

— Peça para eu bater em você.

— Por favor, bata em mim, meu senhor.

— Você não está dolorida dos tapas que levou mais cedo?

— Estou, meu senhor. Mas não importa. Quero mais.

— E você vai levar mais, baby. Tanto quanto aguentar.

Os olhos dele estão tão sombrios e desejosos, tão assustadores e lindos. Meu coração começa a martelar no peito. Ele se aproxima e me beija com ferocidade, os dedos mergulhados no meu cabelo.

Então me empurra para cama com a mão espalmada no meu peito, ajoelha-se no chão entre as minhas pernas e me abre com os polegares.

O cinto de couro descansa sobre meu quadril nu como um adorável aviso.

Ele leva a boca ao meu clitóris e suga com delicadeza. A boca quente e úmida e maravilhosa.

Quando gemo, ele se afasta e dá um tapa na minha coxa. Ondas de prazer invadem meu sexo, fazendo meu clitóris latejar.

Fecho os olhos e sussurro:

— Por favor, meu senhor. Por favor.

— Você quer mais?

— Quero mais. Quero você.

— Preciso que você seja boazinha, baby. Preciso que fique quieta.

— Vou ficar. Eu prometo.

Ele dá outro tapa na minha coxa, causando um sobressalto e corrijo-me, ofegante:

— Eu prometo, *meu senhor*.

Ele passa a mão pela pele ardente. A respiração dele mudou. Está tão entrecortada quanto a minha.

— Acho que você não vai conseguir, anjo. Acho que você vai precisar de ajuda.

Ouço o farfalhar de um tecido e logo as mãos de Declan estão no meu rosto.

Ele coloca a gravata em volta da minha boca e a amarra, amordaçando-me.

Choramingo e me contorço na cama. Ele se aproxima do meu ouvido.

— Shh. Você é minha. Eu vou cuidar de você. Pronta?

Choramingo de novo e ele beija o meu rosto.

— Lembre-se, eu estou te venerando. Estou fazendo isso por você, porque só eu sei do que você precisa.

Ele se levanta, me vira de bruços e bate com o cinto nas minhas nádegas nuas.

É apenas um golpe e fico chocada. O estalo causa uma dor intensa. Abro os olhos e arqueio as costas. Berro um xingamento abafado pela gravata.

Ele me empurra para baixo novamente com uma das mãos.

— Se quiser que eu pare, faça "sim" com a cabeça.

Fico congelada, meu coração disparado. Sinto o calor crescer onde o cinto atingiu minha pele. Minha mente está um caos. Uma explosão em uma fábrica de fogos de artifício. Não consigo pensar direito nem recuperar o fôlego.

Só sei que não quero que ele pare. Eu quero que ele me bata de novo. E de novo.

E de novo.

Tremendo dos pés à cabeça, nego com a cabeça.

Declan solta o ar.

— Vou dar mais algumas, e então vou parar e ver como você está. Não goze. Pronta?

Agarro o edredom com as duas mãos e concordo com a cabeça.

O golpe vem rápido e forte. O estalo que quebra o silêncio do quarto é tão chocante quanto a sensação que ele me causa. Quando acaba, minha bunda está pegando fogo, estou hiperventilando, tremendo como vara-verde e prestes a ter um orgasmo.

Declan me vira de novo e enterra o rosto entre as minhas pernas, sugando meu clitóris como se fosse oxigênio.

Minha mente se desliga.

Enterro os dedos no cabelo dele e elevo o quadril, esfregando-me na boca dele, sem me preocupar se vou sufocá-lo, sem me preocupar com nada além de buscar alívio para a dor agoniante.

Preciso muito gozar. Estou quase soluçando.

Ele se afasta, ofegante.

— Que menina má — diz ele, parecendo excitado com a minha reação. — Você merece mais alguns tapas.

Abro os olhos e o encaro. Então começo a tocar com a mão tremula meu clitóris molhado e intumescido.

Ele afasta a minha mão, me vira de bruços de novo, e me dá mais cinco cintadas fortes.

É quase insuportável, tanto pela dor quanto pela forma com meu sexo pulsa e lateja. É glorioso e obsceno, e eu sei que vou ficar tão dolorida que talvez nem seja capaz de me sentar por dias, mas puta merda, isso é muito bom.

Não consigo me controlar. Começo a me esfregar desesperadamente na cama.

— *Não*, baby — diz Declan, com um riso sombrio. — Tão doce. Tão cheia de tesão. Mas ainda não.

Ele passa uma das mãos nas minhas nádegas ardentes, acariciando as curvas e sussurrando. Ele me vira de costas de novo e monta em mim, segurando meus pulsos.

Ele passa o cinto pelos punhos e prende meus braços acima da cabeça. Aproximando o rosto do meu, ele me fita com olhos febris.

— Vou te lamber até que você me implore para eu te deixar gozar. Mas eu não vou deixar. Você não pode até que eu autorize. Estamos entendidos?

Sei que essa demora faz parte do jogo, faz parte de como ele vai tornar a sensação ainda mais intensa para mim. Quanto mais eu me segurar, mais intenso vai ser o clímax.

Ainda assim, eu quero chutá-lo no saco.

Vendo a fúria e o desejo incontrolável nos meus olhos, ele sorri e se afasta. Então, abre o zíper da calça e tira o pau duro, enquanto se masturba, olhando para mim.

Ele continua se tocando enquanto se ajoelha entre as minhas pernas e começa a me lamber de novo, o pau latejante e úmido na mão dele.

Quero chupá-lo. Quero que ele me coma. Quero que ele me deixe sem ar enquanto me bate com o cinto. Estou fora de mim de desejo e de euforia, sentindo cada uma das ondas de prazer que a língua dele me dá enquanto me lambe e se masturba de joelhos entre as minhas pernas abertas.

A luz do quarto parece ficar mais forte. O som das ondas lá fora, mais alto. Meus olhos se reviram.

Ops. Vou ser punida por isso.

Se eu tiver sorte.

Com um estremecimento forte e um grito abafado pela gravata, eu gozo com intensidade, sinto meu sexo contrair e convulsionar. Meu corpo se arqueia na cama.

Muito longe, ouço Declan xingar. Sinto um puxão, e estou livre do meu absorvente. Ele se deita em cima de mim e morde a pele sensível sob o meu mamilo enquanto mete o pau na minha boceta rugindo como um animal feroz.

Com uma das mãos em volta do meu pescoço, ele mete com força e rapidez, enquanto eu gozo, e gozo e gozo embaixo dele.

— Puta que pariu, baby. Adoro estar dentro de você.

Ele está ofegante, me comendo com força enquanto eu aproveito o clímax mais intenso que já tive na vida. Os músculos da minha bunda se contraem. A linha entre dor e prazer se misturam quando ele morde meus mamilos e aperta meu pescoço até me deixar sem ar.

Ele estremece. Solta um gemido longo e baixo perto do meu ouvido. Com uma estocada final, ele goza dentro de mim, falando palavras apaixonadas em gaélico.

— *Tá tú mianach, cailín milis. Mianach.*

Ele enterra o rosto na curva do meu pescoço e começa a repetir meu nome como se fosse uma oração.

Eu me pergunto como é que eu achava que era feliz antes.

~

Quando finalmente recuperamos o fôlego e paramos de tremer, Declan sai de dentro de mim com cuidado, desamarra a gravata, livrando-me da mordaça, e me dá um beijo suave. E diz para eu não me mexer.

Fico deitada olhando para o teto enquanto ele vai para o banheiro, recolhendo o absorvente no caminho. Ouço o barulho da torneira. Depois de um tempo, ele volta sem roupa, trazendo uma toalha na mão esquerda e um pano molhado na direita.

Fecho os olhos enquanto ele me limpa e me seca com a toalha.

Quando ouço o barulho de uma embalagem se abrindo, eu digo:

— Não vou deixar você enfiar isso em mim.

Ele retruca com voz gentil:

— Mostre para mim como se faz.

— Claro que não.

— Confiança total, lembra?

— Boa tentativa, Casanova. Nem mesmo meu ginecologista tem esse privilégio. E eu já abro as pernas para ele há anos.

Ele ri e cede.

— Seus pulsos.

Baixo os braços que estão acima da minha cabeça, e ele me solta. Esfrego os pulsos enquanto ele beija a palma das minhas mãos, uma de cada vez. É um gesto doce e cuidadoso, que faz com que me sinta valorizada.

Olhando nos meus olhos, ele sussurra:

— Você é tão linda, garota.

Sorrio para ele.

— Lindamente dolorida.

— Vou pegar uma aspirina e um creme.

Ele volta para o banheiro, e aproveito o tempo para colocar o absorvente interno que foi deixado ao lado da cama. Faço uma careta ao ver o estado do edredom embaixo de mim e me viro, chutando-o para o lado e empurrando-o para o chão.

Quando Declan volta, segurando um copo de água em uma das mãos e um frasco de creme na outra, estou deitada nos lençóis e o edredom está no chão. Ele levanta uma das sobrancelhas.

— Parecia uma cena de crime.

— É só sangue.

O tom dele é totalmente indiferente. Lembro-me do sangue no colarinho da camisa dele, percebendo que ele é indiferente à visão por já estar acostumado. Tipo um médico de pronto-socorro.

Ou alguém que trabalha matando gente.

Ele coloca tudo na mesinha de cabeceira e me ajuda a me sentar, coloca dois comprimidos na minha mão e me dá o copo. Estou com tanta sede que bebo tudo.

Ele pega o copo e me empurra de leve para que eu volte a me deitar e me vira de bruços. Com o rosto no travesseiro, fecho os olhos enquanto ele passa o creme na minha pele ardente.

— Você tem a bunda mais perfeita que eu já vi na vida.

Saciada e sonolenta, sinto os braços e as pernas pesados e o coração quentinho, mas tenho força o suficiente para rir.

— Não é? Acho que deveria ser imortalizada em gesso. Não, algo mais permanente. Tipo bronze.

Ele ri baixo.

— Um dia você vai me contar como foi que ficou tão autoconfiante assim.

— Você também é autoconfiante.

— Não chego nem aos seus pés.

— Igual ao seu QI.

— Vou deixar passar por ora, considerando o estado da sua bunda, mas não vou me esquecer.

Ficamos em silêncio por um tempo, enquanto ele continua passando cuidadosamente o creme nas nádegas doloridas. É estranho que mãos acostumadas a um negócio tão duro possam ser tão gentis.

— Declan?

— Hum?

— Eu não quero que você morra.

A mão que está acariciando a minha bunda para, desliza até a minha coxa e dá um aperto leve.

Ele diz baixinho:

— Não posso prometer que não vou.

— Você já pensou em sair?

Ele demora tanto para responder que começo a ficar nervosa. Mas permaneço imóvel enquanto espero, sentindo meu coração acelerar.

— Um homem não pode parar de fazer as coisas que o tornam quem ele é.

— Você é muito mais do que um gângster. Isso é só o que você faz. Existe uma diferença.

Segue-se uma longa pausa. A tensão é palpável. É como se ele estivesse numa luta interna para decidir o que vai falar. Quando ele o faz, a voz é tão baixa que preciso me esforçar para ouvir:

— Diga de coração que eu posso confiar em você com minha própria vida, e eu te conto se já pensei em sair. E no que aconteceria se eu saísse.

Eu me viro no travesseiro e solto o ar que eu estava prendendo.

— Diga de coração que eu não vou ter que escolher entre você e a Nat, e eu falo que pode confiar em mim com sua vida.

— Não é só ela que você estaria escolhendo. É todo mundo e todo o resto.

— Eu sei — sussurro.

— Eu nunca vou pedir para você fazer essa escolha. — Ele faz uma pausa. — Mas ela talvez peça.

— Porra nenhuma.

— A máfia irlandesa matou toda a família de Kazimir. Você sabia disso?

Pasma, eu o fito por sobre o ombro.

— É sério?

Ele assente.

— Os pais dele foram assassinados por não fazerem os pagamentos de proteção. E as duas irmãs mais novas dele também. — Ele afasta o olhar e baixa a voz. — Elas passaram por outras coisas antes de morrer. Coisas ruins. Eles mandaram fotos para Kazimir.

Acho que vou vomitar.

— Você sabe quem fez isso?

— Eles já morreram. Kazimir matou todo mundo.

— Meu Deus.

— Isso foi há muito tempo. Eu tinha acabado de entrar. Não cheguei a conhecer pessoalmente os homens envolvidos, mas não faz a menor diferença para Kazimir. Os irlandeses mataram a família dele. O ódio dele por nós é profundo.

— Mas todos vocês cooperam entre si nos negócios.

— Às vezes, sim. Já em outras, nos matamos. Se ele tiver a chance, não vai pensar duas vezes antes de me matar.

Eu me viro de lado, usando o cotovelo como apoio.

— E você não pensaria duas vezes antes de matá-lo.

A expressão dele fica sombria. Considero isso um sim.

— Você não pode machucá-lo, Declan.

Ele me fita por um momento, o olhar duro, e diz:

— Garota.

— Não use esse tom como se eu estivesse falando algum absurdo. Foi você que me disse que me prometeria tudo que eu quisesse.

— E você ainda não me disse que eu posso confiar minha vida a você.

A raiva faz o meu rosto ficar vermelho.

— Ah, então é um toma lá, dá cá?

— Não. Confiança não é algo que pode ser negociado.

Apesar de tentar manter a calma, minha voz fica mais alta:

— A Natalie é a minha melhor amiga. Sei que ela está apaixonada pelo Kazimir e vai ficar destruída se alguma coisa acontecer com ele.

Ele solta o ar em uma lufada pelo nariz.

— Então ela se apaixonou pelo cara errado. Ele tem tantos alvos nas costas quanto eu.

— Ele poderia ter um a menos.

— Você não faz ideia do que está me pedindo.

— Sei exatamente o que estou pedindo, e a resposta é um simples sim ou não.

— Então a resposta é não.

As palavras são duras e frias e me deixam sem ar.

Olhando para mim com frieza, ele declara:

— Nós somos inimigos. Assassinos. Como você acha que essa história vai terminar?

Com corações partidos, obviamente, para todos os envolvidos.

Eu me viro de costas para ele, encolhendo-me para me proteger da dor.

31

SLOANE

Depois de um tempo, Declan se levanta da cama. Ele logo volta com um cobertor, com o qual me cobre e ajeita em volta do meu corpo. Ele se inclina, beija minha testa e vai até o closet. Quando sai, está de jeans, jaqueta de couro e coturno, tudo preto.

Ele sai do quarto sem dizer nada, apagando a luz e fechando a porta.

Digo em voz alta para o quarto vazio:

— Pelo visto não tem chamego pós-sexo.

Eu sofro por um tempo, sentindo raiva de mim mesma por querer, pela primeira vez na vida, um chamego depois do sexo. Depois, saio de baixo da coberta e me levanto.

Essa casa não tem iluminação automática como o apartamento, mas a lua ilumina o suficiente para que consiga andar pelo quarto. Acho um interruptor no closet principal e o acendo.

Olhando em volta, começo a rir alto.

Nunca vi um closet com portas duplas antes, mas este tem, levando a uma varanda francesa. Um lustre dourado de cristal brilha no teto. Há uma parede cheia de prateleiras iluminadas do chão ao teto com sapatos e bolsas.

Presumo que seja tudo meu.

Em outra parede há várias gavetas com puxadores dourados sob cabideiros com camisas sociais, vestidos, calças e casacos pendurados. A terceira parede está repleta de ternos pretos e camisas sociais brancas de Declan. Há uma cômoda quadrada gigantesca no meio do closet, com um tampo de mármore bege, decorado com um arranjo de orquídeas brancas em vidro cheio de musgo.

O closet é tão grande quanto uma loja em um shopping.

Começo a remexer nas gavetas e encontro uma linda seleção de lingerie La Perla, tudo organizado com divisórias revestidas de seda. Paro diante de uma linda calcinha fio dental de seda e renda violeta.

Ainda está com a etiqueta de preço. A peça, uma entre cinquenta outras, talvez, custou 240 dólares.

Não é de se estranhar que Declan tenha debochado da minha poupança.

Tiro a etiqueta do preço, encontro um sutiã violeta combinando e visto de frente para o espelho de corpo inteiro.

Eu me viro de um lado para o outro, admirando meu reflexo. Então me dou conta de que nunca mais vou conseguir usar calcinhas de algodão que vêm em embalagens de três por trinta dólares.

Continuo olhando o conteúdo das gavetas. Encontro um suprimento vitalício de roupas de ginástica da Lululemon, além de jeans, suéteres, camisetas e tudo mais. Visto uma calça jeans da Dolce & Gabbana de 1.300 dólares e um suéter de cashmere preto tão macio que quase choro, e tento continuar zangada com Declan.

Quando abro uma das gavetas de cima da grande cômoda que forma a ilha central, eu paro e ofego.

Parece que a farra das compras também incluiu uma parada na Tiffany's.

Fecho a gaveta, espero o brilho ofuscante dos diamantes sumir da minha vista e saio do closet, abandonando todas as suas tentações. Sigo descalça até a cozinha.

Declan não está lá. Também não o encontro na sala de estar, nem na de televisão. Levo vinte minutos para andar por toda a casa, até finalmente ter certeza de que estou sozinha.

A não ser pelas sombras que se movem pelo perímetro do jardim.

As que carregam armas enormes.

Abro a porta de vidro da copa. O ar salgado entra. A brisa sopra o meu cabelo enquanto eu coloco o rosto para fora e chamo:

— Ei! Oi? Aqui!

Aceno com o braço para a figura sombria e alta perto de uma sebe. Ele para por um instante, olhando para mim. Depois leva uma das mãos ao ouvido.

— Pelo amor de Deus, você não precisa de permissão, Spider — resmungo enquanto ele fala em algum dispositivo no seu pulso.

Mas acho que ele precisava, porque só então começa a se aproximar.

Quando ele chega ao pátio de arenito do lado de fora e é banhado pela luz dos refletores das paredes, eu sorrio para ele.

— Capitão América! E aí, como estão as coisas?

Ele tenta não sorrir para mim, mas não consegue.

— Oi, madame.

— Ai, meu Deus — digo, horrorizada. — Por favor, me diga que o Declan não mandou vocês me chamarem assim.

Spider apoia a arma no ombro imenso e sorri.

— Não. Eu só achei que podia te dar um sustinho. Sabia que não poderia fazer isso de outra maneira, então... — Ele encolhe os ombros.

Está de bom humor. Imagino que ele goste mais do litoral do que da cidade.

— Bem, estou feliz de te ver. O Kieran também está por aqui?

— Está. Eu estava falando com ele. Ele mandou um oi. Está lá perto do portão. Os outros trinta estão espalhados por toda a propriedade.

— *Trinta*?

Ele dá de ombros de novo.

— É um lugar bem grande. Com vários pontos vulneráveis para os ratos tentarem entrar.

— Não gosto nada disso.

— Não se preocupe. Este lugar está mais protegido do que a virtude de uma freira. Ah, desculpe o jeito de falar.

— Virtude não é palavrão. Paralelepípedo que é. Você sabe aonde o Declan foi?

Ele faz uma careta e começa a mudar o peso do corpo de um pé para o outro.

— Ah, você não pode contar. Desculpe. Eu esqueci que a gente não pode conversar.

Com expressão de desculpas, ele diz:

— São só negócios, sabe?

Faço um gesto com a mão como se não importasse.

— Ah, eu sei. Coisas de homem. O código e tudo mais. Aliás, espero que você não tenha tido problemas da última vez. Eu não contei para o Declan que a gente tinha se falado, mas de alguma forma ele ficou sabendo.

A voz de Spider é solene:

— Ele sempre sabe de tudo.

Resisto ao impulso de revirar os olhos.

— Tem alguma coisa que eu possa te oferecer? Um café? Um uísque? Está frio aqui fora.

Quando ele hesita, eu digo:

— Ele nunca vai saber. Ele nem está em casa.

Depois de um momento de debate interno, ele diz bem sério:

— Café seria uma boa.

— Seria ou é? Você quer?

— Quero. Obrigado.

— E quanto aos outros? Posso preparar um bule. Quem quiser, é só bater na porta.

Não dou tempo para ele responder, simplesmente sorrio e fecho a porta. Vou para cozinha e começo a procurar uma cafeteira na enorme despensa. Não encontro até descobrir que ela é embutida em um pequeno nicho ao lado da geladeira.

Levo mais uns dez minutos para descobrir como colocar os grãos que encontro na despensa na maldita máquina e para conseguir fazê-la funcionar. Quando volto para a porta com uma xícara de café quente para o Spider, tem mais três homens enormes vestidos de preto e armados perto das luzes do pátio.

— Oi, gente! Vou pegar o bule. Esperem um pouco.

Entrego a caneca para o Spider e volto à cozinha para pegar o bule de café e mais canecas. Depois volto para a área da mesa, distribuo as canecas e as encho, sentindo-me um pouco como Florence Nightingale sem a parte do sangue.

Decidindo que os caras precisam de um pouco de energia, procuro alguns biscoitos e cookies de chocolate na despensa e os arrumo em um prato, que levo lá para fora. Logo, tem uns dez homens no pátio, e eu fico mais animada.

Não há nada melhor do que ter um monte de homens fortes por perto para dar uma levantada no humor.

— Alguém quer jogar cartas?

Quando minha sugestão é respondida com expressões neutras e total silêncio, digo em tom sério:

— Ah, é. Eu ouvi dizer que os irlandeses são os *piores* jogadores de carta. Quem foi mesmo que me disse isso? Não consigo me lembrar. De qualquer forma, vou deixar vocês trabalharem! Boa noite, gente. E obrigada por protegerem a casa. Eu agradeço muito.

Eu me viro para a porta. Uma voz irritada diz:

— Quem quer que tenha dito que irlandeses não sabem jogar cartas é um idiota.

Vários resmungos de concordância seguem o comentário e eu me viro com um sorriso.

— Eu também achei. Será que alguém pode me ensinar a jogar pôquer? Eu sempre quis aprender.

Uma hora depois, tem mais de vinte homens em volta da mesa da cozinha e eu estou trezentos dólares mais rica.

Eu arregalo os olhos para a pilha de dinheiro na minha frente.

— Uau, sorte de iniciante realmente existe!

— Assim como coerção e desobediência.

Ao som da voz de Declan, todos os homens congelam.

Ergo o olhar e vejo que ele está me encarando de braços cruzados, atrás do círculo de homens. Eles abrem espaço para que Declan possa passar. Alguém engole em seco de forma audível.

Com a bunda ardendo, coloco os pés na mesa, sorrio para Declan e digo calmamente:

— Querido, você chegou.

Um músculo no maxilar dele se contrai. Ele olha para cada um dos homens com uma expressão pétrea. Todos se encolhem.

— Não é culpa deles. Fui eu que os convidei.

Ignorando-me, ele diz algo em gaélico com voz firme e baixa.

Vários homens engolem em seco. Outros ficam agitados. Alguns empalidecem.

Eu me levanto e cruzo os braços, imitando a pose de Declan.

— Eu disse que não é culpa deles.

— Eu ouvi o que você disse. Spider, você é o primeiro.

Sem hesitar, Spider vai até a mesa e tira uma faca enorme de uma bainha sob o casaco. Ele se inclina, apoia a mão na superfície e pressiona a faca no mindinho.

Eu me sobressalto e começo a gritar:

— Não! Pare! Spider, *pare*!

Quando jogo meu corpo contra o dele, a pele já está sangrando.

Consigo desequilibrá-lo, fazendo com que ele deixe a faca escorregar e cair no chão. Me agacho para pegá-la e, quando consigo, me levanto e viro, furiosa.

Gritando com todas as minhas forças, eu me viro para Declan:

— *Mas que merda, gângster?*

Ele permanece calmo e frio como um iceberg.

— Devolva a faca para ele.

— Pode esquecer.

A voz dele fica mais dura.

— Sloane. Obedeça.

— Você quer essa faca? Venha pegar. E eu a enfio na sua cabeça, seu selvagem. *Esse homem é seu amigo.*

Ofegante, eu o encaro. Está todo mundo imóvel e no mais absoluto silêncio.

Ele diz:

— Você não entendeu. Eu não tenho amigos. O Spider trabalha para mim. Ele desobedeceu às minhas ordens. E, no nosso mundo, a desobediência tem consequências.

Pelo canto dos olhos, vejo um dos homens cerrar o punho.

Dois dedos estão faltando.

Sou tomada por uma raiva imensa. Estou cansada e horrorizada, mas principalmente furiosa. Minha voz está trêmula quando digo:

— Então sou eu quem deve sofrer as consequências por eles. Essa ideia foi minha. É melhor você me punir.

O silêncio é profundo. É como o eco de uma catedral abandonada com seus fantasmas por centenas de anos.

— Por favor, Declan. Eu imploro.

Os olhos dele me fulminam. As narinas se expandem. Ele respira lentamente, e eu acho que ele está pensando no assunto.

Então, eu faço algo que sei que vai fazê-lo perder a cabeça.

Eu me ajoelho no chão.

Na frente de todo mundo.

Sinto o choque se alastrando pelo ambiente quando eu me inclino e apoio a mão trêmula contra o lindo ladrilho da cozinha. Sinto a explosão de pânico quando pego a faca com a outra mão e aperto os dentes com determinação.

Nunca notei o quanto um mindinho é pequeno. Talvez eu nem sinta falta.

Perguntando-me se Declan guarda todos os dedos decepados como troféus em um pote de vidro em uma gaveta na escrivaninha, respiro fundo e pressiono a faca.

32

SLOANE

Vejo um movimento na minha visão periférica, e Declan chuta a faca para longe.

Ele me agarra, me coloca de pé, me abraça e me aperta contra o peito, xingando.

— Porra de mulher teimosa. — Ele me sacode. — Jesus, Maria, José. Caralho. Você é louca!

Ele pega o meu rosto e me beija vorazmente. Eu permito, agarrando a jaqueta de couro para me manter de pé, embora minhas pernas estejam bambas.

Quando afasto o rosto para respirar, a cozinha está vazia, a não ser por nós dois.

— Puta merda, Sloane. *Puta merda.*

Ele mergulha as mãos no meu cabelo e agarra minha cabeça. Ele me sacode de novo, o peito ofegante. Então, pressiona a testa contra a minha e fecha os olhos, com a respiração pesada.

— Nunca mais me assuste dessa maneira.

Não consigo me segurar e solto uma risada fraca.

— Eu estou falando sério!

— Você é um louco.

— *Eu* que sou louco? Você ia cortar a porra do seu dedo por um homem que você mal conhece.

— É uma questão de princípios.

Ele está indignado.

— *Princípios*?

— É. Princípios. Eu tenho alguns, e eles são inegociáveis. Um é que eu não causo sofrimento aos outros se eu puder evitar. Outro é que eu me responsabilizo pelos meus atos. Eu não jogo a culpa nos outros pelo que dá errado na minha vida. Junte esses dois, e você vai me ver ajoelhada na cozinha ameaçando cortar meu mindinho com uma faca.

Ele me beija de novo. É frenético.

— Completamente louca — resmunga ele. — Puta merda.

— Você que é o cara das múltiplas personalidades. Parecia o próprio Exterminador do Futuro quando entrou pela porta.

Ele me abraça e me puxa para ele, o coração disparado, a mão em volta da minha cabeça, trêmula. Ele me balança suavemente de um lado para o outro, enquanto tenta recuperar o fôlego.

— Eu não posso deixar você sozinha. Nem por um minuto. É a única solução.

Minha voz sai abafada contra o peito dele, quando digo:

— Não se preocupe. Eu nunca mais vou falar com nenhum dos seus homens. Aprendi a lição.

— Duvido que você tenha muita escolha agora, considerando que todos vão colocar flores aos seus pés depois do que você acabou de fazer.

— Gosto dessa ideia. Aonde você foi?

— Dá um tempo. Eu ainda estou tendo um ataque do coração.

Ele me pega no colo e me carrega da cozinha para o quarto. Então me coloca em pé ao lado da cama, tira toda minha roupa e faz o mesmo, depois me empurra para a cama e se deita ao meu lado. Debaixo do lençol e do cobertor, ele me puxa para o seu lado e me abraça apertado, como se temesse que eu fosse desaparecer num passe de mágica.

Depois de um tempo, eu digo:

— Desculpe ter dito que eu ia enfiar a faca na sua cabeça. Eu não estava falando sério.

— Estava, sim.

— Tá. Eu estava. Mas eu teria me arrependido se eu fizesse isso. Eu teria chorado muito no seu enterro. E eu não devia ter dito aquilo na frente dos seus homens. Desculpa. Mas eu não posso garantir que eu não vou empurrar você na frente de um carro se você machucar um daqueles caras. Eles adoram você. E não foi culpa deles. De verdade.

— O famoso encanto da Fada Sininho.

— Exatamente.

— Você deveria devolver o dinheiro que roubou deles.

— Eu não roubei. Foi um jogo justo.

— É? Então você disse para eles que você mandava muito bem no pôquer, do mesmo jeito que disse para mim?

— Claro que não. Tudo isso é parte do jogo.

Ele solta um suspiro pesado.

— Você é letal, garota.

— Eu gosto de mostrar para as pessoas com quem elas estão lidando. Aonde você foi?

— Fui dar uma volta.

Não estou convencida e repito:

— Uma volta.

— Na praia.

Ele saiu para dar uma volta na praia usando coturno?

— Você precisava chutar alguma foca?

— Eu só precisava espairecer um pouco. E te dar um pouco de espaço. Você estava chateada com a forma como a nossa conversa acabou.

Quando não respondo, ele diz:

— Vou colocar você no meu testamento.

— Ah, não. Não vamos começar com esse lance de dinheiro de novo.

— Vamos, sim. Você disse alguma coisa sobre sua amiga que não consigo tirar da minha cabeça.

— O quê?

— Que ela morreria se alguma coisa acontecesse com Kazimir. — Acariciando meu rosto, ele me dá um beijo leve. A voz dele fica rouca. — Isso me fez pensar em como você reagiria se alguma coisa acontecesse comigo.

— Eu estaria ocupada demais organizando todos os diamantes no armário para prestar atenção.

— Até parece.

— Você está tentando me obrigar a te dizer como eu me sinto de novo, não está?

— Estou.

— Você vai usar isso contra mim e começar a falar sobre aquele lance louco de casamento, não vai?

— Vou.

— Então não vou dizer.

— Eu quero ouvir. Eu *preciso* ouvir. Você disse que estava embriagada, mas eu já passei desse ponto. Estou viciado. Se você não me der mais uma dose, sou capaz de enlouquecer.

Os beijos dele são suaves e rápidos em meu rosto, minha boca e meu queixo. Ele está me chantageando.

— Tá legal. Suas mãos são bonitas.

Ele interrompe o beijo e olha para mim, arqueando as sobrancelhas.

— Pelo amor de Deus, Declan. Você sabe que eu não sou boa nisso.

— Você é melhor do que pensa.

Solto o ar com força, pego a mão dele e a pressiono em meu coração acelerado.

— Aqui, sinta isso. É assim que eu me sinto em relação a você, seu mandão.

Ele olha para a própria mão espalmada contra o meu peito, então fecha os olhos. Depois de um tempo, diz, maravilhado:

— Nosso coração está batendo no mesmo ritmo.

Essas palavras despertam um tipo de medo que nunca senti antes. É um terror frio e intenso que me invade e penetra meus ossos.

Uma vez que começa, é impossível parar uma coisa tão poderosa quanto dois corações batendo em sincronia.

Socorro. Eu caí e não consigo me levantar.

— Por que essa cara de pavor?

— Você disse "honestidade total". Meu rosto só está seguindo as regras.

Ele responde secamente:

— Eu também disse "obediência total".

— Dois de três não é tão ruim.

O olhar dele é cortante.

— Essa é a sua forma de dizer que confia em mim?

Minha risada é suave, mas exagerada.

— Não é óbvio? Qualquer outro homem que tentasse me obrigar a chamá-lo de “meu senhor” já teria virado eunuco a essa altura.

Ele segura o meu rosto.

— E quanto a mim? — pergunta ele, com um furor ardente nos olhos. — Eu posso confiar em você?

— Calma aí, sr. Intensidade. Por que tudo precisa ser uma questão de vida ou morte?

— Não tente mudar de assunto.

— Eu nem sei bem o que você está perguntando. Isso parece ter um sentido muito mais profundo do que a definição normal de confiança. Você precisa de um transplante de coração e não está me dizendo nada e quer que eu seja a doadora?

— Eu *vou* precisar de um transplante de coração quando isso acabar.

— Que ótimo. Isso foi muito esclarecedor, obrigada.

Ele me fulmina com o olhar. Queria dar na cara dele.

— Que tal você começar com a definição de confiança?

Ele começa a recitar uma lista como se estivesse tatuada no seu cérebro:

— Nada de mentiras. Nada de omissões. Lealdade completa. Dedicação completa. A sua vida antes da minha e vice-versa. Tudo que é meu é seu, e vice-versa.

— Parece que estou entrando em um culto.

— Eu ainda não acabei.

— Meu Deus.

— A gente sempre defende um ao outro. Sempre cumprimos nossas promessas. E segredos são algo do passado.

A voz dele fica mais grave ao dizer o último item. Mais grave a ponto de ganhar mais peso, como um navio afundando no mar.

Olho atentamente para ele e pergunto:

— Você tem muitos segredos, não tem?

— Você sabe que sim.

— E você quer me contar?

— Quero que você entenda quem eu sou.

— Acho que eu já sei.

— Não, garota. A sua compreensão é apenas a camada mais externa da cebola. A casca seca e fina. Para entender quem eu realmente sou, você precisa descascar muitas camadas.

— Eu não faço ideia de onde você pega suas metáforas, mas eu gostaria de dizer que a confiança é algo que evolui com o tempo. É algo orgânico. Com base na minha experiência.

— Errado. A confiança é uma decisão. Você pode tomar uma decisão entre uma inspiração e uma expiração. — Ele faz uma pausa de efeito antes do golpe de misericórdia: — Como você fez comigo no banho.

Eu odeio quando as pessoas têm uma memória excelente.

— Espere um pouco. Vamos ver se estou entendendo. Você está me dizendo que basta eu dizer, aqui e agora, que você pode confiar em mim? É isso?

— Exatamente.

— E você me contaria todas as histórias de cada camada da cebola?

— Exatamente.

— Com todo respeito, mas isso parece ser muito ingênuo para um homem na sua posição.

— Seria, se eu não tivesse certeza de que você jamais vai me dizer que eu posso confiar em você se eu não puder.

Merda. Esse relacionamento nunca vai funcionar se ele estiver certo o tempo todo.

— Eu proponho uma concessão.

— Eu não gosto de concessões.

— Que surpresa. Como eu estava dizendo, acho que pode haver um meio-termo entre os dois extremos. Por que você não me conta um segredo e a gente parte daí?

Quando ele fica olhando para mim com os lábios contraídos, eu continuo:

— Um segredinho. Tipo por que você só usa preto? Considere isso um treino de confiança.

Depois de um momento em que me fulmina com o olhar, ele diz em tom sombrio:

— Vai chegar uma hora, garota, e não vai demorar muito, quando eu vou precisar saber de um jeito ou de outro.

Ele se vira e fica deitado de costas, olhando para o teto. Então, se levanta, se veste e sai do quarto.

Quando ele não aparece depois de três dias, fico em um estado de pânico diferente de qualquer coisa que já senti na vida.

Porque, de acordo com os noticiários, todos os chefes da máfia do país estão sendo assassinados, um por um.

33

DECLAN

Já são quase três da manhã quando entro na casa. Espero encontrar Sloane dormindo na cama, mas, em vez disso, ela está na sala de TV, encolhida no sofá com uma taça de vinho tinto. Duas garrafas estão na mesinha de centro, uma vazia e a outra quase vazia.

Ela está assistindo ao noticiário 24 horas.

Não nota minha aproximação. Fico parado na porta observando, enquanto ela toma um gole de vinho e rói a unha do polegar. Ela parece exausta. Debilitada. Morrendo de preocupação.

Sinto uma pontada de culpa, mas não me arrependo de não ter telefonado.

Não que isso tenha sido fácil.

Não parei de pensar nela nem um segundo desde que eu parti. Se já não soubesse que estou obcecado, três dias de separação foram o suficiente para deixar isso bem claro.

Pegando o controle remoto, ela começa a passar pelos canais, pausando por alguns segundos. Procurando alguma coisa.

Eu sei o quê.

— Tente a CNN. Eles amam uma notícia sangrenta.

Sloane se levanta com um salto, derrubando a taça de Cabernet no chão. O vinho mancha o tapete cor de creme, deixando um padrão como o de uma jugular cortada.

Ela cerra os punhos e me olha com ar de espanto, sem piscar.

— Você está vivo.

— Ah, o seu incrível poder de dedução.

Os olhos dela brilham.

— Não se atreva a fazer pouco caso de mim. Não se atreva a me provocar. — Ela aponta o dedo para o sofá. — Eu estou sentada aqui há três dias, ouvindo uma caralhada de repórteres falar sobre gângsteres assassinados. Três *dias*. Você faz ideia do que eu passei? Por que você não ligou? Onde foi que você se meteu?

A voz dela sobe um tom a cada pergunta. Ela está louca da vida.

Isso não deveria me deixar feliz, mas deixa. Tão feliz que eu poderia voar.

— Eu estava trabalhando.

Olho para a televisão e para ela. Sei que ela entende quando empalidece.

— Você... *Você*...

Respondo com voz suave:

— A suprema arte da guerra é subjugar o inimigo sem lutar.

Fechando os olhos, ela meneia a cabeça.

— E agora você citando Sun Tzu. — O tom é amargo. — Como se isso fizesse algum sentido.

— Só estou testando esse seu QI superior. Você passou. Dessa vez.

Ela abre os olhos e me encara com tanta fúria que eu quase sorrio.

— Que merda, Declan.

Eu me encosto na parede e cruzo os braços.

— Você está falando muito palavrão, garota. Está exagerado até mesmo para você. O que houve? — Abro meu sorriso, que se desenrola como uma cobra. — Não me diga que ficou com saudade.

O ar em volta dela fica carregado de ódio, e sei que ela está prestes a perder a cabeça, os olhos praticamente saltando do rosto. É como se estivesse canalizando o fantasma do próprio Charles Manson.

Ela se aproxima de onde estou e me dá uma bofetada na cara.

Quando meu rosto volta à posição normal, olho para ela com um sorriso.

— Como você se atreve a vir com esse sorrisinho para cima de mim, seu filho da puta?

— É uma pergunta retórica? Achei que você não gostasse disso.

— Eu achei que você estivesse morto!

— Não. Eu, não. Só os chefes de todas as outras gangues. Menos Kazimir. Você me pediu para não fazer nada com ele, então eu não fiz.

Ela arfa com tanta força que é como se estivesse tentando não se afogar. O seu rosto se contorce e fica vermelho.

Acho que, como não sabe o que fazer, ela me dá outra bofetada.

Eu a agarro e a beijo, com força.

Ela começa a chorar.

— Seu cuzão! Eu te odeio! Eu te odeio!

— Eu sei, baby — respondo, rindo e a abraçando. — Você me odeia. Só que não. Você é louca por mim. Você está tão apaixonada por mim que chorou só porque estou vivo.

Soluçando de chorar no meu ombro, ela soca o meu peito.

Eu sussurro no ouvido dela.

— Minha doce garota. Minha rainha. Você é forte como uma leoa. Eu quero você.

Ela funga e chora enquanto eu a beijo, agarrando-se a mim como se nunca mais fosse me deixar partir.

Eu nunca me senti tão feliz quanto agora, neste exato momento.

Até ela me empurrar, na verdade.

Ela se vira e se afasta de mim, colocando as mãos na cabeça, gritando de irritação.

Observo enquanto ela anda em círculos pela sala, respirando fundo e soltando o ar devagar. Ela enxuga o rosto com as mãos trêmulas e anda mais um pouco. Quando recobra o controle, para e olha para mim.

— Obrigada por Kazimir. E vai para puta que pariu por me deixar preocupada assim. Nunca mais faça isso comigo.

— Não vou fazer.

— É bom mesmo. Meu Deus, acho que eu estou tendo um derrame. E agora?

— Agora a gente espera até o namorado da sua amiga me ligar para discutirmos um cessar-fogo.

— Como você sabe que ele vai ligar?

— Essa é a única maneira de ele conseguir me colocar em uma sala para tentar me matar.

Depois de um segundo, ela diz:

— Vai ser sempre assim, não é?

— É. Essa é a vida. Guerra. Morte. Matar ou morrer. Agora você está vendo por que eu estou sempre de bom humor.

Ela fica me olhando com ar suplicante.

— Não precisa ser sarcástico. Eu não consigo lidar com sarcasmo agora. Só me diga logo a verdade. Ele *vai* te matar?

Ele faz um muxoxo.

— Ah, homens de pouca fé.

— Cite a Bíblia para mim de novo e você vai ver o que vai acontecer com seus dentes da frente.

— Ele não vai me matar.

Ela me olha, sem parecer acreditar.

— Eu vou dar a ele um bom motivo para não fazer isso.

— Qual?

— Eu vou dizer que Natalie jamais o perdoaria se ele matasse o cara que é o amor da sua vida.

Ela fecha um olho e franze o nariz, tentando entender.

— E como é que a Natalie vai saber que você é o amor da minha vida?

— Você vai dizer isso para ela.

Ela fica séria e arqueia uma das sobrancelhas.

— Como é que é? Acho que não ouvi direito. Você acabou de sugerir que eu diga para a minha melhor amiga que você… — ela me olha de cima a baixo — … é o amor da minha vida?

— É exatamente o que você ouviu.

— Então você quer que eu minta para ela.

Inclino a minha cabeça e olho para ela com os olhos semicerrados.

— Foi mal, gângster. Pode ficar putinho o quanto quiser, mas *ela* é o amor da minha vida.

Fico longe por três dias, e ela se esquece com quem está lidando.

— Entendi. Então você gostaria que Kazimir cortasse as minhas bolas e me sufocasse com elas?

Quando ela empalidece, eu sorrio.

— Essa é a especialidade dele. Os russos são bem dramáticos.

— Você está me chantageando. Isso é chantagem emocional.

— É mesmo. Eu não sou bonzinho. Foi mal.

Ela coloca as mãos na cintura e me olha de cima, como se eu fosse um mendigo imundo.

— Que pena, mas não vou fazer isso. Se você não consegue sobreviver sozinho sem a minha ajuda, então não é o gângster que achei que era.

Ah, como eu gostaria de dar uns bons tapas naquela bunda linda até ela gritar.

Ela ia amar… então, eu não faço isso.

Dou de ombros e saio da sala.

Ela me segue.

— O que significa isso? Para onde você está indo?

— Para a cama.

Sigo para o quarto. A raiva dela às minhas costas é como uma nuvem tóxica. No banheiro da suíte, tiro as botas e a roupa e entro no chuveiro.

Fico embaixo da ducha quente com os olhos fechados por vários minutos, deixando a água quente escorrer pela minha pele. Sloane fica em pé do lado de fora, olhando-me com raiva pelo vidro.

— Não vou dizer para ela que você é o amor da minha vida.

— Eu já ouvi.

— Você não precisa que eu diga. Você só *quer* que eu diga. É por isso que você está tentando me obrigar a dizer como eu me sinto de novo.

— Se é o que você pensa.

— É exatamente o que eu penso.

— É isso, então.

— É mesmo.

Ignorando-a, pego o sabonete e começo a passar no meu peito. Eu me demoro para me lavar, ensaboando os braços, o peito, o abdômen. Quando eu volto para a ducha e me enxáguo, sinto o olhar desejoso dela no meu corpo.

Ela resmunga:

— Exibido.

— Entra aqui comigo, mulher.

— *Pffft.*

— *Agora.*

— Queira me desculpar, mas não sou um cachorrinho para você ficar dando ordens...

Eu interrompo a respostinha raivosa abrindo a porta do boxe e a puxando para o chuveiro, de roupa e tudo.

Eu a pressiono contra a parede, prendo os pulsos acima da cabeça dela e a beijo, com voracidade e tesão.

Ela está tão faminta quanto eu, e corresponde ao beijo como se estivesse prestes a morrer a qualquer segundo.

Depois, nos apressamos para livrá-la de todas as roupas, que estão molhadas e grudadas na pele, mas isso não nos atrapalha.

— Menstruada?

— Não. Já acabou.

Eu a levanto e pressiono as costas dela contra a parede. Ela envolve minha cintura com as pernas e pega o meu pau para entrar nela.

— Puta merda, baby. Rápido.

— Isso. Ah... Assim.

Eu meto dentro dela com um gemido alto que ecoa nas paredes. Ela arqueia as costas com um gemido suave. As unhas fincam nos meus ombros.

Eu a como contra a parede do chuveiro, a água espirrando por todos os lados, até ela gritar.

— Ai, Declan, eu vou gozar. Eu vou gozar, *Declan... Ah...*

Sinto os músculos dela apertarem meu pau.

Eu a beijo enquanto gozo, minha língua mergulhada na boca de Sloane e minhas mãos segurando a bunda dela, minhas coxas queimando e meu coração pegando fogo.

Não importa que ela não admita que eu sou o amor da vida dela. Não importa que ela nunca me diga como ela se sente.

Nenhuma palavra é capaz de competir com isso.

Quando estamos os dois ofegantes e tremendo e recuperando o fôlego, ela baixa a cabeça e esconde o rosto no meu ombro.

Ela sussurra:

— Você talvez seja um segundo lugar, mas bem distante em relação à Nat. Muito, muito distante. Babaca.

Sinto meu peito inflar e começo a rir só para extravasar toda a emoção que estou sentindo.

Tirando o pau de dentro dela, eu a coloco em pé e seguro o rosto dela com as duas mãos. Minha voz está rouca de prazer quando eu digo:

— Isso basta.

E eu a beijo e abraço apertado, cheio de alegria ao sentir o coração dela batendo forte contra o meu peito.

Batendo no mesmo ritmo que o meu.

34

DECLAN

Mais tarde na cama, estamos deitados em silêncio, observando o nascer do sol. Estamos de conchinha, as costas dela contra o meu peito, meu braço servindo de apoio como um travesseiro. Meus joelhos encaixados atrás dos dela.

Uma vez, paguei trezentos mil dólares por um relógio de pulso. Eu me lembro disso agora com um sorriso. Achava que um pedaço de metal valia alguma coisa.

Mas eu não tinha nada de valor de verdade para comparar.

Agora eu tenho.

Sloane diz:

— Você sempre usa preto para esconder melhor o sangue.

Eu me pergunto o que está por trás do comentário. Será que faz parte do treinamento de confiança que ela sugeriu antes de eu ir embora? "*Por que você não me conta um segredo e a gente parte daí? Um segredinho. Tipo por que você só usa preto? Considere isso um treino de confiança.*"

— É isso.

— Eu fazia a mesma coisa.

— Como assim?

Ela respira fundo devagar e vai soltando o ar.

— Eu me cortava e não cicatrizava bem. Se eu usasse branco, haveria manchas de sangue na minha roupa. Eu pareceria uma vítima de um ataque.

Fico surpreso.

— Você? Se cortava? Por quê?

— O sofrimento precisa de uma válvula de escape.

Eu espero, sabendo que ela vai falar mais, sem querer interromper os pensamentos dela antes que ela possa colocá-los em palavras.

— Eu fui uma criança gorda. Meus pais me chamavam de Bujãozinho. Achavam fofo, uma criança cheia de dobrinhas. Mas, quando eu fiz dez anos, minha mãe decidiu que isso desmoralizava ela como mãe. Meu pai achava que era falta de força de vontade. Uma falha de caráter. Os dois odiavam o fato de eu ser gorda. Quanto mais eu engordava, mais decepcionados eles ficavam, como se meu corpo determinasse o meu valor. Eu ocupava muito espaço. Mesmo sem dizer nada, eu chamava atenção. Minha presença era óbvia. Dominadora. Eu precisava ser controlada.

Fico ouvindo, fascinado, tentando imaginar essa leoa que eu conheço como uma filhotinha.

— No verão, quando eu estava entre o quinto e o sexto ano, eles me obrigaram a ir para o acampamento de gordos.

— Acampamento de gordos?

— É tão horrível quanto parece. Seis semanas sendo ridicularizada por conta do meu corpo, tudo isso disfarçado como educação. Foi lá que eu aprendi que não era legal ser como eu era. Que eu tinha um defeito. Que, para eu ser legal e aceita pela sociedade, eu precisava mudar. Tinha que encolher. Não poderia seguir no meu triste estado, achando que tudo bem ser gorda. Cara, o que esse tipo de merda faz com a cabeça de uma criança...

— Já não vou com a cara dos seus pais.

Digo isso com tanta força que Sloane ri.

— Sabe o mais estranho? Acho que não fizeram por mal. As intenções eram boas. Eles não queriam que a minha vida fosse difícil, e achavam que seria muito, muito difícil se eu não emagrecesse. Mas eles nunca me deram uma escolha em relação a isso. Então, lá fui eu para o acampamento de gordos para ser humilhada e desmoralizada diariamente. Acho que eles contratavam terapeutas com base na crueldade. A mulher responsável por mim fazia a Kathy Bates de *Louca obsessão* parecer a Mary Poppins.

Ela para e suspira.

— Qual é o nome do acampamento?

— Você não vai queimá-lo.

— É o que você pensa.

— Que lindo. Mas eles já fecharam. O governo finalmente resolveu tomar uma atitude depois de muitas denúncias de agressão.

— Agressão? — repeti.

— Ah, não em mim. Eu era muito boa em me esconder.

Enojado e impressionado, pergunto:

— E onde você se escondia?

— Bem na cara deles. Eu fiquei muito boa em ser o que eles queriam, e o olhar deles passava por mim como se eu nem estivesse lá. Eu perdi quase quinze quilos naquelas seis semanas, junto com a minha infância. — A voz dela fica mais dura. — E mais ninguém viu meu verdadeiro eu.

Sinto uma vontade imensa de quebrar alguma coisa. O nariz daquela terapeuta, provavelmente.

— Quando cheguei em casa, meus pais ficaram felizes. Não notaram meu silêncio. Não notaram como eu sempre olhava para o chão. Só viam como eu estava magra. Sucesso. E eu os odiava muito por isso. Então, eu me vinguei. Engordei tudo de novo, e muito mais. E aí minha mãe teve câncer e morreu. Meu pai se casou com uma mulher que me repudiava. Tudo estava uma grande merda, até que o melhor amigo do meu pai da Marinha veio nos visitar quando eu tinha catorze anos, e eu entendi o significado da palavra "vítima".

Percebo que estou apertando o braço dela com muita força. Relaxo minha mão e beijo o ombro dela, metade de mim querendo que ela continue e a outra metade querendo que ela pare.

Eu já sei o final dessa história.

— O nome dele era Lance. Até hoje, quando eu ouço esse nome, sinto vontade de vomitar. Lance, com o cabelo raspado e perfume Polo muito forte. Lance, com o sorriso de tubarão. Meu pai o venerava, minha madrasta flertava com ele, e eu ficava o mais longe possível, porque o jeito que os olhos dele me seguiam por todos os lugares era como uma daquelas pinturas na casa do terror na Disneylândia.

Ela para de falar abruptamente.

— O que ele fez com você?

— Tudo — diz ela sem emoção, como se tivesse acontecido com outra pessoa. — Tudo que um adulto pode fazer com uma garotinha indefesa.

Preciso fechar os olhos e respirar devagar, e faço isso de forma deliberada para não berrar.

— Você contou para o seu pai?

— Contei.

— E o que ele fez?

— O que ele fez? — Ela ri. — Nada. Ele não acreditou. Achou que eu estava inventando. Que eu estava querendo chamar atenção. Como uma gorda patética faria.

Estou sem ar, tomado pela fúria que queima dentro de mim. Quero enforcar o pai dela até a vida se esvair dos seus olhos.

— Lance foi embora depois de uma semana. Cinco semanas depois, eu descobri que estava grávida.

Xingo em gaélico. Sloane suspira.

— Se isso te deixa zangado, é melhor eu parar de falar então.

Entre os dentes, eu digo:

— Conte.

— Eu decidi que queria ficar com o bebê. E mantive a gravidez em segredo, mas eu não sabia como poderia ser uma mãe adolescente sem dinheiro. Mas, no fim das contas, eu não precisei saber. Um menino na escola que sempre fazia bullying comigo por ser uma "gorda da porra" me empurrou da escada, e eu perdi o bebê com treze semanas de gestação.

Não consigo falar. Fico congelado por um momento, minha mente vazia, sem conseguir processar o que ela está me contando.

A voz dela fica suave ao dizer:

— É por isso que eu sabia que eu não estava grávida no hospital. Quando tem um bebê crescendo dentro de você, o seu corpo passa por muitas mudanças.

— Sloane. Meu Deus. Que merda.

— Eu sei. Não é uma história bonita. E ela continua horrível depois disso. Eu fiquei deprimida. Sofri de ansiedade. Eu achava que estava enlouquecendo. Comecei a me cortar e a usar preto. Fiz um moicano. Furei o nariz e algumas outras coisas. Eu me fechei completamente. Mas, por trás disso tudo, eu estava com tanta raiva. Tanta raiva, que eu queria morrer.

Ela se vira e me olha profundamente. A voz está calma.

— Você quer saber o que me salvou?

— O quê?

— A Natalie. Minha melhor amiga. Minha única amiga. Eu quis me matar tantas vezes durante aqueles anos. A única coisa que me impediu foi ela. Ela salvou a minha vida muitas e muitas vezes. E sabe do que mais?

— Não sei se quero saber.

— Ela não faz ideia de que eu fiquei grávida. Só a enfermeira que me deu o teste na Planned Parenthood sabia. Eu sentia tanta vergonha. Você é a única pessoa para quem eu já contei. E quero que entenda o que isso significa.

Minha pulsação está acelerada e minha voz está rouca quando eu digo:

— Isso quer dizer que eu posso confiar em você.

— Não — diz ela, com voz suave. — Quer dizer que você não pode. Se eu tiver que escolher entre vocês dois, não posso afirmar de coração o que vou fazer.

Fecho meus olhos e respiro fundo.

— Eu disse que não te faria escolher.

— Você disse. E eu acredito. Mas agora a situação ficou mais complicada. Você e o Kage são os últimos homens de pé.

— Eu queria acabar com a guerra.

— E talvez tenha conseguido. Mas também o encurralou. Que escolha ele tem além de retaliar?

— Render-se.

Ela diz secamente:

— Acho que você não conhece o cara.

— Conheço. Não precisa parecer tão impressionada.

— Talvez isso te ofenda, mas acho que vocês dois são bem parecidos.

— Você está certa. Estou ofendido.

Ela deita a cabeça no meu peito.

— Tá.

Fico nervoso quando ela não diz mais nada. Quero que ela volte a falar.

— E como você passou de uma garota que foi empurrada pelas escadas para quem você é agora?

— Eu acabei percebendo que não era uma questão de querer morrer. Eu queria fugir dos meus sentimentos. Eu queria uma saída. A vida era dolorosa demais daquele jeito. Então, eu decidi que eu precisava mudar a vida. A minha vida. Eu precisava fazer algo para que nada de ruim acontecesse comigo de novo. O que é um pensamento mágico, é claro. Não podemos controlar quando as coisas ruins acontecem. Mas podemos controlar como reagimos.

"Eu jurei que nunca mais seria uma vítima. Comecei a me cuidar. Entrei para a ioga, fiz uma reeducação alimentar, comecei a ler tudo sobre autocuidado. Construí minha autoestima como se fosse uma casa, um tijolo de cada vez. Antes de eu ir para faculdade aos dezoito anos, eu tinha feito tudo que eu podia para ser mentalmente e fisicamente forte. Era isso ou me matar, então achei que valia a pena tentar. Depois de um tempo, eu aprendi a não me importar com o que pensavam de mim. Aprendi a me ouvir. A me proteger. Porque ninguém mais podia."

Imaginá-la como uma adolescente, uma garota sofrendo e determinada a se salvar, faz a minha admiração por ela aumentar ainda mais.

— Foi quando você decidiu que homens eram sobremesa.

— E nada além disso — diz ela com firmeza. — Principalmente porque eles só prestavam atenção em mim quando eu era gorda e eles podiam me sacanear, ou quando eu estava em forma e eles podiam me comer. Eu não podia confiar neles.

Encaixo a cabeça dela no meu pescoço, dou um beijo na testa e murmuro:

— Desculpe.

— Por quê?

— Pelo que eu disse no hospital. Como eu agi em relação à gravidez, como se a escolha fosse minha e não sua.

Ela fica em silêncio por um tempo.

— Obrigada.

— Puta que pariu. Não me agradeça. Eu sou um idiota.

Uma gaivota voa baixo sobre as ondas, a ponta das asas raspando na água. Outra faz um círculo preguiçoso no céu e solta um grito solitário.

Observando-as, percebo a coisa terrível que fiz ao trazer Sloane para cá. Ao torná-la minha prisioneira para depois ganhar a confiança dela. Sou como um daqueles conservacionistas sem-noção que acham que manter um tigre no cativeiro é mais seguro do que o deixar viver na selva.

Uma jaula não é um bom lugar para uma coisa selvagem, não importa que as grades sejam de ouro. Para piorar as coisas, eu fico exigindo que ela diga que eu posso confiar nela. Como se ela realmente fosse querer se aliar ao homem que a arrancou da garagem do prédio. Como se isso fizesse alguma merda de sentido.

Como é que só estou me dando conta disso agora?

Minha voz está rouca quando eu digo:

— Você me disse que não queria que eu te mantivesse aqui por muito tempo. Ainda se sente assim?

Em seu silêncio, sinto seus olhos se fixarem em mim.

— Por quê?

Preciso engolir em seco várias vezes antes de me obrigar a dizer as palavras.

— Posso te levar para casa se você quiser.

A voz dela fica aguda.

— Me levar para casa?

— Libertar você. Hoje mesmo, se é isso que você quer.

Ela solta o ar com dificuldade e parece decepcionada.

— Tá vendo? Eu sabia que não devia ter te contado essa história.

— Não estou dizendo isso por causa da história. Ah, merda, talvez eu esteja. Mas não importa. O que importa é você saber que sempre vai ter uma escolha comigo. Uma escolha em tudo. Eu não demonstrei isso até agora. Eu não quero ser como todos esses outros homens na sua vida. Tomando posse. Te machucando. Te decepcionando.

— Há muito tempo que ninguém me machuca. — A respiração dela é quente no meu peito.

Mas você poderia.

Ela não completa a frase, mas eu ouço as palavras assim mesmo. Ela já me contou muita coisa. Estou preso novamente entre querer fazer a coisa certa e o meu próprio egoísmo, que me diz para mantê-la ao meu lado para sempre, sem me importar com o que ela tem a dizer em relação a isso.

Gostaria que essa porra de pedacinho de humanidade dentro de mim já estivesse morto. As coisas seriam bem mais fáceis.

Mas fui sincero no que eu disse. Sloane tem uma escolha. Sou um neandertal sem coração, mas, para ela, vou abrir uma exceção.

— Eu te levo de volta para Nova York se...

— Diga mais uma palavra e eu arranco as suas bolas.

A raiva está de volta. Sinto na voz e na tensão do corpo dela. Gosto das minhas bolas onde estão, então eu dou mais um beijo em sua testa.

Ela faz a respiração quadrada por um tempo até a tensão deixar o corpo. Ficamos deitados juntos em silêncio, e ela está quase pegando no sono.

Meu celular toca. Está na pia do banheiro.

Sloane levanta a cabeça e me olha com olhos arregalados.

— É ele?

— Duvido que Kazimir ligue tão cedo. Fique aqui.

Eu me viro e me levanto da cama. Vou direto para o banheiro. Quando pego o celular e olho a tela, vejo o número de Kieran.

Coloco a cabeça para fora da porta do banheiro, olho para Sloane sentada na cama com expressão preocupada e nego com a cabeça.

Ela se deita de novo, soltando o ar com força.

Atendo à ligação de Kieran. Fico ouvindo distraído enquanto mijo. Ele quer repassar questões logísticas e fazer planos. Preciso tomar umas cem decisões diferentes, e não são nem sete horas da manhã.

Querendo voltar para a cama o mais rápido possível, dou a ele dez minutos do meu tempo. Desligo, jogo água gelada no rosto, escovo os dentes, volto para o quarto e paro ao ver a minha cama vazia.

Sloane não está lá.

35

SLOANE

Não faço ideia de quanto tempo Declan vai ficar no celular. Ele está falando em gaélico, então não dá para entender nada do que ele está dizendo. Decido que preciso de um pouco de ar e me visto.

Quando saio do quarto, ele ainda está falando no banheiro.

Ignoro meu estômago roncando quando passo pela cozinha, abro a porta de correr da área de estar e saio. O ar está frio e fresco. Sinto o vento gelado no meu rosto, mas não é o suficiente para me fazer voltar. Abraçando meu próprio corpo, atravesso o pátio e cruzo o gramado até chegar na areia.

No fim do terreno, perto da sebe de alfena, Spider está de sentinela.

Nossos olhares se encontram.

Levanto a mão em um cumprimento e desvio o olhar.

Não falei mais com ele desde o incidente na cozinha. Não falei com nenhum dos homens que rondam a propriedade, nem mesmo quando Declan estava fora. Fiquei dentro de casa, trancada e longe da vista deles, sentindo-me tola e zangada por tudo que aconteceu. Por ter arriscado não só o trabalho deles, mas o mindinho também. Por tê-los feito desobedecer a ordens, só porque eu estava entediada.

Gostaria que não fosse da minha natureza brincar com fogo. Sei que você sempre acaba se queimando quando faz isso.

O sol é uma bola distante no horizonte, brilhando suavemente enquanto sobe sobre o mar agitado e cheio de ondas desta manhã. As águas estão escuras e cheias de espuma branca por causa do vento.

Sigo direto para a beirada.

Quero sentir o mar nos meus pés. Sentir como talvez seja diferente das águas cristalinas do lago Tahoe, no qual passei todos os verões desde que aprendi a nadar aos cinco anos de idade. A água lá é tão límpida que eu via o fundo quando olhava pela lateral do barquinho de pesca do meu pai.

Eu esperava que a maresia soprasse em meu rosto e apagasse todas as lembranças que estão surgindo como fantasmas saindo dos túmulos desde que contei minha história para Declan.

A história originária de uma guerreira que deixou de se sentir forte.

É isso que o amor é? Fraqueza? Eu me sentia muito mais poderosa antes de ter visto Declan pela primeira vez. Agora eu me sinto tão frágil e desequilibrada quanto um potro recém-nascido.

Exatamente como no passado, tantos anos atrás, antes de eu conseguir me transformar em uma pessoa mais forte.

Há um iate ancorado em alto mar. Uma embarcação elegante e branca, brilhando ao sol como uma moeda recém-cunhada. Várias outras embarcações balançam pela costa. Um trio de veleiros corta as ondas seguindo para o sul. Ou seria o norte? Não sei bem para que direção estou olhando. Pensando bem, como é que eu sei que realmente estou em Martha's Vineyard?

Minha realidade se baseia única e exclusivamente nas coisas que Declan me diz desde que ele me arrancou da segurança de Nova York.

Você pode estar em qualquer lugar. Ele te drogou, lembra? Tudo isso pode muito bem ser uma alucinação. Você poderia até estar na lua.

Exausta e sentindo o coração tão pesado quanto as minhas pernas, sigo pelas dunas até a areia molhada e firme sob meus pés. Os tênis que peguei no armário são elegantes demais para molhar, então eu os tiro e os levo nas mãos enquanto passeio pela praia. Eu me esquivo das ondas que quebram na areia e se estendem, espumosas, na direção dos meus pés.

Não sei por quanto tempo eu caminho, catando conchas, mas de repente sinto os pelos da nuca se eriçarem.

Não é por causa do vento, tenho certeza.

Franzindo a testa, paro e olho em volta.

A praia está deserta nas duas direções. Além da casa que deixei para trás, não há outras construções à vista. A única coisa à minha frente que não pertence àquele lugar é Spider, correndo na minha direção, vindo do seu posto perto da sebe.

Ele está acenando com a metralhadora no ar. Gritando palavras que são engolidas pelo vento.

Mais quatro homens de preto e armados aparecem atrás dele, correndo em direção a mim.

Por instinto, eu me viro.

Meu cérebro registra oito figuras pretas e esguias saindo do mar com tanques de oxigênio presos às costas e armas nas mãos enluvadas, antes que o mais próximo de mim me agarre e me puxe para dentro da água.

— Ela acordou.

— Tem certeza de que só as algemas são suficientes? Acho que deveríamos prendê-la pelas pernas também.

— Aposto que sim. Como está seu nariz, Cliff?

— Vai se foder.

As vozes masculinas estão vindo de algum lugar próximo. São a primeira coisa que noto. Em seguida, começo a sentir uma dor de cabeça, um latejar atrás dos meus olhos no ritmo do meu coração. Há um gosto amargo na minha boca, minha cabeça está pesando uma tonelada, e minha mão direita parece ter socado uma parede por horas.

Também estou molhada. Minhas roupas, meu cabelo, meu corpo inteiro. Passo a língua nos lábios e sinto o gosto de sal. Água do mar.

Uma porta abre e fecha. Abro os olhos e olho à minha volta.

Estou em um aposento quadrado e cinza. Há uma única luz fluorescente no teto. O chão é de cimento, e os únicos móveis são a cadeira de metal na qual estou sentada e uma mesa amassada também de metal encostada na parede à minha esquerda.

Na parede à minha frente tem um grande painel de vidro preto brilhante.

Olhando para o meu reflexo no espelho bidirecional, percebo que estou acorrentada à cadeira.

Meus pulsos estão presos para trás. As algemas parecem estar presas à cadeira, que também deve estar presa ao chão, porque, apesar de várias tentativas vigorosas, ela não sai do lugar.

— Não adianta tentar. Você não vai a lugar algum.

Olho por sobre o meu ombro direito.

Um homem está encostado casualmente contra a parede, os braços cruzados, uma das pernas apoiadas na parede. Deve ter uns 35 anos. Está usando uma camisa xadrez preta e branca, jeans desbotados que marcam as pernas musculosas e coturnos. O cabelo grosso, ondulado e castanho parece não ver um pente há anos. Os olhos são castanhos também. Assim como a barba.

Ele parece um garoto-propaganda da Marlboro, grande e que vive ao ar livre. Há uma marca mais clara na pele do anelar esquerdo onde antes devia haver uma aliança.

Com uma voz profunda e um sotaque de Boston, ele diz:

— Bom dia, Sloane.

— Você precisa de um corte de cabelo. Era sua ex que marcava o barbeiro para você?

Ele demonstra surpresa por um segundo, antes de voltar a me olhar com indiferença.

— Sou eu que faço as perguntas aqui.

Ele se afasta da parede e se coloca diante de mim, de costas para o painel de vidro preto. Cruzando os braços de novo, me olha de cima, projetando poder e perigo de cada poro.

Meu Deus, quantas vezes mais eu vou ser sequestrada por machos alfa este mês? Isso já está começando a ficar ridículo.

Olhando para os antebraços musculosos, eu digo:

— Gostei das tatuagens. São bem celtas. Você sabia que os nós espirais perto do seu pulso representam a jornada de uma pessoa pela vida até o mundo espiritual, ou você só achou que era um desenho bonito?

Ele inclina a cabeça para o lado.

Dou um sorriso.

— Eu já li muita coisa sobre jornadas espirituais.

Nada acontece por um tempo, até que ele diz:

— Quero falar sobre o seu namorado.

Pelo menos ele está indo direto ao assunto. Achei que íamos levar muito tempo.

— Melhor parar por aí. Eu não tenho namorado. Dá muito trabalho e exige muito comprometimento. Será que posso tomar um copo de água? Ou melhor, um suco de laranja fresco seria ótimo.

Ele franze a testa.

— Acho que você não está entendendo o que está acontecendo aqui.

— Ah, pelo amor de Deus, cara. Eu sei exatamente o que está acontecendo aqui.

Não sei dizer se ele está se divertindo ou irritado, mas sei que está intrigado, porque diz:

— Explique, então.

— Você quer os quinhentos dólares que eu fiquei devendo no ano passado.

Ele pisca. Acho que sem querer. Isso me faz abrir um sorriso ainda maior do que o anterior.

— Sério, estou impressionada. Vocês devem ter tido um aumento no orçamento deste ano com a nova administração. Eu adoraria saber como vocês vão atrás das corporações que devem muitos impostos. O chefão ganha um esquadrão inteiro de fuzileiros navais indo atrás deles, não é?

Ele se inclina e aproxima o rosto do meu, apoiando as mãos enormes nas coxas musculosas. Quando estamos cara a cara, ele diz com voz suave:

— Eu não sou da receita federal, docinho. E isso aqui não é a porra de uma piada. A sua situação está bem feia.

— Não seria a primeira vez. Nem a última. Você gosta de louras? Eu conheço uma garota que trabalha no meu estúdio de ioga que ficaria louquinha com seu estilo Grizzly Adams. Só que ela tem uma daquelas vozinhas irritantes de bebê, mas dá para relevar porque ela é um doce de pessoa. Você parece estar precisando de alguém que cuide de você.

Quando ele olha para mim com os lábios contraídos e as narinas infladas, eu acrescento:

— Foi cetamina que você usou para me apagar? Porque isso mexe com a minha memória e eu não consigo me lembrar de nada entre o momento que as criaturas de preto me puxaram para a água e agora. Eu adoraria saber como que eu não me afoguei. Aliás, nota dez para a engenhosidade. James Bond ficaria orgulhoso.

Depois de um tempo, o Homem das Montanhas se empertiga. Lança um olhar por sobre o ombro para o espelho, se coloca atrás da minha cadeira e para ali.

A voz dele tem um tom de aviso quando ele diz:

— Declan O'Donnell.

— Prazer em conhecê-lo, Declan.

Olho direto para o espelho quando digo isso, com um sorriso radiante. Espero que quem quer que esteja me observando atrás do espelho bidirecional tenha um surto. As pessoas odeiam quando você não sente o medo que querem que você sinta.

O Homem das Montanhas apoia a mão no espaldar da cadeira e se aproxima do meu ouvido. Em voz baixa ele diz:

— Eu não sou idiota, Sloane.

— Você? Idiota? Claro que não. Você parece muito inteligente. A camisa xadrez te entregou na hora.

Eu quase sinto a pressão arterial dele subindo.

— Você se acha muito inteligente, né?

— Eu sou comprovadamente inteligente. Se quiser aplicar um teste de QI, eu faço. Aposto dez dólares que eu ganho de você por uns trinta pontos.

Ele desiste de tentar me intimidar atrás da cadeira, se coloca diante de mim de novo e declara:

— Pode rir o quanto quiser agora, mas, se você não cooperar comigo, vai ficar nesta sala pelo resto da vida sem nenhum contato com o mundo exterior, cagando na porra de um balde.

— Entendi. Que droga essa tal de Declaração de Direitos Humanos.

Ele estreita os olhos diante do meu tom impertinente e contrai o maxilar. Isso me faz pensar em Declan, e sinto uma pontada repentina e dolorosa.

— Declan O'Donnell — diz o Homem da Montanha. — Fale sobre ele.

— Nunca ouvi falar. Há quanto tempo você está no FBI? Ou será que é a CIA? Aposto que os benefícios de plano de saúde são ótimos. E parece que o código de vestimenta relaxou um pouco, mas eu só conheço o funcionamento do governo federal pelos filmes. Você já viu os filmes do Jason Bourne? Adoro ele. Tão intenso.

— Como você o conheceu?

— Quem? Ah, o tal do Declan? Eu já disse que não faço ideia de quem ele é.

O Homem da Montanha se irrita.

— A gente está de olho em você há um tempo. Sabemos que está envolvida com ele. Inclusive, te tiramos da propriedade dele.

— Olha só, eu estou de férias e resolvi dar uma volta pela parte mais rica da cidade. Aproveitei que já estava por ali e dei um passeio na praia particular de alguém. Isso é contra lei por aqui? A gente sempre faz isso na Califórnia. Mas, pensando bem, o pessoal lá é mais pra-frente.

— Temos fotos de vocês juntos — afirma ele, tentando não perder a paciência.

Dou de ombros.

— Não era eu.

Segue-se um longo silêncio. Aproveito a oportunidade e observo as tatuagens nos antebraços dele.

— O que é isso? Um druida? Parece o Gandalf de *Senhor dos Anéis.*

A porta se abre. Outro homem entra.

Está de terno escuro, gravata listrada e usa abotoaduras. O cabelo é grisalho e o rosto parece esculpido em granito. O sapato dele brilha tanto que poderia me cegar.

— Ah, olha só, Homem da Montanha, o seu chefe chegou. Acho que você não está indo muito bem nesse interrogatório.

Fechando a porta rápido, o recém-chegado leva um tempo para me avaliar. Depois, abre um sorriso que lembra um cachorro mostrando os dentes.

— Olá, srta. Keller.

Não detecto nenhum sotaque, mas ele tem um jeito estranho de esticar as sílabas, como se estivesse testando uma nova língua. Como se fosse a cópia de um ser humano, e não um de verdade. Um alienígena tentando se encaixar.

— Uau! Acabei de lembrar daquela cena de *Matrix*, quando o agente Smith interroga Neo sobre seu envolvimento com Morpheus. Você fala igualzinho a ele. Parece com ele também, só que muito mais velho. E você precisa de óculos escuros também para cobrir esses olhos suspeitos.

O Homem da Montanha e o de terno trocam um olhar. O de terno diz:

— Eu assumo daqui, Grayson.

— Grayson? Uau. Que nome *maneiro*. Aposto que você era superpopular na escola.

Grayson faz uma coisa estranha com a boca. Acho que está tentando não rir, mas talvez seja só a minha imaginação.

Ele sai da sala e me deixa sozinha com o cara de terno.

— Srta. Keller, meu nome é Thomas Aquinas.

— Fala sério? Como o filósofo italiano?

— É.

— Que aleatório. Por favor, continue.

Ele cruza as mãos atrás das costas e se aproxima da mesa de metal, onde se senta e fica balançando as pernas. É uma postura nada masculina e não afeta em nada minha total ausência de medo.

— Srta. Keller, estamos cientes do seu envolvimento com a Bratva. Também estamos cientes do seu envolvimento com a máfia irlandesa. São fatos inegáveis e bem documentados, então, podemos, por gentileza, dispensar essa encenação de inocência.

Admiro o vocabulário dele. O sorriso hostil, porém, é totalmente dispensável.

Ele continua, como um professor universitário pomposo dando uma palestra na qual todos os alunos dormem.

— De acordo com a lei Patriot, tenho a autoridade para mantê-la aqui indefinidamente. Como uma célula terrorista e combatente inimiga, você não tem direitos. Todo o seu futuro está nas minhas mãos. Por favor, pense muito bem antes de responder às minhas perguntas.

Ele faz uma pausa, me dando um tempo para começar a chorar e a implorar.

Mas eu só bocejo.

— Como foi que você se envolveu com Declan O'Donnell?

— Eu não sei de quem você está falando.

A expressão dele azeda. É um feito, considerando que ele tem a cara de uma privada. Ele estala os dedos e dois brutamontes entram na sala.

Os dois estão de farda e coturnos e são imensos como uma montanha. Um deles está com uma pasta de arquivo na mão imensa, a qual ele entrega para o cara de terno. Depois, eles se colocam ao lado do espelho bidirecional, cruzam as mãos na frente do corpo e olham para mim.

O da direita passa a língua nos lábios.

Aposto que ele é especialista em afogamento simulado.

Da pasta de arquivo, o cara de terno tira uma fotografia e a coloca diante dos meus olhos. É uma foto em preto e branco minha com Declan entrando no helicóptero gigante.

— Esta é você.

— Fala sério! Eu jamais usaria essa calça. Está totalmente fora de moda.

Ele pega outra foto. Uma de Declan e eu na cozinha na noite do pôquer que deu errado. Declan está segurando o meu rosto. Parece estar gritando comigo, e ele estava mesmo.

Que assustador eles estarem nos observando. Nos fotografando juntos. Sinto um frio na espinha.

Ai, meu Deus. Será que fechamos as cortinas antes de transar?

— Esta é você.

— Não. Mas coitada dessa menina. Estou com pena dela. Olha esse cara berrando com ela. Ele parece um louco, se quer saber minha opinião.

— Ah, ele sem dúvida é um louco — concorda o cara de terno, assentindo. — Até onde sabemos, ele já matou mais de 35 homens. E esses são só os que sabemos.

Ele olha para mim, parecendo esperar algo, e comento:

— Parece que ele tem muitas questões mal resolvidas. Sugiro umas aulas de gerenciamento da raiva.

Ele coloca a pasta e as fotos de lado e cruza as mãos no colo. Ele diz com voz calma:

— O seu pai é um patriota. Um homem excepcional. Com uma carreira militar impecável. Seria uma pena ele perder todas as honras e ser jogado na prisão por ajudar e encorajar uma terrorista.

Minha antipatia por esse cara desce ao nível do mais puro ódio. Olho para ele, deixando qualquer traço de humor de lado.

— Ameaçar a minha família não vai adiantar.

— Não? Então você gostaria que sua irmãzinha, Riley, passasse um tempo de qualidade com o Cabo Lance McAllister? — Ele faz um gesto indicando o cara que lambeu os lábios, que responde com um sorriso lascivo.

Lance. É claro que ele tinha que se chamar assim. O filho da puta.

Quando não respondo, o cara de terno continua:

— E que tal seu irmão mais velho, Drew? Talvez a firma dele de advocacia precise de uma investigação da Ordem dos Advogados do estado. Me parece que há algumas questões de falta de ética. Algo sobre sexo com clientes? Desvio de dinheiro? Suborno de jurados?

— Boa tentativa. Meu irmão tem uma ética irreprochável.

Ele abre o sorriso maquiavélico.

— Tenho certeza de que conseguiremos criar algo bem convincente.

— Tenho certeza de que sim. Os funcionários do governo estão sempre criando um monte de merda para encobrir a própria incompetência.

Ele abre ainda mais o sorriso. Sabe que estou zangada agora. Sente o cheiro de sangue no ar.

— E quanto à sua amiguinha Natalie? — pergunta ele em tom suave e com olhos brilhantes. — Você acha que ela vai curtir passar o resto da vida em uma cela de prisão por sua causa?

Eu quero matar esse cara. Quero tanto que quase consigo ouvir os gritos patéticos enquanto ele se afoga no próprio sangue depois de eu ter cortado o pescoço dele.

Respire fundo e se lembre de quem você é.

Fecho os olhos, conto até quatro e decido que não tenho tempo para continuar com o exercício de respiração. Eu preciso mandar esse cara se foder antes disso.

Abro os olhos e respondo com toda calma:

— Se você tentar colocar minha amiga na prisão, o namorado dela vai te queimar vivo. Depois vai atrás do Moose e do Rocco aqui. — Dou uma olhada para os dois brutamontes vestidos como fuzileiros navais. — Depois, ele vai encontrar a mãe de cada um de vocês e também vai queimá-las vivas. Assim como seus irmãos, irmãs e até bichinhos de estimação. E a casa, o carro e a cidade natal. Então, eu não preciso me preocupar com ela. Ela está em boas mãos.

"E quanto a minha irmã, meu irmão e meu pai? Bem, eu não posso controlar o que vai acontecer com eles. A vida é uma aposta, e eu acho que eles tiveram azar de eu ter nascido na família deles. Além disso, não vai ser culpa minha, na verdade. Você é o babaca que está no controle. Qualquer coisa horrível que acontecer vai estar na sua consciência, não na minha. Então, faça o que tem que fazer. Pode me deixar acorrentada aqui nessa cadeira para sempre. Pode trancar a porta e jogar a chave fora."

Depois de uma pausa calculada, o cara de terno diz:

— Existem coisas piores que podemos fazer com você além de aprisioná-la, srta. Keller. Tenho certeza de que você consegue imaginar o quê.

Cabo Lance McAllister dá um passo para a frente e me olha com um sorrisinho maldoso.

Eu quase dou uma risada. Solto um suspiro e concordo com a cabeça.

— Eu não preciso imaginar, na verdade. Eu conheço bem esse tipo específico de selvageria inútil, desprezível e cruel de que vocês homens tanto gostam. Podem ir em frente. Façam o seu pior. Eu continuo sem saber quem é a porra desse tal de Declan O'Donnell.

Nada acontece por vários momentos. Então, uma voz masculina baixa soa por um alto-falante escondido no teto.

— Coloque-a na C-9.

O cara de terno se levanta. O cabo Lance Cara Fodida vai até a parte de trás da cadeira e solta as algemas. Ele me coloca de pé com seus de dedos de garra de aço que afundam no meu bíceps.

O cara de terno diz:

— Como queira, srta. Keller. O pior é o que te espera.

Eles me arrastam para fora da sala.

Consigo dar um chute no joelho do cara de terno. Ele cai no chão, berrando.

Que cara frouxo.

36

DECLAN

Três dias e meio depois

— Onde ela está? — berro, invadindo a sala de reuniões. — *Onde vocês a colocaram, porra?*

— Calma, cara — diz Grayson, levantando-se da cadeira à grande mesa de mogno.

Ele levanta as mãos e abre um sorriso de desculpas. Há outros dez homens em volta da mesa, muitos dos quais eu reconheço, outros poucos, não.

Mas então eu vejo aquele filho da puta do Thomas Aquinas, o chefe do Grupo de Interrogatório de Alto Valor.

Grayson se levanta quando eu avanço na direção dele, rosnando.

— Declan! Se acalma, porra!

Ele está tentando me parar, usando toda sua força para me segurar e me fazer recuar, mas eu estou possuído por um demônio furioso, com sede de sangue. Nada no mundo pode me impedir de conseguir o que eu quero.

Eu empurro Grayson para o lado e dou um soco na cara de Thomas.

A cadeira vira e ele grita ao cair para trás, com as pernas para o alto. Depois de atingir o chão da sala de reuniões com um baque, ele rola de lado e começa a rastejar, tentando ficar de quatro e fugir. O rato nojento.

Antes que eu tenha a chance de chutá-lo, três homens me derrubam.

Eles me prendem no chão, mas eu consigo me desvencilhar e levantar em questão de segundos e volto para chutar o chefe deles.

Eu paro quando os outros homens da mesa, que agora estão de pé, sacam suas armas e apontam para mim.

— É melhor todo mundo se acalmar! — grita Grayson em voz de comando, erguendo as duas mãos. — Ele é um amigo! Podem guardar as armas. Isso é uma ordem!

Relutantes, os homens obedecem. Eles me fulminam com o olhar e resmungam, mas obedecem.

Sempre a porra do pacificador.

Ofegante de raiva, eu aponto para ele.

— Você é responsável por isso. Se ela tiver um arranhão sequer, um hematoma, por menor que seja, eu vou matar você *e* o merdalhão do seu chefe.

O homem em questão ainda está tentando se levantar, apoiando-se na mesa de reunião, com os olhos arregalados e segurando o nariz sangrando.

— Eu vou colocar você na prisão, seu maníaco! — berra ele. — Você não pode entrar aqui e agredir membros do governo federal!

— Não só posso, como eu fiz, e se você não calar a porra da boca, eu vou fazer algo ainda pior. Onde ela está?

— Em uma cela — diz Grayson em tom conciliatório. Mas parece o som de unha arranhando uma lousa.

— Uma cela? — berro, furioso. — *Você colocou a minha mulher na porra de uma cela?*

— A Sloane está bem. Inclusive, está dormindo agora. Tá legal? É melhor se acalmar, irmão.

— Não me venha com essa merda de "irmão" para cima de mim, seu traidor filho de uma puta. O que você estava pensando quando sequestrou minha mulher? Estou prestes a perder a porra da cabeça aqui!

— Eu sei, e sinto muito. Mas essa era a única maneira de a analisarmos. Não podíamos avisá-lo com antecedência. Você sabe como é.

Analisá-la? Ai, meu Deus.

— Eu disse que estava *pensando* em torná-la uma informante! *Pensando!* Eu não dei o meu OK.

Ele dá de ombros, parecendo humilde.

— E eu te disse que isso tinha que passar pela chefia. Era o que os caras queriam. E agora sabemos.

Respirando fundo, cerro os punhos e tento conter o impulso homicida que me faz querer esfaquear o rosto dele até ficar irreconhecível, com a cara toda triturada.

— O que vocês sabem? Do que estão falando?

— Ele está falando da sua namoradinha! — grita Thomas, ainda de joelhos. — Ela é tão louca quanto você.

Aponto um dedo para ele, minhas pálpebras tremendo de ódio.

— Repete o que acabou de dizer. Vai. Fala que a Sloane é louca mais uma vez para ver o que acontece.

— O que ele quer dizer — diz Grayson com voz calma, colocando a mão no meu braço — é que ela passou com louvor.

Baixo meu braço. Quando eu olho para ele, Grayson assente.

— Ela se recusou a admitir que te conhece, mesmo quando mostramos as fotos.

— As *fotos*?

— Não fique nervosinho. Você sabe como essas coisas funcionam. Você quer que eu te conte mais ou prefere continuar com esse showzinho?

— Você pode me contar enquanto me leva até ela. E que Deus me ajude, se você…

— Já sei, já sei — diz ele, secamente. — Se ela tiver um machucadinho sequer, você vai me matar. Eu já entendi.

Ele segue para a porta, sabendo que eu vou atrás dele. Quando estou saindo, percebo que um dos homens que apontou a arma para mim está com dois olhos roxos e um curativo no nariz.

Ah, baby. Minha pequena leoa. Aguente mais um pouco. Eu estou chegando.

Seguimos por um labirinto de corredores, nossos passos ecoando no chão. Fuzileiros fardados assentem enquanto andamos. Descemos de elevador e saímos em uma sala pequena com vista para o porão do navio.

É um lugar grande. Três andares de paredes reforçadas de aço do tamanho de um campo de futebol. Contêineres de metal ocupam parte do espaço, pintados de branco no alto e nas laterais com uma letra e um número.

— Ela está no C-9 — diz Grayson apontando para um contêiner vermelho e sem janela.

— Eu vou te matar por isso.

— Cara, você sabe que eu não mando em nada. Quando você começa a falar sobre um possível informante, uma coisa leva à outra.

— Por que você esperou quase quatro dias para me dizer onde ela estava presa, porra?

— Procedimento padrão. A maioria das pessoas cede no primeiro interrogatório. As que passam precisam ficar isoladas sem água e comida por setenta e duas horas, para ver se isso vai fazê-las abrir o bico. E isso quase sempre acontece.

— *Sem comida e água*?

Ele olha para mim com um sorriso.

— Você está se concentrando nas coisas erradas aqui, Dec. Ela é boa. Dura na queda. Ela nem titubeou.

— Eu poderia ter te dito isso, seu babaca.

Ele ri.

— Ela quebrou o nariz do Cliff quando a trouxemos para cá. Derrubou Aquinas com um chute no joelho no interrogatório. O vice-diretor ficou impressionado.

Ele pega um interfone na parede e pressiona um número.

— Libera o C-9. Os documentos já estão sendo processados. — Ele ouve alguma coisa. — Entendido. — Ele desliga.

Ele se vira para mim.

— Vai demorar um pouco. Eles vão limpá-la, interrogá-la e dar comida. Depois disso, ela é toda sua.

Olho para o cemitério de contêineres com uma sensação pesada no peito.

— Ela nunca vai me perdoar por isso.

— Claro que vai.

Grayson parece confiante. Lanço um olhar de dúvida, mas ele sorri.

— Nenhuma mulher fica do lado de um cara que nem você, só se for amor de verdade, irmão. Dá um pouco de espaço para ela quando você a levar de volta para casa. Ela vai superar.

Eu resmungo:

— Melhor parar com essa merda de me chamar de "irmão".

Mas só consigo pensar no que ele disse um pouco antes.

Uma coisa é verdade: se ela não me ama, eu vou descobrir bem rápido.

No minuto em que ela enterrar uma faca no meu peito.

37

SLOANE

Estou dormindo quando a porta da minha cela se abre.

— Srta. Keller, queira me acompanhar, por favor.

Há uma mulher na porta. Não consigo discernir as feições. A luz está tão forte que, mesmo apertando os olhos, ela é apenas uma silhueta escura.

Eu me sento no colchão fino sobre o chão frio de metal, erguendo a mão para proteger os olhos da claridade.

— Acompanhar para onde?

Minha voz sai rouca. Seca e rachada, como meus lábios e minha garganta. Os filhos da puta não me deram nem água.

— Você está sendo liberada. — Ela dá um passo para o lado, deixando a porta aberta.

Liberada? Talvez esse seja o termo que o governo use para dizer que vai executar alguém.

Fico me perguntando por um minuto se devo ou não voltar a dormir. Se eles vão me matar, terão que vir aqui fazer isso. Por que eu deveria facilitar as coisas?

Mas ninguém entra com uma arma. Nem aparece um médico me olhando maliciosamente com uma seringa cheia de veneno na mão. A curiosidade vence, e eu me levanto, estendendo as mãos para me equilibrar quando a cela começa a girar.

Eu não fico sem comer por tanto tempo desde o acampamento de gordos. Estou fraca, tonta e com um buraco no estômago. Isso me desperta um sentimento de empatia pelas modelos que provavelmente se sentem assim o tempo todo.

Eu saio do contêiner, passo pelo grande balde de plástico que usei como vaso para não mijar no chão. Não há nada além do colchão, do balde e da câmera preta no teto. Não há espelhos, luzes, televisão, móveis, chuveiro, pia. Eles nem me deram um travesseiro.

Conheci alguns caras nos dormitórios da faculdade que viviam assim, mas eu gosto de um pouco mais de luxo.

A soldada espera pacientemente por mim alguns metros à frente, na abertura estreita entre duas fileiras altas de contêineres idênticos. Está de farda militar e coturnos. O cabelo castanho está preso em um coque baixo. Ela está segurando uma prancheta.

— Você é do comitê de boas-vindas? Porque, nossa, eu tenho muitas reclamações sobre as instalações para você. Este lugar é um *lixo.*

— Perto da minha última missão, esse lugar é um palácio.

Eu debocho.

— Sério? Onde você estava? Em Guantánamo?

— Sim. Queira me acompanhar, por favor. — Ela se vira e se afasta.

Tem gente que não tem o mínimo senso de humor.

Eu a sigo por entre dezenas de contêineres idênticos ao que eu estava ocupando. A maioria está no mais absoluto silencio, mas ouço o som de música de uns cinco ou seis. Embora as paredes dos contêineres sejam de aço, a música não está abafada. Então, deve estar bem alta.

É a música do comercial do Meow Mix, um refrão de *miau-miau-miau--MIAU-miau* cantado por um gato acompanhado do piano ragtime.

Ainda bem que não me submeteram a isso. Com certeza eu teria cedido.

A mulher para diante de uma porta de metal e digita um código longuíssimo no teclado na parede, destravando a porta. Então ela a abre e dá um passo para trás, gesticulando para eu entrar.

— Aqui fica a câmara de gás ou o forno?

Sem um traço de emoção, ela diz:

— Estamos nos Estados Unidos. Não temos câmaras de gás. Matamos pessoas de uma forma civilizada.

Quando arqueio as sobrancelhas, ela diz:

— Alimentando as pessoas com melado açucarado e fast-food.

Acho que estou começando a gostar dessa mulher.

— Amém, irmã.

Passo por ela e vejo um corredor com portas fechadas dos dois lados.

— Vamos entrar na sala seis. Bem à direita.

Ela me ultrapassa, andando rápido até a porta. Sem esperar, ela a abre e entra.

Tudo bem. Vamos lá. Entro na sala e sou recebida pelo cheiro maravilhoso de bacon.

Eu sabia. Agora é que a tortura de verdade começa.

Mas talvez eu esteja errada. Esta sala é bem diferente da que eu estava. Tem cadeiras confortáveis, um sofá de um lado e uma mesa com toalha do outro. É um mini bufê com bandejas de comida, fria e quente.

Também tem uma área de primeiros socorros com um aparelho de aferir pressão, um armário de vidro cheio de medicamento e, o que é bem sinistro, um desfibrilador, um desses aparelhos elétricos que dão choque para restabelecer o ritmo cardíaco.

A soldada indica uma cadeira em frente à baia na qual ela quer que eu me sente. Eu obedeço, resistindo ao meu instinto de comer o bacon. Ela afere a minha pressão e a minha temperatura, depois abre um frigobar e tira uma garrafinha de água gelada.

Estou fraca demais para abrir a tampa, e ela faz isso para mim.

— Tome devagar, ou você vai vomitar por estar muito desidratada. Seus eletrólitos já estão desequilibrados o suficiente, não quero que você desmaie.

Agora ela está bancando a Madre Teresa.

— Quando eu ganho um pirulito?

Um leve sorriso surge nos lábios dela. A voz dela é baixa quando diz:

— Eu sabia que você ia se sair bem. Os caras apostaram que o Gray ia conseguir fazer você falar em menos de dois minutos, mas eu logo percebi que você era dura na queda.

— Sério? Como você sabia?

— Eu vi quando te trouxeram para cá. Que show que você deu. Simplesmente conseguiu fazer oito fuzileiros navais treinados parecerem palhaços de circo.

Respondo secamente:

— Acho que eu luto muito bem quando estou sob a influência de drogas que alteram minha capacidade cognitiva. Eu não me lembro de como cheguei aqui. O que não é um bom sinal, considerando que eu tive uma hemorragia intracraniana recentemente.

— Não sei nada sobre seu cérebro, mas não há nada de errado com suas habilidades motoras, com certeza.

Ela parece estar orgulhosa de mim.

Fico curiosa em relação a ela, mas então a soldada diz:

— Agora vamos te alimentar.

Nesse momento, perco o interesse nela e só consigo pensar em me empanturrar.

Ela prepara um prato para mim, coloca na mesa de centro perto do sofá e se retira da sala. Vou até o prato e começo a comer como se eu fosse um animal.

Quando termino, me jogo no sofá e fecho os olhos. Fico lá ouvindo meu estômago emitir sons enquanto tenta digerir a primeira comida que recebeu em dias, e me pergunto o que está acontecendo e por que me tiraram da cela.

Eu sei que eles não vão simplesmente me deixar sair daqui, totalmente livre. Lidar com o governo sempre envolve complicações e muita burocracia.

— Declan O'Donnell é um dos nossos melhores agentes de espionagem.

Abro os olhos e vejo um homem de meia-idade com cabelo escuro e um terno risca de giz azul-marinho sentado diante de mim em uma das cadeiras. Não o ouvi entrar. Será que cochilei? Ou será que ele simplesmente se materializou ali como o Drácula?

E o que foi que ele acabou de dizer sobre o Declan?

Confusa, repito:

— Espionagem?

— É o que os espiões fazem.

— Não brinca. Já não estou indo com a sua cara.

— Eu estava tentando ser direto. Não condescendente.

— Não conseguiu.

Ele aperta os lábios e franze a testa.

— Talvez você queira se sentar para podermos conversar de forma mais confortável.

Conversar. Aí vem a pegadinha.

— Estou bem assim. Obrigada.

Ele cruza as pernas, tirando um pelo inexistente do paletó.

Eu o estou irritando. Bom.

Como se eu não o tivesse interrompido, ele continua do início:

— Declan é um ativo valioso para nós há mais de vinte anos, um dos nossos agentes mais experientes. Eu sei que ele é um homem de integridade impecável e lealdade inesgotável. — Ele ri. — Embora seus métodos às vezes sejam brutos, ele tem habilidades excepcionais.

Declan é um espião? É isso que esse homem está dizendo? Não pode ser. Meu cérebro não deve estar processando as coisas direito.

Vou seguir o fluxo. Ele está esperando que eu diga alguma coisa.

— Você quer dizer que esse tal de Declan é um bom assassino?

— Realmente. Ele é o Leonardo da Vinci dos assassinos. Incrivelmente eficiente e implacável. Tão evoluído para matar sem remorso quanto um crocodilo. — Atrás dos óculos de armação de metal e comportamento de um executivo amigável, o olhar dele é de uma águia. — Então, imagine a minha surpresa quando eu fiquei sabendo de você.

— Eu já disse que eu não conheço nenhum Declan. Mas eu agradeço a comida. Vocês vão me levar para a minha cela agora?

Ele faz um gesto com a mão como se eu estivesse sendo ridícula.

— Você passou no teste. Não precisa mais continuar negando.

Me sento com dificuldade.

— *Teste*?

— Você realmente acha que permitiríamos que um dos nossos agentes mais valiosos se envolvesse romanticamente com alguém sem uma investigação prévia?

— É uma pergunta retórica? Porque eu tenho algumas coisas para te dizer se for.

— A resposta é não. Não permitiríamos. Não corremos esse tipo de risco. Por isso você foi trazida aqui para uma avaliação.

Não digo nada. Ainda estou tonta, enjoada, e acho que com cheiro de mijo. É difícil me concentrar no que esse engravatado está dizendo ou no que ele quer de mim com a frase que está matutando na minha cabeça: *Declan é um espião?*

Olhando-me com uma expressão estranha, o engravatado diz:

— Eu não esperava que você se saísse tão bem.

Percebo que a expressão estranha é admiração e tenho a sensação de que não vou gostar do que ele vai dizer.

— Hum… obrigada?

— Gostaríamos que trabalhasse para nós.

Levo um instante para processar aquele convite ridículo na minha cabeça que lateja de dor.

— Eu já tenho um emprego, mas obrigada.

Ele ri.

— Não como professora de ioga. Na inteligência.

— Em outras palavras, espionando?

— Exatamente.

Para ganhar tempo enquanto meu cérebro se recupera do mais novo choque, eu pergunto:

— E para quem eu estaria trabalhando?

— Para o governo dos Estados Unidos.

— Para a CIA?

— A agência específica é irrelevante.

— Eu gostaria de saber para quem eu estaria trabalhando.

— Você se reportaria a um contato que lhe passaria as missões. É tudo de que você precisa saber no momento.

— E eu ainda teria que pagar impostos?

— Sim.

— E qual é o lado bom?

— Você estaria servindo ao seu país.

— Eu me considero uma cidadã do multiverso.

— Eu não estou brincando, srta. Keller.

— Eu também não. Acredite, sou um péssimo investimento. Quando os alienígenas chegarem, eu vou ser a primeira voluntária para ir com eles para Marte.

Ele faz uma pausa como se estivesse se esforçando para não perder a paciência.

— Acho que não estou sendo claro. Isso não é uma oferta. É uma ordem.

Dou um sorriso condescendente.

— Que pena que você não é meu chefe.

Ele fica com uma expressão amarga.

— Se você se recusar, vai receber uma injeção de cloreto de potássio que vai levar a uma parada cardíaca em sete minutos. É fatal. Além de serem sete minutos excruciantes. Depois, vamos embrulhar seu corpo em um envoltório biodegradável com um produto que atrai tubarões e lançá-la ao mar. Você nunca mais vai ser encontrada.

— Uau. E aqui estava eu, achando que a gente estava se dando tão bem.

— Você é excepcionalmente teimosa. Gosto disso. Também gosto do seu espírito. Depois de vintes anos trabalhando com isso, já tive milhares de inimigos passando pelas diversas instalações que supervisiono. Noventa e um por cento deles nos dão as informações de que precisamos no primeiro dia. Outros quatro por cento demoram dois dias para se render. É por isso que estou impressionado.

— E os outros cinco por cento?

Ele sorri.

— Ah, bateram as botas, né?

— Que jeito curioso de descrever algo tão cruel. Antes de tomar sua decisão, há duas coisas que você deveria ter em mente. Primeira, uma recusa resulta em morte certa.

— Você já disse isso.

— Achei importante reforçar. Segundo, você não vai ser a única a morrer.

Ele deixa a declaração pairar no ar por um momento, para se certificar de que eu entendi a ameaça.

— Você disse que Declan é um dos seus melhores agentes.

— E agora ele é um dos nossos melhores agentes com uma fraqueza: você.

Percebo que ele está falando sério. Se eu não colaborar, tanto eu quanto Declan vamos morrer.

Burocratas filhos da puta.

— Ah, e tem outra coisa. Você precisa terminar tudo com ele.

Meu coração acelera. Minhas mãos começam a suar. Um nó se forma em minha garganta. Ficamos nos encarando por um longo tempo em silêncio que só é interrompido pelos sons do meu estômago.

Finalmente, respondo:

— Nem pensar.

— Não posso correr o risco de ter um dos meus melhores agentes distraído. O relacionamento de vocês é um risco.

Eu levanto a voz.

— Não vou terminar.

— Você vai terminar. E vai inventar alguma coisa para que ele não desconfie que tivemos esta conversa. Você pode dizer que pensou muito enquanto estava trancada aqui e percebeu que ele não é o homem certo para você.

Começo a entrar em pânico. Estou extremamente ansiosa, paralisada e tremendo violentamente. Minha voz vacila quando eu digo:

— Ele não vai acreditar. Declan é inteligente demais para cair nesse papo.

— Tenho certeza absoluta de que você vai conseguir convencê-lo. Afinal, a vida de Declan está em jogo. — Ele sorri. — E pelo visto você está bem apaixonada por ele, considerando que preferiu morrer de fome sozinha em um contêiner de carga do que admitir que o conhecia. Eu admiro muito esse tipo de lealdade. Você vai se sair muito bem aqui com a gente.

Ele se levanta. Os passos dele são suaves contra o chão. Na porta, ele para. Sinto que ele está me observando, mas não consigo afastar o olhar do prato vazio na mesinha de centro. Não consigo me concentrar. Mal consigo respirar.

Declan é um espião. Eu vou ser uma espiã. E vou ter que terminar tudo entre a gente.

De forma convincente.

Ou ele morre.

Talvez eu ainda esteja no hospital com um coágulo no cérebro e tudo isso seja só uma alucinação.

— Vou te dar um tempo para digerir as coisas, mas não demore muito. É melhor arrancar o Band-Aid o quanto antes. Entro em contato quando você tiver resolvido tudo. E lembre-se, essa conversa nunca aconteceu. Não tente bancar a espertinha e contar para ele sobre o que falamos de alguma forma idiota, como escrever um bilhete para ele. Eu vou saber se você fizer isso.

Enjoada, pergunto:

— Como você vai saber?

— Do mesmo modo que eu sei o nome do garoto que te empurrou pela escada na escola quando você tinha catorze anos, fazendo você perder o bebê. É o meu trabalho. Bem-vinda ao time, srta. Keller.

A porta se fecha.

Ele vai embora antes de me ver vomitando no chão.

38

DECLAN

Espero em outra sala no fim corredor. Depois de duas horas andando de um lado para o outro, chego à conclusão de que eu vou aceitar quando ela terminar tudo.

Porque ela *vai* terminar. Com certeza. Não tem como ela confiar em mim de novo. Não depois de tudo isso.

Não consigo nem imaginar o que ela deve ter passado nesses últimos dias. Sem comida nem água, jogada em uma cela fria, escura e sem janelas, sendo ameaçada com sabe-se lá o quê... Não quero nem pensar em tudo que ela sofreu.

Em como ela deve me odiar.

Só preciso me concentrar em tirá-la da porra deste navio e levá-la em segurança para terra firme.

Uma porta finalmente se abre. Eu me viro e a vejo em pé ali. Nossos olhares se encontram, e eu sinto um aperto no peito.

Ela está descalça, usando apenas uma calça jeans e um suéter vermelho, os dois amarrotados e manchados. O cabelo é um emaranhado de fios bagunçados, e o rosto está pálido e abatido.

O olhar transmite assombro. Parece que ela chorou.

Meu coração acelera, batendo forte contra o peito. Cruzo a sala a passos largos e a pego no colo. Sem falar nada, ela enterra o rosto no meu pescoço, tremendo.

Pegamos o elevador até o heliponto. Nenhum de nós fala nada. Depois atravessar um corredor curto, chegamos ao ar livre e sentimos a brisa fria do oceano.

Cruzo a pista até onde o helicóptero nos aguarda, então a ajudo a prender o cinto de segurança e a colocar os fones.

Ela fecha os olhos e inclina o rosto para o sol.

O voo de volta para casa parece interminável, são vários quilômetros de oceano abaixo de nós, até a praia finalmente aparecer no horizonte. Eu pouso no heliporto e mal tenho tempo de desligar tudo antes de tomá-la nos braços de novo.

Passo por Kieran e Spider no caminho para casa. Os dois estão com expressões chocadas.

Kieran pergunta em gaélico:

— Como está a mocinha?

— Viva — respondo secamente.

Os dois ficam para trás se perguntando o que pode ter acontecido. Eles não vão tocar no assunto, e eu não vou falar mais nada sobre isso. Vou deixá-los achar que foi um dos nossos inimigos que saiu do mar para pegá-la, e que eu fiz um acordo para recuperá-la.

Eles não podem descobrir a verdade.

Ah, em que confusão nós nos metemos.

No quarto principal, coloco Sloane na cama. Ela fica lá me encarando com aquela preocupação nos olhos.

Por que ela não está falando? Por que não diz nada? Como foi que eu deixei as coisas chegarem a esse ponto?

Eu me sento na beirada da cama e seguro sua mão gelada.

— Você está machucada?

Ela fica em silêncio por tanto tempo que me assusta.

— Eles tentaram me obrigar a falar sobre você.

Eu nunca a ouvi falar daquele jeito. Fraca. Vazia. Derrotada.

— Eu sei — digo, afastando uma mecha de cabelo da testa dela. — Sinto muito. Tem muita coisa que eu preciso explicar.

Só que eu nem sei por onde começar. Talvez ajudasse se eu soubesse o que disseram para ela no interrogatório. Ou talvez eu devesse parar de me preocupar comigo, para variar.

— Quer falar sobre isso agora? Você quer comer? Descansar?

— Não estou com fome. Estou cansada. E acho melhor a gente não falar sobre isso.

Digo com veemência:

— Se eles te machucaram, eu vou matar cada um deles.

Ela fecha os olhos e respira fundo, virando-se para a janela e afastando a mão da minha.

Parece um chute no peito.

— Sloane. Baby. Por favor, fale comigo.

Ela umedece os lábios rachados. Parecendo ter mil anos, ela diz:

— Não consigo agora. Eu... Eu não sei o que estou sentindo. Só sei que estou cansada e que preciso dormir.

O ar sai do meu peito com uma lufada.

— Puta merda. Eu sinto muito. Eu não fazia ideia de que eles iam fazer isso. Eu...

— Pare.

Contraio a mandíbula e espero. É uma das coisas mais difíceis que eu já fiz.

Depois de uma pausa, ela abre os olhos e olha para o teto. Então, diz de forma direta:

— Nos últimos dias, eu tive a oportunidade de pensar muito.

O tom da voz dela faz o meu estômago embrulhar.

Ela está terminando tudo.

— Sloane...

— Me deixe colocar isso para fora.

— Eu posso explicar tudo...

— Não tem nada para explicar. Se ficarmos juntos, eu sempre vou ser um alvo para coisas assim. Primeiro, foi a MS-13. Agora, é o governo. Alguém sempre vai tentar me pegar por sua causa.

— Espere um pouco. Só me fala o que eles te disseram.

Ela levanta a voz.

— Eles ameaçaram o meu pai e os meus irmãos. E a Nat, Declan. Eles ameaçaram a Nat. Eu não posso arriscar a segurança deles. E eu não quero passar por esse tipo de coisa nunca mais.

Ela para de falar e respira fundo.

— Então, eu vou cobrar a promessa que você me fez de me deixar ir quando eu pedisse.

O chão parece ter sido arrancado debaixo de mim. Todo o meu corpo gela. Quando eu falo, minha voz está rouca de sofrimento:

— Simples assim?

— É como aquela frase do Sun Tzu que você citou para mim naquele dia: "Um lutador habilidoso evita as batalhas que pode perder". E eu prefiro ficar fora desta.

Ela vira a cabeça e olha no fundo dos meus olhos com uma intensidade ardente.

Sinto uma pontada no peito e meu corpo inteiro estremece.

Não foi essa a citação que fiz. Eu sei disso. Ela sabe também.

Ela está tentando me dizer alguma coisa.

Mas eu preciso de mais informações para entender do que se trata. Preciso fazer mais perguntas.

— Para onde você vai?

— Ver a Nat primeiro. Depois, vou voltar para casa, em Tahoe. — Um lampejo de alegria surge nos olhos dela, mas o rosto continua impassível. — Está mais do que na hora de eu encontrar um namorado de verdade, e não esses tipinhos mafiosos. Alguém um pouco mais chato.

Namorado? Chato? Ela odeia essas duas palavras. Que merda está acontecendo aqui?

Ela percebe que estou confuso. Movendo-se de forma casual, ela segura o pulso direito com o indicador e o polegar da mão esquerda, deixando os outros três dedos abertos como um leque.

Reconheço o sinal na hora. É uma forma que os militares usam para se comunicar tacitamente entre si.

Ela está fazendo o sinal de inimigo.

Quando meus olhos encontram os dela, ela puxa a orelha esquerda.

Eu entendo: um inimigo está ouvindo.

É quando me lembro que Grayson me disse que o vice-diretor ficou impressionado com ela, e tudo se encaixa.

Aquele filho da puta tentou fazer minha mulher se virar contra mim.

Mas ele não conhece minha leoa como eu. Não sabe como ela odeia receber ordens. Como ela é forte e destemida, como não se curva para ninguém.

Ela só se curva à vontade de alguém se quiser. Mesmo assim, o faz segurando uma espada.

Sinto uma onda de adrenalina. Minha garota esperta. Quero soltar uma gargalhada, mas o impulso é contido pela raiva que sinto ao pensar no que vou fazer com aquele filho da puta.

Mas agora preciso ser cauteloso. Devo supor que ele tem ouvidos em todos os lugares. Talvez olhos também. Kieran fez uma varredura completa antes de nos mudarmos, mas não sei se ele manteve a varredura diária como deveria. Nos últimos dias, eu não estava com a cabeça totalmente no jogo.

Eu só conseguia pensar na Sloane.

Entrando na onda, digo com ar solene:

— Se é isso que você realmente quer.

Quando ela solta o ar de forma lenta e aliviada, percebo que ela entendeu que eu recebi a mensagem. Ela responde:

— É o que eu quero.

— Tudo bem. Vou tomar as providências.

Eu me levanto, dou um beijo no rosto dela e sussurro no ouvido dela:

— Eu te adoro.

Saio do quarto sem olhar para trás. Vou direto para o escritório, tranco a porta e tiro um detector de radiofrequência da última gaveta da minha mesa. É hora de fazer a varredura para identificar escutas. Quando estou satisfeito que o espaço está limpo, tiro o celular do bolso e disco o número que decorei.

Quando a ligação é atendida, eu digo:

— Oi, Kazimir. Aqui é o Declan. Tenho uma proposta para você.

39

SLOANE

Passa-se um dia inteiro antes de eu ver Declan de novo.

Aproveito o tempo para dormir, tomar banho, me vestir e comer o que o Kieran me trouxe. Não conversamos. Eu simplesmente abro a porta quando ele bate e o observo colocar a bandeja na mesinha de cabeceira. Ele sai sem fazer contato visual.

Não tenho ideia do que está acontecendo, só sei que Declan recebeu a minha mensagem de forma clara e que está cuidando de tudo.

Se não tivesse entendido, nunca concordaria em me deixar ir tão facilmente. Com certeza brigaríamos e discutiríamos aos gritos.

Porque ele é tão teimoso quanto eu, aquele filho da puta lindo.

Na manhã do segundo dia, ele aparece na porta do quarto depois de uma batida leve. Ele está com seu terno Armani preto de sempre, tão sério e lindo que chega a doer.

— O voo para Nova York parte em pouco mais de uma hora. Precisamos sair em quinze minutos.

— Estou pronta. Fiz uma mala. Espero que você não se importe de eu estar levando algumas roupas que você comprou. Deixei todas as joias.

Vejo um lampejo nos olhos dele, que cintilam ainda mais quando coloco uma mecha de cabelo atrás da orelha, revelando a pulseira de diamantes que ele me deu brilhando no meu pulso. Sorrio e puxo a manga do suéter para escondê-lo.

— Tudo bem — diz ele com voz tranquila. — Podemos ir?

— Podemos.

Eu não sei para quem estamos encenando essa conversa educada, nem se o homem de cabelo preto — que me disse que saberia se eu contasse alguma coisa para Declan da nossa conversa — estava blefando. Mas todo jogo tem suas regras. Tenho certeza de que o jogo dos espiões tem muitas que envolvem vigilância. Melhor continuar interpretando meu papel do que ser pega despreparada.

Vamos de helicóptero até um terminal particular no aeroporto. O jatinho de Declan está esperando na pista, os motores já ligados. Ele me leva rapidamente de um para o outro de forma eficiente e impassível, como se estivesse entregando um pacote de correspondência.

Na escada do jatinho, ele me dá um beijo de cada lado do rosto.

— Adeus, Sloane.

Ele se vira e se afasta sem olhar para trás.

Fingindo que o comportamento dele não me magoa, mesmo que seja uma artimanha, subo a escada e me sento em uma das grandes poltronas. Na mesa entre as cadeiras, há um livro.

O profeta, de Khalil Gibran. Tem uma orelha em uma das páginas. Quando eu abro, há uma passagem marcada.

“O amor não conhece a própria profundidade até a hora da separação.”

Sinto um nó na garganta e sussurro:

— Eu também, gângster. Eu também.

A porta da cabine se fecha. O avião levanta voo. Coloco o cinto de segurança, fecho os olhos e fico fazendo meu exercício de respiração até chegar à conclusão de que aquela merda nunca funciona.

Eu me levanto, vou até o armário de bebida na cozinha e encho a cara com uma garrafa de champanhe de quinhentos dólares, porque já estou morrendo de saudade dele.

40

NAT

Kage não permitiu que eu fosse ao LaGuardia buscar Sloane. Ele também não foi. Disse que era perigoso demais. Que as coisas estavam instáveis no momento e que, até tudo se acertar, eu não sairia de perto dele.

Eu briguei, é claro. Ela é a minha melhor amiga, argumentei. Ela precisa de mim.

Ele disse que a única coisa que Sloane precisa é de uma caixa grande o suficiente para todos os corações partidos que ela coleciona.

Depois eu percebi que poderia ser uma armadilha. Declan já matou todos os outros chefes da máfia nas últimas semanas. Atrair Kage para um lugar aberto poderia ser uma forma perfeita de derrubar o último homem que restava.

Eu só concordei em não ir por causa disso. Porque a possibilidade de perder Kage é tão horrível quanto a de perder Sloane.

Ele finalmente teve que apagar o vídeo de segurança do sequestro dela na nossa garagem. Eu o assisti tantas vezes que quase exauri meus dutos lacrimais.

Quando o motorista de Kage liga para dizer que está voltando do aeroporto com Sloane, estou prestes a ter um ataque de pânico.

— Ele disse quanto tempo vai levar? — pergunto, retorcendo as mãos enquanto ando de um lado para o outro diante da grande cadeira do escritório dele.

— Calma, meu amor — pede ele com voz suave, olhando-me com aqueles olhos escuros que não deixam nada passar. — Vem aqui no meu colo.

— Eu não consigo. Eu estou nervosa. Ela está machucada?

— Ela não está machucada.

— Como é que você *sabe*?

— Porque ela é indestrutível, parece até aqueles pedaços de isopor que usam para proteger as cargas.

— Ou o seu ego.

Os olhos dele ficam afiados.

— Estou ouvindo um desafio?

— Não aja como se não gostasse.

Com a voz rouca, ele diz:

— Vem aqui para eu mostrar o quanto eu gosto.

Suspirando, eu me viro para a outra direção.

— Depois. Desculpe. Eu estou distraída demais. Eu não fico tanto tempo assim sem falar com ela desde que eu tinha cinco anos. É como se eu tivesse perdido um braço. Ela pareceu bem quando conversamos, como sempre, mas a sensação é de que já se passaram milhões de anos. E se ela estivesse fingindo? E se ele estivesse *obrigando* a Sloane a parecer feliz? E se...

Kage me pega pelo pulso e me puxa para o colo dele. Ele segura o meu queixo e olha nos meus olhos.

— Ela está bem, meu amor.

Ele me beija profundamente. Eu relaxo na hora, derretendo contra o corpo forte, amando a sensação dos lábios dele nos meus.

— Melhor? — sussurra ele quando eu me afasto para respirar.

Afundo o rosto no pescoço dele.

— Melhor. Se ele a machucou, você pode matá-lo, por favor?

Ele solta o ar.

— Acho que não vamos ter paz por aqui enquanto eu não fizer isso.

Na mesa dele, o celular toca. Meu coração está disparado. Eu me levanto e olho para o aparelho, enquanto levo as duas mãos ao rosto, mordendo meu lábio.

Meneando a cabeça, Kage gira a cadeira e o pega. Ele atende sem dizer nada, algo estranho que ele sempre faz. Então fica ouvindo por um momento, desliga e olha para mim.

— Ela está subindo.

Emito um gritinho de felicidade e terror e vou até o hall do elevador.

A porta da frente são os elevadores. Estamos na cobertura de um arranha-céu.

Esparramado no chão da sala, Mojo ergue o olhar para mim. Ele solta um latido de solidariedade e volta a dormir.

Prendo a respiração quando o elevador para. As portas deslizam, e aqui está ela.

Parecendo ter voltado de um retiro de ioga do inferno.

Não é a roupa que está usando, que é linda — um cashmere creme, calça de grife e saltos altíssimos —, nem o rosto dela, que está mais lindo que nunca, só talvez um pouco mais magro.

São os olhos.

Os olhos normalmente verde-claros — e *secos* — estão estranhamente úmidos com uma substância que, se eu não a conhecesse melhor, acharia que eram lágrimas.

Sinto um aperto no peito e pergunto, hesitante:

— Sloane?

Ela contrai o rosto e solta a bolsa que está carregando. Então soluça e pergunta:

— E aí, amiga?

E se atira nos meus braços.

Sinto o cheiro de bebida e fico aliviada.

Ela só está bêbada. Não está chorando. Se estivesse, seria o fim do mundo.

Eu respondo:

— Tá tudo bem. Eu só estava morta de preocupação. Não acredito que aquele filho da puta te sequestrou. Kage vai matá-lo se ele te machucou. Ai, meu Deus, eu senti tanta saudade. *Você está bem?*

— Ótima. Estou *ótima*, amiga, simplesmente *maravilhosa*. — Ela ri, parecendo meio doida.

Eu me afasto e a olho com atenção, avaliando sua expressão.

— Você está me deixando nervosa.

— Garota. — Ela soluça. — Eu também estou.

Frenética de novo, eu a olho de cima a baixo.

— Sloane, fale comigo. Você está machucada?

Ela assente.

— Parece que toda minha pele foi arrancada e depois me mergulharam em água fervente com um fio desencapado também. Então eu estou sendo eletrocutada *enquanto* estou queimando viva. Não, não, não. Não é isso. Parece que estou sufocando e assando no carvão em brasa e sendo empurrada de um prédio alto. Tudo ao mesmo tempo. É horrível. Como você consegue lidar com isso?

Agora estou totalmente confusa.

— Lidar com o quê, querida? Do que você está falando?

Atrás de mim, Kage diz:

— Parece que ela acabou de dizer que está apaixonada.

Nós duas olhamos para ele, depois uma para outra e, finalmente, Sloane diz:

— Puta merda.

Eu grito.

— Fala sério. *Você está apaixonada pelo seu sequestrador?*

Ela faz uma cara.

— Tipo... talvez? Como é que a gente sabe que é amor mesmo?

Kage cruza os braços.

— É amor quando você está disposta a morrer por ele.

O gemido dela é fraco, sofrido e ainda mais alarmante do que o quase choro.

— Ah, não, Sloane. Você *não* pode ter sentimentos por ele. Esse tipo de coisa acontece com algumas pessoas que passaram por um sequestro. Elas desenvolvem uma simpatia pelos sequestradores. Isso se chama síndrome de Estocolmo, e é... Por que você está rindo?

— É uma longa história. Alguém pode me dar uma bebida? Acho que passei os últimos dias em coma.

Ela passa por mim, entra na sala e se joga de cara no sofá. Lanço um olhar impotente para Kage, que, de alguma forma, não parece surpreso com o que está acontecendo.

— Melhor cuidar dela — diz ele gesticulando com o queixo. — Vou trazer um uísque para vocês. Acho que vão precisar.

Ele me dá um beijo na testa e segue para a cozinha. Eu corro para Sloane, me ajoelho ao lado dela e faço carinho no cabelo.

Ela vira a cabeça para olhar para mim e funga.

— Sabe qual é a pior parte?

— Qual?

— Eu *gosto* dele. Ele é inteligente e engraçado. E, meu Deus, aquele senso de humor sarcástico. É exatamente igual ao meu! E ele é tão teimoso quanto eu também. Mais, até. Não dá nem para acreditar na teimosia dele. Sério, ele consegue ser mais teimoso do que uma mula.

Ela contrai o rosto de novo e chora.

— Ele é como aquelas mulas que levam turistas até o fundo do Grand Canyon.

Não sei bem o que está acontecendo, mas não há como ela estar apaixonada pelo sequestrador. Sloane não se apaixona. Não é algo que aconteça com ela. Ainda mais *por ele*.

Fico imaginando se não é algum tipo de processo de descompressão que acontece depois de um evento traumático. Não faço ideia do que dizer, então, só fico ali fazendo um som calmante enquanto faço carinho no cabelo dela.

Ela se deita de costas e cobre os olhos com o braço.

— Ele é tão cheiroso. Quando não está fumando. E é generoso. Cara, você tinha que ter visto as joias! Aqui, olha só isso.

Ela estende o braço para mim, mostrando uma grossa pulseira de diamantes. Eu não usaria na rua, por medo de ser assaltada.

— Ele comprou isso para você?

— Comprou. E as roupas. Tantas roupas. Lingerie La Perla. Suéteres de cashmere de todas as cores. Calças jeans de mil e trezentos dólares. Pelo amor de Deus. Quem faz isso para uma prisioneira? E ele me protegeu da MS-13! Salvou a minha vida! — Ela geme. — E quando eu fiquei internada no hospital...

— Hospital? — pergunto, apavorada. Ela me ignora.

— ... ele ficou comigo e me contou uma história, e mesmo que ele tenha dito que eu parecia um camelo, ele não estava falando sério. E quando a enfermeira disse que eu estava grávida...

— *Grávida*?

— … ele ligou para Stavros para vir me buscar. Ele não queria, mas ele fez isso porque achou que Stavros era o pai do bebê e que aquilo era o certo a se fazer, mas, quando ele descobriu que o Stavros não era o pai do bebê, ele me sequestrou de volta.

Eu grito:

— *Quem é o pai do bebê?*

Sloane ignora a pergunta e continua a litania de atributos positivos de Declan até cansar. Demora um pouco, mas ela fica em silêncio.

Eu fico lá, surpresa.

Muita coisa aconteceu desde que ela se foi.

E ficou bem claro que ela transou com Declan. Sexo com *sentimentos.*

O tipo que ela nunca tinha feito.

— Caraca — digo baixinho. — Você *está* apaixonada por ele.

Depois de um tempo contemplativo, ela fica muito calma.

— Estou. E que coisa horrível. Você tem cianeto por aqui? Porque se amar é assim, eu prefiro me matar agora mesmo.

Desconsidero o que ela disse porque sei que só está sendo dramática, e drama é o nome do meio de Sloane.

— Mas se você está apaixonada por ele… por que está aqui?

O silêncio dela parece estranhamente carregado.

— O que o Kage te disse?

— Só que o Declan ligou e disse que ia te mandar de volta. Eu estava ocupada demais com o meu colapso mental para saber os detalhes. Por quê?

Ela se senta abruptamente e olha para mim.

— Você sabe que eu te amo, não sabe?

Eu pisco.

— Tudo bem, você está começando a me assustar agora.

Ela pega as minhas mãos e aperta.

— Só me escute por um segundo. — Ela respira fundo e solta o ar devagar, fechando os olhos. — Esse lance… — Ela solta um soluço e recomeça: — Esse lance entre mim e Declan é complicado. A vida dele é complicada.

Digo secamente:

— Nem me fale. Amar um criminoso não é exatamente fácil. É ridículo se acostumar com tiroteios.

Sloane abre os olhos e me lança um olhar estranho. Um que nunca vi antes, como se ela estivesse tentando decidir o que vai dizer.

Ou não.

— Não importa o que aconteça, eu quero que você saiba que você é minha melhor amiga e eu te amo. Nada nem ninguém vai ficar entre nós.

Franzo a testa.

— Isso é sobre o bebê?

— Não tem bebê nenhum.

— Você não está grávida?

— Não.

— Estou confusa.

— Eu estou aqui porque Declan precisava resolver alguns negócios e não é muito seguro ficar perto dele nesse momento.

Com um profundo senso de surpresa, percebo o que ela está dizendo.

— Mas ele achou que você ficaria segura com Kage?

— Isso. Mais ou menos. — Ela faz uma careta. — Como eu disse, é complicado.

— Então descomplica para mim.

Ela solta o ar devagar e murmura com ar de culpa:

— Eu não posso.

Isso me deixa ainda mais confusa.

— Ele te deu algum tipo de ultimato? Fez você escolher entre mim e ele?

— Não. Ele disse que nunca me obrigaria a escolher. — Ela olha para as mãos e sua voz fica suave. — Mas ele achou que você talvez me fizesse.

Respondo com veemência:

— Nunca.

Quando ela olha para mim, eu insisto:

— Nunca, jamais, em momento algum, Sloane. Eu não ligo se você está chupando o pau do próprio Hitler. Você sempre vai ser a minha melhor amiga.

Depois de um silêncio curto, ela olha para as nossas mãos unidas e começa a rir.

Faço uma careta enquanto olho para ela.

— Ainda bem que uma de nós acha isso engraçado.

Ela levanta a cabeça e dá um sorriso.

— Se eu não rir, amiga, vou ter que me matar.

Kage volta da cozinha com dois copos de uísque. Quando ele nos entrega, eu pergunto:

— Querido, o que o Declan disse quando te ligou para devolver Sloane?

Ele responde sem hesitar:

— Que ele tinha que cuidar de umas coisas e que não era seguro para ela ficar com ele.

Cerro meus olhos.

— E por que você não me contou nada disso?

— Você já estava subindo pelas paredes de preocupação. Eu não queria te deixar ainda mais ansiosa.

Olho para Sloane, que parece estranhamente culpada, e então de novo para Kage.

— O que mais ele disse que você não me contou?

Ele cruza os braços no peito forte e diz em tom de desaprovação:

— Que a sua melhor amiga indestrutível é o amor da vida dele.

Fico boquiaberta.

— Espera aí. Vocês agora são *amigos*?

— Não. Mas ele me fez um enorme favor e eu concordei com uma trégua temporária.

— O quê? — Eu me levanto, derrubando o copo de uísque. — *Não estamos mais em guerra?*

— Não no momento. Vamos ver por quanto tempo. — Com um olhar sombrio para Sloane, ele diz: — Esse irlandês é astuto. Tem um monte de truques na manga.

O sorriso nos lábios de Sloane é discreto e misterioso.

Perplexa, olho de um para o outro.

— Vocês estão escondendo alguma coisa de mim.

Kage me puxa para um abraço.

— Eu não tenho segredos para você, meu amor. Se você quiser saber exatamente o que ele falou, eu repito palavra por palavra.

— Ainda bem que você sabe — digo com veemência enquanto o abraço pelo pescoço. Mesmo quando estou com raiva, ele é irresistível.

Ele me dá um beijo suave que logo se aprofunda. Fico na ponta dos pés para me aproximar mais. Ele agarra minha bunda e me puxa contra a virilha, com um gemido de prazer.

Sloane diz secamente:

— Ainda estou aqui, crianças. Só para vocês saberem.

Eu me afasto de Kage e olho para ela com um sorriso.

— Isso me lembra de uma coisa. O que você acha de rosa para o seu vestido de madrinha?

Sloane fica boquiaberta e arregala os olhos.

— Vocês vão *se casar*?

Kage franze as sobrancelhas.

— Você não notou o anel? Eu disse que era pequeno demais, meu amor.

— Dez quilates, amor. Uma pedra maior e eu ia precisar de um suporte para o meu pulso.

Sloane se levanta, pega minha mão e fica olhando para o meu anel de platina e brilhante. Ela diz em voz alta:

— Achei que era um anel normal.

— Ah, já chega — diz Kage, nervoso. — Vou comprar um anel maior.

Sloane ainda está olhando chocada para a minha mão. Ela me encara com a expressão assustada.

— Falando em complicado... o meu acompanhante pode ser um pequeno problema para o resto dos convidados.

— Não se preocupe. Vamos revistar todo mundo para que deixem as armas na porta.

Os olhos de Sloane brilham:

— Amo você, amiga.

— Eu também te amo. Agora vamos nos sentar de novo. Quero que você me conte devagar e com detalhes tudo que aconteceu desde que você foi sequestrada, incluindo esse lance do seu bebê.

Kage pergunta:

— Bebê? Que *bebê*?

Sloane e eu nos olhamos e sorrimos.

41

SLOANE

Já faz uma semana e ainda não tive notícias de Declan. Tento não me preocupar com ele, mas fracasso de forma espetacular. Nesse meio-tempo, Nat e eu agimos como duas irmãs de uma república estudantil, ficando acordadas até tarde, assistindo a filmes, tomando vinho e conversando sobre garotos.

Só que nossos garotos são homens adultos e perigosos que fazem coisas ruins.

No oitavo dia, estou assistindo ao Jornal das Dez na TV do quarto de hóspedes quando um repórter começa a relatar a morte repentina do vice-diretor do FBI. Aos 48 anos de idade, ele sofreu um infarto fulminante na casa dele, na Virginia.

Ele foi encontrado na cama. A empregada disse que achou que ele estava dormindo até tarde e não o chamou quando chegou para fazer a faxina de manhã.

A foto na tela é do homem de cabelo preto que me ofereceu o trabalho como espiã.

Eu me sento na cama, entornando vinho no edredom.

Sei que Declan é responsável por isso. Só não sei como.

Dez minutos depois, Kage bate na porta do meu quarto.

— Tá acordada ainda?

Usando uma das camisolas da Natalie, eu abro a porta e olho para ele.

— Seu homem ligou. Ele quer que você esteja pronta para sair daqui a trinta minutos. Eu falei que era melhor vir de manhã, mas ele disse que não podia esperar tanto.

Pressiono a mão no peito, o coração disparado.

— Estarei pronta. Ele está vindo para cá?

— Inacreditavelmente, sim.

— Por que é inacreditável?

Ele só olha para mim.

— Ah, porque você poderia matá-lo.

— Poderia.

— Mas não vai.

— Não, não vou.

Ficamos nos olhando por um tempo e eu digo:

— Obrigada.

Ele solta o ar com irritação.

— Você sabe o que aconteceria comigo se eu o machucasse agora?

— Sim. A Nat removeria suas bolas cirurgicamente.

— Exatamente. — Ele faz uma pausa. Os olhos escuros escurecem ainda mais. — Mas meus homens não precisam seguir à risca o que eu faço.

— Entendido. Sinceramente, acho que ele ficaria decepcionado se fosse fácil demais.

Ele assente, pensativo.

— Diga para ele que eu adoraria saber como ele conseguiu a informação que compartilhou comigo.

— Que informação?

— Que o FBI reúne informações sobre mim há dez anos com o objetivo de me prender. Ele me mandou tudo. Parece que eles estavam bem perto. Mas, de alguma forma, todas as informações desapareceram. Sumiram, como se nunca tivessem existido.

Ele olha para mim.

— Você sabe alguma coisa sobre isso?

— Não — respondo sem hesitar. Nem ao menos pisco sob o olhar penetrante. — Eu não sei nada sobre isso.

Depois de um instante, ele diz secamente:

— E mesmo que soubesse, você não ia me dizer.

Respondo com voz suave:

— Não é porque não te respeito.

— Eu sei como é. E tenho que dizer, achei que você não tinha essa capacidade.

— Eu também não.

Ele sorri e meneia a cabeça.

— Tudo bem. Pegue suas coisas e vá se despedir da Nat.

Quando ele se vira para sair, eu o chamo:

— Kage?

Ele se vira para mim, esperando.

— Como você pode ter certeza de que todas as informações sobre você desapareceram?

O sorriso dele é discreto, quase imperceptível.

— O seu irlandês não é o único que tem contatos dentro da agência.

Ele conhece alguém que trabalha no FBI? Puta merda. O que isso significa? Ele sabe que o Declan é espião?

O pânico faz o meu coração trovejar. É difícil manter a expressão neutra, mas acho que consigo.

O sorriso de Kage se abre mais.

— Quando eu disse isso para ele, houve uma pausa estranha do outro lado. Ele provavelmente ficou com a mesma expressão que você está agora.

Espero até ele se afastar antes de me apoiar na parede.

Na garagem do prédio, Nat e eu estamos lado a lado, de mãos dadas, atrás de uma fileira de russos armados. Kage está na frente dos homens dele, com os braços cruzados.

Quando um grande Escalade entra, os homens apontam as metralhadoras para o carro.

Imaginar Declan morrendo em uma saraivada de balas na minha frente me faz ofegar e apertar ainda mais a mão de Nat.

A SUV para. Declan abre a porta e sai. Os olhos dele me encontram. A ânsia é palpável.

Ao meu lado, Nat murmura:

— Eita. Os olhos dele são muito azuis.

Kage lança um olhar amargo por sobre o ombro.

Declan contorna lentamente a SUV, ajeitando a gravata e passando a língua nos lábios enquanto olha para mim, ignorando todo mundo e suas armas.

— Fica aí — ordena Kage.

Declan para. Os dois homens se avaliam por um momento. Os homens de Kage estão agitados, com o dedo no gatilho, prontos para atirar. A tensão no ar é palpável. Quero gritar. A mão de Nat estremece na minha.

Só Declan e Kage estão calmos.

Mantendo contato visual com Kage, Declan diz:

— Despeça-se da sua amiga, baby.

A voz dele é suave e calma, mas ainda assim detecto desejo ali, o que me deixa com uma sensação leve.

Nat e eu nos abraçamos.

Ela cochicha no meu ouvido:

— Caraca, ele é intenso.

— Nem me fala.

— Tem certeza de que é isso que você quer?

— Mais certeza do que tudo nessa vida.

— Da última vez que nos falamos, ele ameaçou jogar o seu corpo mutilado na minha porta.

— Ele é a única pessoa que conheço que consegue ser mais dramático que eu. Mas ele não passa de um gatinho manso. Eu juro.

Ela suspira.

— Me liga assim que chegar.

— Pode deixar. Eu te amo.

— Eu também te amo.

Dou um último abraço na minha amiga e me viro para Kage.

— Tome conta dela por mim.

— Você sabe que pode contar com isso.

— Obrigada por tudo.

Ele olha para Declan e a voz dele fica sombria.

— Não me agradeça ainda. Isso ainda não acabou.

Nat sussurra em tom de aviso:

— Querido.

Dou um beijo no rosto áspero e tento não sorrir. Declan abre a porta do carona e eu entro.

— Cinto de segurança — diz ele com voz irritada e olhos fixos nos meus.

Também senti saudade.

Ele sai sem nenhum tiro ser disparado. Observo Nat e Kage pelo espelho retrovisor e me pergunto como essa história de amizade, amor e inimigos vai se desenrolar sem nenhum de nós se machucar.

Eu sinceramente não acho que isso seja possível.

Em uma história tão cheia de reviravoltas como a nossa, alguém sempre morre no final.

42

DECLAN

No caminho até o aeroporto, nenhum de nós fala nada. Eu a observo de canto de olho enquanto ela olha pela janela para as luzes da cidade, mas não a pressiono para falar. Ela está pensando, tentando desatar os nós. Sei que é melhor não a interromper.

Assim que entramos na cabine do meu jatinho, eu a tomo nos braços para um beijo profundo.

Ela corresponde, emitindo um som baixo de alívio e relaxando o corpo contra o meu como se os joelhos tivessem cedido sob o peso dela.

Agarro o cabelo dela. Ela se agarra aos meus ombros. Nós nos beijamos com desespero e desejo até as escadas serem recolhidas e a porta da cabine fechar. Ela abre os olhos e encara os meus.

Com voz rouca, ela pergunta:

— Então, você é um espião do governo estadunidense?

— Não. Eu sou um espião do governo irlandês.

Ela demora um tempo para digerir isso, piscando devagar, surpresa.

— Um agente duplo?

— Eu estou mais para um agente livre. Ninguém sabe ao certo o que eu estou tramando.

Ela fica atônita por um momento, então solta o ar devagar, meneando a cabeça.

— Isso explica muita coisa.

— Então, está resolvido?

— O quê?

— Nós vamos nos casar?

Depois de uma pausa, ela afunda a cabeça no meu peito e começa a rir. Acaricio o cabelo dela.

— Onde você quer passar a nossa lua de mel?

— Tem algum hospício por perto?

— Eu estou falando sério.

— Eu também.

Digo com firmeza:

— Isso não está aberto para discussão.

— Você não tem ideia de como as mulheres funcionam, né?

— Você não é uma mulher comum.

— Tem zero chance de a gente se casar.

— Por quê? Você quer um noivado de três anos, seguido por um vestido de casamento branco de babados e uma casa com cerca branca?

— Claro que não.

— Foi o que achei. Está resolvido.

— Declan!

— Já chega por uma noite, mulher. Você pode gritar comigo sobre o assunto depois.

Quando ela continua dura e resistente nos meus braços, eu acrescento com voz suave:

— Por favor.

— Ah, você é *mau*.

— Você não faz ideia.

Ela responde secamente:

— Eu faço, sim.

Eu a beijo de novo, dessa vez com mais intensidade.

Não é a altitude que me faz sentir como se eu estivesse voando, porque ainda nem decolamos.

43

SLOANE

Quando chegamos à casa de praia em Martha's Vineyard, já é tarde. Ou cedo, dependendo do ponto de vista. Spider e Kieran estão no portão, com as metralhadoras prontas.

Faço um aceno para eles. Spider sorri e ergue o queixo. Kieran faz uma saudação, também sorrindo.

— Eles parecem estar de bom humor — comento enquanto passamos pelo portão.

Declan diz:

— É porque a pessoa destemida que os lidera está de volta.

— Ah, deve ser bom saber que você tem homens tão leais.

A voz dele fica seca.

— Eu não estava falando de mim.

Isso me faz sorrir.

Ele para na frente da entrada da casa, onde dez homens armados nos aguardam. Um deles abre a porta do carona antes mesmo de Declan ter saído do carro e me ajuda a sair.

Eu o reconheço. É um dos homens que estava na cozinha naquela noite em que eu quase cortei meu dedo mindinho para salvar o do Spider.

Inclinando a cabeça, ele diz algo em gaélico.

Pergunto a Declan o significado das palavras assim que entramos.

O sorriso dele é de diversão.

— Em uma tradução livre, "bem-vinda ao lar, minha rainha".

— Sério? Que máximo. Você pode dizer para os outros me chamarem assim também?

— Não.

— Tá. Vou pedir para o Kieran fazer isso.

Ele ri, pega minha mão e me puxa em direção ao nosso quarto. Só para provocá-lo, eu bocejo.

— Seria ótimo tomar um banho antes de ir para cama.

— Você pode tomar depois.

Pergunto com inocência:

— Depois de quê?

Ele lança um olhar febril.

— Depois que eu te mostrar por que você quer ser a minha esposa.

Abrindo a porta do quarto, ele me empurra para dentro e fecha a porta. Ele não tenta me dar nenhuma outra explicação. Só me agarra e me beija, cheio de desejo.

Eu me afasto, ofegante e rindo:

— Alguém aqui ficou com saudade?

Segurando a minha mão, ele diz:

— Fiquei. Saudade de você e dessa boquinha inteligente e dessa bunda perfeita. Eu quase enlouqueci. Nunca mais quero ficar tanto tempo longe de você.

Meu coração bate cheio de felicidade. Fito seus lindos olhos azuis, cheios de adoração, e não consigo evitar abrir um sorriso bobo.

— Acho que isso pode ser providenciado… meu senhor.

Ele fecha os olhos e contrai o maxilar, umedece os lábios e me beija de novo, segurando minha cabeça enquanto eu o abraço pela cintura. Ele parece saborear a minha boca, emitindo sons masculinos de prazer.

Quando ele se afasta, nós dois estamos ofegantes.

— Eu tenho um presente de boas-vindas para você — sussurra ele.

— Ah, que bom. Tem quantos quilates?

Ele levanta as sobrancelhas.

— Quantos quilates você quer no seu anel?

— Eu não estava falando de um anel. Existem muitos tipos de joias além de anéis. — Dou um sorriso doce. — Como tiaras, por exemplo, você já viu a que a duquesa de Cambridge usou quando se casou com o príncipe William?

Ele tenta não sorrir, mas não consegue.

— Vi.

— Tipo isso. Só que maior.

— Ah, uma coroa.

— Agora você está me entendendo.

— Eu soube no instante em que bati os olhos em você que seria difícil te agradar. Agora, venha até aqui.

Pegando a minha mão de novo, ele me leva até a cama e me observa em silêncio enquanto eu analiso o que está sobre o edredom.

Sinto o calor se espalhar pelo meu peito e digo baixinho:

— Essa é uma coleção e tanto.

Ele escorrega as mãos lentamente pelas minhas costas, descendo e subindo até pegar minha nuca. Ele aproxima a boca do meu ouvido:

— Escolha o seu preferido.

Sinto os mamilos enrijecerem. Minha boca fica seca. Um latejar quente no meio das pernas combina com o calor que sinto no peito. *Ai, meu Deus, eu vou desmaiar.*

Mas não quero perder a diversão, então eu me obrigo a respirar devagar enquanto olho os chicotes, açoites e palmatórias enfileirados de uma ponta a outra do colchão.

Aponto para um de couro vermelho e preto com um cabo trançado e tiras longas, também de couro, penduradas na extremidade.

Massageando meu pescoço, Declan faz um som de aprovação.

— Também gosto desse. Tira a roupa.

Ele dá um passo para trás, cruza os braços e olha para mim, cheio de desejo.

Esperando.

Caramba, esse cara sabe bem como dar as boas-vindas para uma garota.

Tiro o casaco e o deixo cair no chão. Minhas mãos estão trêmulas enquanto desabotoo uma blusa branca de seda de manga comprida que levei para Nova York quando fui visitar a Nat, ao que parece ser uma eternidade atrás. Todas as minhas roupas ficaram no porta-malas do Bentley do qual fui arrancada, e Nat as guardou para mim na casa deles.

Faço uma nota mental para perguntar a Declan o que aconteceu com a saia de tule cor-de-rosa da Betsey Johnson que eu estava usando naquela noite, mas logo todos os pensamentos desaparecem e deixo a blusa escorregar pelos meus ombros.

Meu sutiã a segue.

Declan fica observando com olhos ávidos enquanto desabotoo a calça jeans e abro o zíper. Passando a língua nos lábios, ele fica assistindo enquanto eu a tiro. Quando me livro da calcinha e a chuto para o lado, ele não faz nada por um longo tempo, apenas aprecia meu corpo nu.

Ele, então, começa a andar bem lentamente em volta de mim.

Quando para atrás de mim, afasta o cabelo da minha nuca e me dá um beijo, antes de deslizar os lábios para meu pescoço e me dar uma mordiscada ali, descendo a outra mão até o meio das minhas pernas.

Em pé, atrás de mim, ele rosna no meu ouvido:

— Diz que é minha.

A mão grande cobre o meu sexo e aperta.

Ofegante de excitação, sussurro:

— É sua.

Levo um tapinha no meio das pernas pela omissão.

Eu me sobressalto e digo:

— É sua, *meu senhor*.

— Isso, baby. Minha. E isso.

Ele sobe a mão pela minha barriga até meu seio esquerdo e o aperta, depois passa para o direito e brinca com os mamilos até eles latejarem de desejo pelos lábios dele.

— Sim, meu senhor. Também são seus.

Um gemido baixo chega aos meus ouvidos. Ele sobe um pouco a mão sobre o meu esterno e pressiona a mão contra o meu coração acelerado.

— E isso? — sussurra ele, passando o nariz no meu pescoço. — Também é meu?

Respiro fundo e fecho os olhos, encostando-me no peito dele. Meu corpo todo vibra de eletricidade. A emoção se alastra pelas minhas veias como fogo. Minha pele está sensível, e acho que consigo sentir cada fibra do paletó dele contra as minhas costas.

— Sim, meu senhor. Eu sou toda sua, senhor. Cada pedacinho é seu.

Ele solta o ar quente contra a minha pele e agarra o meu cabelo, enquanto a outra mão se fecha no meu pescoço. Ele puxa minha cabeça para trás e me beija.

Abro a boca e permito que Declan a tome por inteira, sentindo a ereção pressionar minha bunda, sabendo que ele logo vai me dar o que eu preciso e mal conseguindo me conter para não começar a implorar.

Quando ele afasta os lábios dos meus, diz:

— Não se mexa ou você será punida.

Ele vai até a cômoda ao lado da cama e abre uma gaveta, então se inclina e tira algo lá de dentro. Quando se vira para mim, ele está segurando um par de algemas em uma das mãos e uma venda preta de veludo na outra.

— De joelhos.

A voz dele é quente e sombria e me faz tremer. É uma voz alfa e dominadora. Minha reação é instantânea e começo a salivar enquanto obedeço.

Ele se aproxima, sem pressa, sabendo que quanto mais me faz esperar, mais meu desejo aumenta. Eu não entendo como ninguém antes dele, nem um único homem, entendeu isso sobre mim. Nem mesmo eu entendia, antes dele.

Ele abriu portas dentro de mim que eu não sabia que estavam fechadas, nem que existiam, na verdade.

— Suas mãos.

Estendo os braços para ele com os pulsos unidos. Ele fecha as algemas, bem apertadas. Depois se inclina para me vendar, ajustando o elástico para que que eu não consiga ver nada.

Ele se afasta, deixando-me tremendo de joelhos enquanto engulo em seco, sem enxergar nada.

— Perfeita — murmura ele.

Estou encharcada, e quero levar a mão ao meu clitóris para ver se está tão intumescido quanto parece, mas ele não me deu permissão, então fico esperando, trêmula, sentindo-me gloriosamente viva.

Ouço o farfalhar de tecido. O som do zíper se abrindo. Ele está tirando as roupas. Bem devagar.

Eu estou morrendo de tesão, correndo o risco de explodir.

A voz dele soa perto do meu ouvido.

— Eu vou te comer enquanto você está vendada, minha doce garota. Mas primeiro eu vou chupar você e deixar essa sua bunda perfeita bem vermelha.

Minha respiração sai como um gemido.

— Se você gozar antes que eu permita, eu não vou ficar nada feliz. Você quer me deixar feliz?

Digo alguma coisa, mas a resposta sai entrecortada. Acho que é uma afirmação, mas não sei ao certo até Declan responder:

— Boa garota.

Essas duas palavras tão simples me fazem tremer, fazendo a emoção crescer no meu peito de forma quase dolorosa.

Ele passa a mão no meu cabelo. Dá um beijo suave na minha testa. Torce meus mamilos até eu ofegar. Depois ele me coloca de pé e me ajuda a deitar na cama, em cima da coleção de brinquedos sexuais, mantendo uma das mãos pressionadas no meio das minhas costas.

A voz está rouca de emoção quando ele diz:

— Você é a minha dona, Sloane. Cada cantinho da minha alma sombria. Cada pedaço do meu coração corrupto. Você é dona de tudo isso e sempre vai ser. Eu sou seu escravo. E não contrário. Nunca se esqueça disso.

Então, ele me dá um golpe forte com o chicote de couro e eu grito.

— Diga se quiser que eu pare — diz ele, entre os dentes, antes de me dar outra chicotada.

Meu gemido é alto e fragmentado. Minha bunda queima e meu sexo lateja. Meus mamilos estão duros e formigando.

— Mais — suplico. — Por favor, meu senhor. Mais uma.

Ele diz algo em gaélico, algo que soa como um elogio. Levo outra chicotada e mais outra. A dor se espalha pela minha bunda, seguida por um pulsar de prazer.

Acho que vou conseguir gozar com isso e nada além das palavras dele.

Ele me deita de costas, abre as minhas pernas e começa a chupar meu clitóris inchado com a boca gulosa.

Arqueando as costas, eu gemo e mergulho as mãos no cabelo dele.

Ele escorrega um dedo grande e me fode com ele enquanto me chupa, e eu me retorço de prazer.

— Tão linda — rosna ele, parando para morder a pele sensível da coxa. — Minha linda garota. Diga que precisa que eu te coma.

— Eu preciso que você me coma, meu senhor. Por favor. Por favor. Por favor.

Ele volta a lamber e a chupar meu clitóris, enquanto aperta meus mamilos. É tão bom. Eu grito o nome dele.

Ele me vira de bruços de novo e me dá outra chicotada. As tiras finas de couro estalam na minha pele com um som sibilante que soa como a mais linda música que já ouvi.

Desesperada pelo alívio, eu cedo e começo a me esfregar na cama.

Largando o chicote no chão, Declan me coloca deitada nos joelhos dele e começa a dar tapas na minha bunda e nas minhas coxas. Ele só para quando toca no meu sexo encharcado e estimula meu clitóris antes de me bater de novo.

Estou soluçando. Suplicando. Gritando de prazer, tentando ser boa e não gozar. Tentando agradá-lo porque, neste momento, apenas isso importa no mundo.

Ele é o meu mundo, e tudo que está dentro dele.

A cama afunda com o peso dele. Declan agarra meu quadril com uma das mãos e guia o pau duro na minha entrada.

Ofegante, ele ordena:

— Peça para o seu mestre deixar você gozar, minha doce garota.

Sussurro com voz ofegante:

— Por favor, me deixe gozar no seu pau lindo e duro, meu senhor. Meu mestre, por favor...

Ele enfia o pau inteiro com um gemido e começa a me comer rápido e com força, puxando-me contra ele a cada estocada. Sinto ondas de prazer correrem pelo meu corpo e se espalharem por cada célula. Estou ofegante, meu rosto pressionado contra o edredom e os peitos balançando. Os gemidos dele soam como música nos meus ouvidos.

Quando começa a me bater enquanto me come, eu gozo.

Com um tremor e um grito, eu gozo com tanta intensidade, que ele pragueja. Ele leva a mão ao meu clitóris e o estimula, fazendo-me convulsionar ainda mais em volta do pau dele. Seu pau está tão fundo dentro de mim que ele sente cada contração. Ele geme e apoia a testa nas minhas costas e continua me comendo enquanto eu gozo.

Então ele goza também, dentro de mim, gemendo, apoiado nos cotovelos e com as mãos segurando meu cabelo.

Estremecendo, ele ofega o meu nome.

E é como se uma represa rompesse dentro de mim. Uma emoção retida por tanto tempo escapa por entre as minhas costelas e me parte ao meio.

Eu começo a chorar.

— Anjo — diz ele, ofegante e assustado. — Baby, por que você está chorando?

Respondo, em um soluço:

— Estou chorando porque eu te amo!

Inacreditavelmente, o homem começa a rir.

É um som suave no início, mas logo vira uma enorme gargalhada. Tão intensa que é capaz de sufocá-lo.

Ele sai de dentro de mim e me deita de costas, encaixando-se entre as minhas pernas. Então enfia o pau em mim de novo com um gemido baixo. Ele tira a venda do meu rosto e me dá um beijo na ponta do nariz.

Olhando no fundo dos meus olhos marejados, ele diz:

— Essa é a primeira coisa que você disse que faz sentido.

Ele me beija e me diz que me ama também, e eu choro ainda mais.

44

SLOANE

Quando acordo, já é de manhã.

Estou deitada de lado, olhando para as janelas. A cortina está fechada, mas a luz passa por uma fresta, espalhando raios de sol pelo chão. Declan está dormindo atrás de mim, a respiração profunda e lenta, um dos braços apoiado na minha cintura. O nariz mergulhado no meu cabelo.

Não sou uma pessoa particularmente religiosa, mas acredito em milagres. Sei que existem muitas coisas que eu não sou capaz de entender, mas que possuem o poder de nos guiar independentemente disso. Coisas misteriosas. Coisas maravilhosas. Coisas de grande beleza que tocam nossa alma.

Coisas que nos curam em lugares que foram feridos há tanto tempo que achamos que tínhamos perdido para sempre.

Dormindo na cama quente neste quarto silencioso com esse homem lindo, sinto que sou a prova de um milagre.

Declan desperta, esticando as pernas. O braço aperta minha cintura. Os lábios encontram minha nuca, e ele me dá um beijo suave ali.

A voz está pesada de sono quando diz:

— Vocês, camelos, roncam muito.

Eu começo a rir.

— Não tem graça. Eu mal preguei o olho.

— Você vai sobreviver.

Eu me viro nos braços dele e abro um sorriso. Ele corresponde, tirando o cabelo do meu rosto.

Ele sussurra:

— Bom dia.

— Bom dia para você também.

Ajustando a cabeça no travesseiro, ele deixa o olhar passear pelo meu rosto. Então solta um suspiro de contentamento.

— Ainda bem que eu não virei padre.

Arqueio as sobrancelhas.

— Verdade. Não teria sido uma boa escolha de carreira, considerando sua tendência de atirar nas pessoas.

— Mas isso quase aconteceu. Eu planejava buscar a sabedoria na divindade, mas acabei entrando na carreira militar.

Olho para ele, certa de que está fazendo piada.

— Sério? Você?

Declan ri.

— Sério. Eu nem sempre fui fodão. Há muito, muito tempo, eu era um grande romântico. — O olhar dele fica anuviado. — Mas a vida real logo esmagou todas as minhas idealizações.

Levo a mão ao rosto dele e o acaricio, sabendo na hora que tem uma história ali. Uma história de perda e sofrimento.

Um homem com uma tatuagem grande e forte no peito com a frase "Minha é a vingança" com certeza carrega uma bagagem pesada.

Dou um tiro no escuro e adivinho o que poderia ser.

— Você se apaixonou?

Os lábios dele se abrem em um sorriso amargo.

— Se ao menos as coisas fossem tão simples. Não, o que me afastou de Deus foi o assassinato de toda minha família, um por um, e ninguém nunca foi responsabilizado. Nenhum dos assassinos pagou o preço. — A voz dele fica mais baixa: — Até eu decidir fazê-los pagar. E eles pagaram.

Olho para ele com o coração disparado e sinto um nó na garganta.

— Quem matou sua família?

Na pausa que se segue, sinto um oceano de sofrimento.

— Havia muitas guerras sangrentas na Irlanda naquela época. A cada dia, as coisas ficavam mais violentas. Meus pais foram pegos no meio do fogo cruzado em um café. Estavam comemorando o aniversário de casamento. Meu irmão mais velho, Finn, morreu em uma explosão em um bar. Meu irmão mais novo, Mac, foi morto em uma colisão com um caminhão com dois membros do IRA que estavam a caminho para explodir um banco. E a minha irmã Cecilia estava em uma boate que foi incendiada por uma gangue que queria intimidar o proprietário para que ele passasse a pagar por proteção. Não funcionou, porque ele morreu por inalação de fumaça junto com 23 pessoas, incluindo minha irmã. As portas foram bloqueadas. Os socorristas não conseguiram entrar rápido o suficiente para tirar todo mundo.

Encosto o rosto em seu peito e fecho os olhos, aproximando mais o corpo do dele. Não há nada que eu possa dizer para melhorar as coisas. Então, nem tento.

— Não me restava mais nada nem ninguém, incluindo minha fé. Então, me alistei na Força Aérea. De lá, fui recrutado pelo Diretório de Inteligência Militar, a versão irlandesa da CIA. E aprendi a matar pessoas. Pessoas ruins. Ameaças à segurança nacional e coisas assim. Eu fui tão bem nisso, que não parava de ser promovido. Foi quando o padre da nossa família, que havia emigrado para os Estados Unidos antes da morte dos meus pais, entrou em contato comigo. Disse que tinha ficado sabendo da minha reputação, e que, mesmo não concordando com as minhas escolhas, tinha feito alguns contatos aqui que eu talvez achasse úteis.

O tom dele fica seco.

— Por um preço, é claro. A igreja faz vista grossa para os pecadores que têm muita grana. De qualquer modo, cheguei à conclusão de que eu precisava expandir minha base de operações. Há homens ruins por todos os cantos que não pagam pelos seus crimes. Então, eu vim para cá, onde ninguém além de um padre sabia o que tinha acontecido com a minha família. Eu entrei para a máfia e fui subindo na hierarquia.

— Você é bom em navegar por lugares dominados por homens.

Ele solta uma respiração pesada.

— Mantenha os seus amigos perto e seus inimigos ainda mais perto. Não há melhor forma de desestabilizar um sistema do que de dentro.

— Então você é um cavalo de Troia.

— Exatamente. O objetivo é a verificação e o equilíbrio. Existe um limite até onde os sistemas legais podem ir. Eles precisam de uma mãozinha.

Penso nisso por um tempo. Contraterrorismo, contraespionagem, acabar com os bandidos enquanto finge ser um amigo... Ele tem muita coisa para fazer.

Não é de se estranhar que seja tão irritado.

— Agora que os chefes de todas as outras famílias estão mortos, o que vai acontecer?

— Eles vão se reorganizar. Vai levar um tempo, mas sempre tem uma nova cobra para substituir uma velha. Mas você não corre mais o risco de ser usada como moeda de troca para tentar fazer Kage reabrir as rotas de mercadorias.

— Porque...?

— A notícia já se espalhou. Você é minha. Qualquer um que se atrever a respirar na sua direção morre.

Eu gemo.

— Eu me sinto mal.

— Por quê?

— Porque isso me deixa ainda mais apaixonada por você.

— Se isso te excita, você com certeza poderia ser espiã. É necessário ter um certo tipo de personalidade para se dar bem no meu ramo. — Ele faz uma pausa. — E foi por isso que achei que você talvez se interessasse.

Eu olho para ele, perplexa.

— Em ter um trabalho que envolve matar pessoas? Sinto muito, mas não importa o quanto elas sejam más, eu não poderia fazer isso. Eu não gosto nem de matar aranhas.

— Existem muitas outras formas de ser útil como espiã.

Franzo as sobrancelhas.

— Então foi *sua* ideia que aqueles idiotas no navio me interrogassem?

— Não — responde ele com firmeza. — Eu pensei que poderia ser seu contato. *Talvez*. Mas eles gostaram da ideia e decidiram tomar as próprias providências.

— Contato? Como assim?

— A pessoa que dá as suas missões.

Penso por um momento.

— A não ser pela parte de matar e de você ser meu chefe, a ideia não me parece ruim.

Os olhos dele brilham quando ele sussurra:

— Seríamos o sr. e a sra. Smith.

— Você gosta dessa ideia, né?

— Você, não?

— E quanto ao estúdio de ioga que eu quero abrir? Eu teria que mudar o nome para "Postura de Rainha — quando meu trabalho de espiã permite."

— Você pode ter seu estúdio. A maioria das pessoas que trabalha com espionagem leva uma vida completamente normal.

— Espionagem? — repito, testando a palavra. — Nossa.

Ele ri.

— Tá vendo? Você gosta da ideia também.

Contraio os lábios.

— Vamos dar uma pausa nessa discussão e retomamos depois do café da manhã.

Ele sorri, como se já tivesse esquecido do que estávamos falando.

— Mudando de assunto: por quanto tempo você acha que essa trégua entre você e Kage vai durar?

Declan se vira de costas e me puxa sob seu braço. Escorrego a perna sobre a dele e enrosco meu pé embaixo do seu tornozelo.

— Não sei. Sou irlandês, como os assassinos da família dele. Ele não vai deixar isso passar impune por muito tempo.

— Você está planejando prendê-lo?

— Não. Esse era o plano do FBI. Ele estava na minha lista de alvos até você me pedir para não o machucar. Mas agora o filho da puta me deve um favor.

— Ele é tão ruim assim?

Declan bufa pelo nariz.

Considero isso um sim. Nat e eu vamos ter que pensar juntas em como vamos lidar com a lista de convidados no casamento dela. O jantar de ensaio pode muito bem se transformar em um banho de sangue.

O que é a última coisa de que ela precisa, considerando que o primeiro noivo dela nunca apareceu no deles.

Declan se vira para mim com um brilho nos olhos.

— Falando em pessoas que eu deveria ter matado quando eu tive a chance, você se encontrou com Stavros enquanto esteve em Nova York?

— Eu não o vejo desde que você tentou me despachar com ele como se estivesse devolvendo um sofá.

O brilho nos olhos dele fica suave e carinhoso.

— Você ficou com tanta raiva de mim naquele dia.

— Ainda estou. Você não é o único que pode ficar com ranço.

Ele rola por cima de mim, pressionando meu corpo contra o colchão, e segura o meu queixo.

— Será que existe alguma forma de te compensar pelo que aconteceu?

O tom é sugestivo. O olhar, fogoso. E a pistola dele está armada e pressionada contra a minha coxa, esperando para brincar.

Controlo o sorriso e respondo em tom sombrio:

— Claro. Passe a se dirigir a mim como Sua Excelência Real a partir de agora.

Olhando nos meus olhos, ele sussurra:

— O que você quiser, minha rainha, não importa o que seja.

Ele me beija e, nos lábios dele, sinto o gosto do para sempre.

Epílogo

KAGE

Ele fica andando de um lado para o outro diante de mim, como um homem possuído, os olhos arregalados e uma energia termonuclear.

Nunca o vi deste jeito. Comparado com o resto dos meus homens, Stavros é um ratinho.

Mas o amor pode transformar o homem mais são em uma fera violenta.

Sei bem disso.

— Como você pôde permitir que ele ficasse com ela? — berra ele, com o rosto vermelho. — Ela é minha!

As palavras ecoam nas paredes de cimento, que sobem até as vigas do teto e se espalham como os pombos assustados que começam a voar.

Ainda bem que estamos sozinhos neste armazém. Caso contrário, ele já estaria sangrando por me desrespeitar dessa forma.

— Use esse tom comigo de novo e você vai se arrepender.

Ele para e olha para mim com olhos assustados. Retorcendo as mãos, ele sussurra:

— Desculpe. Desculpe, eu não quis… Eu só… Eu só não consigo viver sem ela. A Sloane é a minha vida.

Eu não faço ideia de como aquela mulher faz uma lavagem cerebral nos homens que os faz cair aos pés dela como idiotas, mas é um dom, sou obrigado a admitir. Se ela um dia decidir formar seu próprio bando criminoso, o resto dos chefes vão ter problemas sérios. Ela só precisa chamar com um dedo e todos os nossos soldados deserdariam em segundos.

— Respire fundo, Stavros. Sente-se. — Gesticulo com a cabeça para uma cadeira próxima.

Ele se joga no assento, apoia os cotovelos nos joelhos e afunda a cabeça nas mãos. Ele geme.

— O irlandês. O *irlandês*. Eu o odeio tanto.

Respondo secamente:

— Você não é o único.

Ele levanta a cabeça e me lança um olhar suplicante:

— Por que você não dá um fim nele?

— Política.

Essa é uma forma de descrever a situação. Outra é que a minha masculinidade seria arrancada e jogada em um liquidificador pela minha mulher e depois atirada a cachorros de rua. Mas não vou contar isso para ele.

Além disso, há maneiras de contornar a situação.

— Não estou dizendo que não vai acontecer. Só que não no momento. E não pode ser pelas minhas mãos.

A expressão dele é esperançosa.

— Então, eu posso? *Eu* poderia matá-lo e tudo bem?

A ideia de que ele conseguiria chegar perto o suficiente para tocar em um fio de cabelo do irlandês parece uma piada, mas não quero desencorajar esse tipo de entusiasmo.

— Não só ficaria tudo bem, como eu te liberaria de um ano de pagamentos dos negócios.

Animado, ele se levanta.

— Mas você não pode dizer para ninguém que você recebeu permissão — aviso, lançando um olhar firme para ele, com ameaça de violência nos olhos. — Caso me desobedeça, você está acabado.

Ele balbucia um agradecimento e beija a minha mão.

Eu quero enxotá-lo, mas não sou tão covarde a ponto de chutar um homem que já está no chão.

O amor me transformou na porra de um molenga.

Trocamos mais algumas palavras e ele vai embora, parecendo estar pairando no ar. Se eu soubesse que ele estava tão ansioso para derramar o sangue do irlandês, teria dado a missão para ele bem antes.

Quando ele sai, tranco todas as portas e apago as luzes. Depois, vou para os fundos do armazém, até a escada oculta.

Tem um botão camuflado no chão que ativa uma porta escondida em uma seção da parede de tijolos. A porta se abre devagar e sem ranger as dobradiças, revelando uma escuridão completa. Desço alguns degraus, tateando a parede para encontrar o botão de fechar a porta.

Eu o pressiono. A porta se fecha. Sou engolfado pela escuridão.

Aperto outro botão e uma lâmpada pendente acima de mim ilumina a escada. Estou cercado por paredes de drywall que não foram pintadas. Diante de mim, há mais uma escada de pinho que desce para mais escuridão.

Desço os degraus, acendo a luz no patamar inferior e vou até a jaula de metal.

Não é grande, mas é forte, feita de barras de aço reforçado chumbadas no teto e no chão. Dentro da jaula, tem uma privada. No chão, há uma garrafa de água e um prato vazio. No colchão fino, há um homem deitado de costas.

Ele vira a cabeça para mim, os olhos apertados por causa da luz. É um jovem latino, com pouco mais de trinta anos, que o resto do mundo acredita estar morto.

Ele poderia muito bem estar.

Apoio um ombro na jaula e sorrio para ele.

— Olá, Diego. Estou sabendo que seu amigo e ex-segundo em comando, Declan O'Donnell, é um espião. Eu tenho uma proposta para você.

AGRADECIMENTOS

... e as reviravoltas continuam. Eu amo escrever personagens bonzinhos/bandidos, porque você nunca sabe o que eles vão fazer!

(Se você ainda não leu o dueto da máfia *Criaturas cruéis*, talvez queira voltar para ter uma introdução a Diego e Declan, onde eles apareceram pela primeira vez.)

Obrigada a Linda Ingmanson por ser uma ótima editora. Ela é fantástica quando se trata de corrigir as coisas!

Agradeço também à minha maravilhosa relações públicas, Sarah Ferguson, por sempre estar ligada em tudo, mesmo quando não é fácil. Você é uma estrela!

Shannon Smith, da SS Media Co., eu te adoro. Já faz quanto tempo? Vinte anos? Trabalho maravilhoso. Atendimento maravilhoso. Sou muito grata a tudo o que você e Scott fazem por mim.

Agradeço a Letitia Hasser, da RBA Designs, por criar minhas capas e aturar minhas exigências malucas, respondendo com "Você está me mantando, Smalls!" apenas uma vez desde que começamos a trabalhar juntas. Eu mereci ouvir isso muito mais vezes.

Muito obrigada às minhas lindas leitoras e aos meus lindos leitores que toleram o meu amor por muitos adjetivos para descrever coisas e que provavelmente são muito mais gente boa que eu. Tudo depende de quanto vinho eu já tenha tomado quando estou pensando sobre o assunto. Passo meus dias com personagens fictícios que crio na minha cabeça para entreter *vocês*. Espero que funcione de vez em quando.

Obrigada ao meu marido, Jay, casado comigo há vinte e um anos, que é o cara mais competente e fodão que já conheci.

Mãe e pai, sinto saudade e penso em vocês todos os dias. Espero que estejam orgulhosos de mim.

Impressão e Acabamento:
GRÁFICA GRAFILAR